Davids Frau liegt tot in ihrem gemeinsamen Haus. Sie hatten eine obsessive Ehe, er war so hingerissen von ihrer Schönheit, ihrer Freiheit, ihrer Stärke. Eine leidenschaftliche und intensive Liebe – bis zu dieser Nacht, in der Schreckliches geschieht …
Wozu kann ein Mensch fähig sein? Dunkel, aufwühlend und schockierend – »Was ich getan habe« ist ein packender Thriller über das tödliche Risiko, das man eingeht, wenn man liebt.

ANNA GEORGE arbeitete als Anwältin, beim Film und für das Fernsehen. Sie studierte Kreatives Schreiben und hat Drehbücher geschrieben. Momentan arbeitet sie an ihrem zweiten Roman. Sie lebt gemeinsam mit ihrem Mann und ihren beiden Kindern in Melbourne.

ANNA GEORGE

WAS ICH GETAN HABE

THRILLER

Aus dem australischen Englisch
von Henriette Zeltner

btb

Die Originalausgabe erschien 2014 unter dem Titel
»What Came Before« bei Penguin Australia, Melbourne.

FSC
www.fsc.org
MIX
Papier aus verantwortungsvollen Quellen
FSC® C014496

Verlagsgruppe Random House FSC® N001967

1. Auflage
Deutsche Erstveröffentlichung August 2017

Neumarkter Str. 28, 81673 München
Umschlaggestaltung: semper smile, München
Satz: Uhl + Massopust, Aalen
Druck und Einband: GGP Media GmbH, Pößneck
mr · Herstellung: sc
Printed in Germany
ISBN 978-3-442-71512-1

www.btb-verlag.de
www.facebook.com/btbverlag
Besuchen Sie auch unseren Literaturblog www.transatlantik.de

Für Jason

»Mein Name ist David James Forrester. Ich bin Anwalt. Heute Abend um 18 Uhr 10 habe ich meine Frau getötet. Dies ist meine Aussage.«

Er steckt sich eine Zigarette in den Mund, hält das Diktiergerät in der anderen Hand. Der Wagen scheint sich selbst zu lenken. Er denkt über den Unterschied zwischen *einräumen* und *gestehen* nach. Räum ein Detail eines Verbrechens zu viel ein, und du hast gestanden. Das gilt auch für Mord. An so viel kann er sich noch erinnern.

Er stoppt die Aufnahme.

Sein Auto rollt so langsam mitten auf der Tennyson Street, dass der Motor fast abstirbt. Seddon, dieser Vorort im Westen von Melbourne, umfängt ihn mit Stille. Er starrt auf Lattenzäune und Rosensträucher. Die traditionellen Schindelhäuser, alle so wie ihres: symmetrische Front, zweifarbig und makellos gepflegt. Früher hatte diese Gleichförmigkeit sie zum Lachen gebracht und ihn auch. In den letzten ungefähr zehn Jahren des Imagewandels – vom Arbeiterviertel zum Quartier der jungen Karrieretypen – schien ganz Seddon nur einen einzigen Maler für die Fassaden und eine einzige Gärtnerin beauftragt zu haben.

»Ein beschäftigtes Paar«, hatte sie gemeint, »mit begrenztem Geschmack.«

Aber heute Abend sieht er in all den aufgehübschten Häusern nur trostlose Repliken des Tatorts.

Er schließt die Augen. Der Motor zittert und stirbt ab.

Das Diktiergerät rutscht ihm aus der Hand, prallt aufs Lenkrad und fällt ihm in den Schoß. Die Klappe springt auf, er sieht das Band. Und raucht. Er denkt an die Geschichte, die er zu erzählen hat, und an seinen Schmerz. Normalerweise kann er seine Gedanken ordnen, ohne sie irgendwo festzuhalten. Aber gelingt ihm das heute Abend? Wenn die Tat noch frisch ist und seine Hände schmerzen? Vielleicht nicht. Aber er muss es versuchen, bevor seine Worte verdreht werden und seine Erinnerung sich trübt. Bevor seine Schuld zum Faktum wird. Er greift nach der Kassette mit dem abgespulten Band. Ihm ist schlecht.

Er drückt die Tür auf. Die Kälte schlägt ihm ins Gesicht, während er auf die Straße kotzt.

Wenigstens kennt er sich in Sachen Aussagen aus. Seit über zwanzig Jahren hat er Tausende aufgenommen. Auch wenn die von ihm Befragten meist nur mürrische Banker sind, gelten doch die gleichen Prinzipien. Anklagen oder angeklagt werden, das ist eine emotionale Angelegenheit. Und er ist zu einem professionellen Händchenhalter geworden. Er sagt diesen Typen mit zitterndem Kinn, sie sollten sich einfach und mit ihren eigenen Worten ausdrücken, aber das ist, wie er jetzt merkt, eine schwierige Aufgabe. In der Dämmerung kotzt er noch einmal auf die Straße und richtet sich dann wieder auf. Seine Gedanken sind jetzt klar. Er wird die Sache chronologisch strukturieren. So werden die Handlungen, die gemeinsam das Verbrechen ergeben, nicht stundenlang zerpflückt. Was zuvor passiert ist, was jemand getan hat, prägt die Schuld, offenbart sie. Denn erst wenn der Schaden eingetreten ist, interessiert sich überhaupt jemand dafür, was zuvor geschah.

Mit revoltierendem Magen lässt er den Wagen wieder an und am Bordstein entlangrollen. Er parkt vor dem einzigen Haus mit Ziegelfassade in der Tennyson Street. Dann steckt er seinen kleinen Finger in das Rädchen in der Mitte der Kassette und dreht, als würde er sich das Ohr putzen. Er sieht, wie sich das Band glatt aufrollt. Und ein Bild steigt in ihm auf. Dieses Bild ist der Schlüssel zu seiner Geschichte, vielleicht so entscheidend wie dieser eine Winterabend. So sehr es auch schmerzt, er kann ihm nicht entgehen. Sie sitzt rittlings auf ihm, groß, schimmernd und nackt.

Kapitel 1

Es war Mitte August, also vor fast genau zwei Jahren. Er kaufte sich eine Karte für *Sprich mit ihr* im Rahmen einer Almodóvar-Retrospektive, als er sie, allein, zwei Menschen weiter, in der Schlange stehen sah. Er erkannte sie sofort wieder, obwohl er ihr vorher nur einmal begegnet war. Er beobachtete sie, wie sie etwas über den spanischen Regisseur las. Aus der Nähe betrachtet war sie, streng genommen, nicht hübsch. Ihrem Gesicht fehlte die Symmetrie, ihre Nase war nach links gebogen und ein Augenlid etwas schwerer als das andere, trotzdem sah sie gerade wegen dieser Makel so viel besser aus als andere. Er war hingerissen von ihrem olivfarbenen Teint und ihrem Haar, das sie jetzt nicht mehr »anwältinnenglatt« und schulterlang trug, sondern das etwas von der wilden Mähne eines Straßenkinds hatte. Er vermutete, dass diese Veränderung für ihren spektakulären neuen Look verantwortlich war. In ihrem herzförmigen Gesicht wirkten die hellen Augen riesig und ätherisch.

Falls er einen Typ hatte, dann war sie es. Er stellte sich ihr vor, und sie plauderten. Nach dem Film ging sie mit ihm in die überfüllte Bar auf der anderen Straßenseite, gegenüber vom Sun Theatre. Sie diskutierten gerade Almodóvars Frühwerk, als sie sich, irgendwie intuitiv seine Müdigkeit spürend, von hinten an ihn schmiegte und mit den Händen über seine

Schultern strich. Dann ließ sie ihre Fingerspitzen auf seinem Nacken liegen, als bitte sie um Erlaubnis. Da er nichts sagte und sich auch keinen Schritt wegbewegte, begann sie ihn mit ihren langen Fingern unterhalb seines Haaransatzes zu massieren.

»Ist das besser?«, flüsterte sie.

Ah, jaa, dachte er und wagte nicht zu sprechen. Was sie tat, war gewissermaßen überstürzt, aber doch so passend, es beseitigte etwas zwischen ihnen, wofür man auch Stunden, wenn nicht sogar Tage hätte brauchen können.

Gegen ein Uhr nachts küssten sie sich in einem Taxi auf dem Weg zu ihr. Ihr kleines Haus im viktorianischen Stil war cremefarben und grün verziert und mit hohen Decken. Es gefiel ihm, vor allem die Einrichtung im Stil der Alten Welt mit europäisch-asiatischem Flair. Sie hatte ein Händchen für Art-déco-Möbel vom Trödel, chinesische Stiche, Sideboards und Lampen. Die Räume waren mit grünen und blauen türkischen Teppichen ausgelegt; an den Wänden hingen Bilder von Meer und Bäumen, gemalt von ihm unbekannten Künstlern. In jedem Zimmer quollen die Bücherregale über. Er hätte nie erwartet, dass eine junge ungebundene Frau so ein Haus bewohnte. Auch wenn sie ihm erzählte, es erst kürzlich gekauft zu haben, war nichts daran halb fertig, nichts vorläufig. Als sie dann auch noch ihren Kühlschrank öffnete, der randvoll mit Obst und Gemüse war, fühlte er sich geradezu eingeschüchtert.

»Möchtest du ein Omelett oder einen Teller Antipasti?«, fragte sie.

»Nichts, danke.«

Seine Nerven ließen ihm nichts bis auf sein Lächeln. Sie

hatte dieselbe Ausstrahlung, seit er sich ihr vorgestellt hatte – offen, warmherzig, unkompliziert. So anders als seine Erwartungen an sie. Er wurde nicht schlau aus ihr.

Sie führte ihn durch ihr Wohnzimmer, das vom Lampenschein erhellt und von einem gasbetriebenen Kaminfeuer geheizt war, in ein Esszimmer mit einem honigfarbenen Holztisch und Stühlen. Er schaffte es, die Einrichtung zu bewundern, und sie schien sich darüber zu freuen.

»Aufgearbeitete viktorianische Esche, dank Victoria-Film und ihrem Programm für Drehbuchentwicklung«, sagte sie und bewegte sich auf ihn zu. Er musste verwirrt gewirkt haben. »Die Förderung sollte meinem Drehbuch *Daisy* vom Entwurf zur zweiten Fassung verhelfen.«

Das war die erste direkte Anspielung auf ihre neue Karriere gewesen. Im Verlauf des Abends hatten sie zwar ihre gemeinsame Leidenschaft für Arthaus-Filme entdeckt, aber nicht über ihre Rolle in der Filmbranche gesprochen.

Er machte zustimmende Geräusche, als sie seinen Gürtel öffnete. Die Sitzkissen waren mit feinem olivfarbenen Wildleder bezogen. Es fühlte sich auf der Haut seidig an. Dem Drehbuchschreiben zuträglich, vermutete er.

Gegen 1 Uhr 30 waren sie beide nackt, und sie saß rittlings auf ihm, während er auf einem der Esszimmerstühle Platz genommen hatte. Ihr Atem an seinem Hals war feucht, ihr Griff fest, umschließend, wie er es mochte. Praktisch alles, was sie getan hatte, war so gewesen, wie er es mochte: einfühlsam und spielerisch. Vor etwa zwanzig Minuten hatte sie ihn wieder geküsst. Den Rhythmus vorgebend, bog sie sich jetzt auf ihm, die schlanken Arme um ihn geschlungen. Seine Haare zwischen ihren Fingern auf seinen Schultern. Auch sein Rücken war behaart. Leicht rötlich. Er hatte sie beobachtet, als sein Hemd fiel, und im ersten Moment schien sie geradezu schockiert gewesen zu sein. Aber nun, im Licht des Kaminfeuers, sah er, wie sie den rot-golden glitzernden Flaum anschaute.

»Als ich heute Morgen aufstand, war das noch nicht da«, flüsterte er.

»Mir gefällt's.« Sie bewegte sich langsam auf ihm. »Und ich mag deine Zähne und die Lücke und deine Lippen …« Sie fuhr sie mit der Fingerspitze nach. »Genau richtig, um zu sehen, wann du lächelst, und genau richtig um …« Sie küsste ihn sanft, und er unterdrückte ein Stöhnen. »Und ich mag dein krauses Haar«, sagte sie und vergrub ihre Finger darin, »mit den rötlichen Strähnen. Das passt zu den Haaren auf deinem Rücken.« Sie grinste.

An Plaudereien beim Koitus nicht gewöhnt, küsste er sie verlegen. Aber sie amüsierte sich weiter. »Keine der Einzelheiten deines Gesichts ist besonders umwerfend«, sagte sie und lehnte sich zurück, »aber alle zusammen sind unwiderstehlich.«

Er starrte sie an, verblüfft von ihrem scharfen Auge.

Sie lachte. »David, das ist ein Kompliment.«

Dann richtete sie ihre Aufmerksamkeit wieder auf ihren Körper. Geschmeichelt und erleichtert beobachtete er sie. Es dauerte nicht lange, bis sie schnell und synchron atmeten. Mit geschlossenen Augen spürte er jedes Detail: ihre Oberschenkelmuskeln auf seinen, ihre Zungenspitze an seinem Ohr, ihre Hand auf seinem Nacken. Er würde jede Sekunde kommen. Er öffnete die Augen, um sich zu versichern, dass sie aus Fleisch und Blut war und nicht die Doppelgängerin, von der er vor vier Jahren geträumt hatte. Er bewegte seine Hüften. Sie stöhnte. Lehnte sich zurück. Er betrachtete ihren Hals und die blauen Augen, die sich hell und strahlend von ihrer melassefarbenen Haut abhoben. Er versuchte, an sich zu halten. Das war nicht leicht. Als sie dann nach Luft schnappte, bemerkte er den Schweißfilm auf ihrer Oberlippe, unter ihren Brüsten, zwischen ihren Schenkeln. Als würde sie schmelzen. Überall auf ihm. Es widerstrebte ihm zu unterbrechen, aber irgendwie fühlte er sich dazu verpflichtet.

»Du«, sagte er, »ich glaube, du urinierst auf mich.«

Im Raum herrschte Stille, bis auf ihrer beider Atem und das Brummen der Heizung. Keiner rührte sich. Er hielt den Blick auf sie gerichtet und betete darum, dass er den zarten Faden, mit dem sie sie beide eingesponnen hatte, nicht zerrissen hatte.

»Was hast du gesagt?«, flüsterte sie.

»Ich glaube du uri…«

»Was?«

Sie erhob sich, und die Innenseiten ihrer Schenkel tropften. Sein Schritt war nass und die Hälfte des Wildleders ebenfalls. Sie berührte das Kissen und führte ihre Finger mit großen Augen an ihre Nase.

»Ich könnte ein Handtuch brauchen«, sagte er. Ihre Miene konnte er nicht deuten, aber ihre Wangen brannten. »Ist okay«, sagte er mit einem schwachen Lächeln. »Nur sehr nass.«

Bevor er noch mehr sagen konnte, flitzte sie zur Tür.

Sein Herz raste noch, während er sich die Indizien ansah. Er befühlte den Stuhl, hielt inne. Seit seine Frau gegangen war, betrauerte er das umgekehrte Verhältnis von Hygiene und Sex. Oft war es besser, die Gerüche nicht zu identifizieren. Wenn er nur nicht so deutlich gewesen wäre. Er roch an den nassen Fingern, als er aufschaute und sie schon wieder reinkommen sah, mit Handtüchern im Arm. Sie sah unglaublich groß aus und blieb zögernd im Türrahmen stehen.

»Nun?«, sagte sie. »Wie lautet das Urteil?«

Es gab kein Entkommen. Er schnüffelte. »Geruchlos«, sagte er erleichtert. »Definitiv.«

»Ha, wusste ich's doch!«, sagte sie strahlend. Aber auch über ihr Gesicht huschte Erleichterung, als sie ihm ein Handtuch zuwarf.

In ihrer Einbauküche saß er auf einer Bank und aß Toast mit vegetarischem Aufstrich. Das Kondom war entsorgt, das Kissen lehnte am Gasfeuer.

»Vor vier Jahren«, sagte er, »hatte ich gerade bei Freeman & Milne angefangen, als ich in deine Abschiedsparty stolperte.«

Genussvoll aß sie ihren Toast auf. »Ich weiß, und als Andrew Milne mit meiner juristischen Lobrede begann, hast du die Flucht ergriffen.«

Überrascht und erneut geschmeichelt konnte er nur nicken. Sie war damals Senior Associate gewesen, Anwärterin auf eine Partnerschaft, und er frischgebackener Partner in der Kanzlei. Als er hörte, dass sie gekündigt hatte, war er irritiert und beeindruckt gewesen. Er hatte ein Dutzend Jahre gebraucht, um das zu erreichen, was sie in fünf Jahren mit knapp dreißig geschafft hatte. Als er damals von ihr hörte, vermutete er, dass sie die richtigen Privatschulen besucht und in der belaubten östlichen Vorstadt von Melbourne aufgewachsen war – daher hatte man immer Großartiges von ihr erwartet. Er vermutete, die Tatsache, dass sie der Jurisprudenz den Rücken kehrte, war auch schon das Unvorhersehbarste an ihr. Jetzt wusste er, dass er sich in diesem Punkt geirrt hatte.

Auf sichererem, trockenerem Terrain sprachen sie über seine Kollegen und ihre früheren Chefs. Die höheren Ränge im juristischen Geschäft, die elitäre Inzucht. Es gab nur wenige, die sie beide kannten und mochten – trotz der zweihundertköpfigen Belegschaft bei Freeman & Milne.

»Ich fühlte mich dort immer wie das schwarze Schaf«, sagte sie.

Sie füllte am Spülbecken die Teekanne und lächelte. Er erinnerte sich daran, wie sie damals in dem Sitzungsraum ausgesehen hatte. Umgeben von Anwälten in der Mitte ihrer Karriere, wie ein Leuchtturm in einem Meer von Grau: lebhaft, greifbar, strahlend. Jetzt wusste er, warum. Anwälte ließen sich in drei Kategorien unterscheiden: die Minderheit der Gläubigen, die die Rechtspraxis liebten; die agnostische Mehrheit, die blieb (oder manchmal auch ging, aber wiederkam), weil sie nicht wusste, was sie sonst anfangen sollte; und die glücklichen Atheisten, die aufgrund einer anderen Berufung gingen. Er erkannte, dass sie zu Letzteren gehörte. Damals, in dem riesigen Sitzungsraum, hatte sie vor Glück gestrahlt. So wie heute Abend. Sie gemahnte ihn an seinen eigenen plattfüßigen Agnostizismus.

In ein marineblaues Handtuch gewickelt, spürte er, dass er eine schwelende Energie ausstrahlte. »Du bist intensiv«, sagte sie, »wie eine blaue Flamme.« Er musste lächeln. Sie schenkte schwarzen Tee ein. Die dampfende Flüssigkeit ergoss sich in einem Bogen aus der Kanne in den Becher. Mit der Rückseite seiner Finger berührte er ihre Wange, und sie ließ den Becher überlaufen – eine Reaktion, die ihn lächerlicherweise freute. Er meinte, sie erröten zu sehen, aber wegen des Dampfs vor ihrem Gesicht war er sich nicht sicher.

»Ist das schon mal passiert?«, fragte er.

Sie nippte an ihrem zu heißen Tee. »Nein.«

Wie sie so am Kühlschrank lehnte, in ihr Handtuch gewickelt, mit geradem Rücken und großen Füßen, erinnerte sie an einen imposanten Teenager am Schulzaun. Die Sorte Mädchen, die ihm immer gefallen hatte, denen er aber nur selten nähergekommen war. Definitiv erste Liga.

»Also, dann fühle ich mich geschmeichelt«, sagte er. »Ich habe bis jetzt von weiblicher Ejakulation nur gehört.«

Diesmal war ihre Farbe unverkennbar. »Ohne dich hätte ich das nicht hingekriegt.«

Er lachte, über ihre unbeholfene Prahlerei und das Erröten. Sie hätte fast alles sagen können, und er hätte es amüsant gefunden.

»Und es tut mir leid, dass es die Sache abgekürzt hat«, sagte sie.

»Muss es nicht. Ich bin vollauf befriedigt.«

Um ihre Verlegenheit in den Griff zu kriegen, ließ sie den Tee stehen und machte sich an den Abwasch. Er sprang von der Bank und nahm ihr ein benutztes Buttermesser aus der Hand. Wie sie so barfuß vor ihm stand, war sie noch immer groß. Ihm gefiel, dass sie den Kopf nicht neigen musste, um ihm in die Augen zu schauen. Wieder bemerkte er ihren Atem: frisch, vertraut, nach vegetarischem Aufstrich.

»Was machst du in zehn Stunden?«, fragte er und schlang seine Finger in ihre nasse Hand.

»Arbeiten.« Sie trat einen Schritt zurück. Trocknete sich die Hände ab. »Nimm das nicht persönlich, aber ich habe dich als meinen ersten One-Night-Stand verbucht.«

Stirnrunzelnd wischte er sich die Finger an seiner Brust ab, wobei ein paar Brösel hängen blieben. Er fragte sich, ob er ihre Aussage parieren sollte mit: *Etwas anderes habe ich auch nicht gemeint* oder etwas in der Art. »Und warum das?«

Sie zögerte. »Um zu sehen, wie sich das anfühlt, denke ich.«

»Und wie fühlt es sich an?«

»Aufregend, spaßig …« Sie hielt seinem Blick stand. »Und beendet.«

Er gab ihr zwanzig Sekunden, es sich noch mal anders zu überlegen. Oder um sich wenigstens seiner Wirkung auf sie bewusst zu werden. Als er auf sie zutrat, fuhr sie sich mit den Händen durch ihre Mähne. Und als er ihr mit den Fingern erneut über die Wange strich, wurde ihr Gesicht wieder rosig. Unter seinem intensiven Blick erzitterten ihre Lippen.

»Sag mir, ob irgendeine andere deiner Beziehungen so begonnen hat«, bat er.

Sie formte die Antwort mehr mit den Lippen, als sie auszusprechen: »Nein.«

»Und hat eine deiner anderen Beziehungen funktioniert?«

Kopfschüttelnd wurde sie wieder zu dem imposanten Schulmädchen. »Aber du bist geschieden«, sagte sie und rückte langsam von ihm weg, »und du bist alt, und du bist ein Anwalt.«

Er blinzelte, um sein Staunen zu kaschieren. »Autsch.«

»Und«, sagte sie, sich räuspernd, wie um mehr Autorität zu erlangen, »nach einem Anfang wie diesem geht es nirgendwo mehr hin.«

Seine rotbraunen Augen flackerten. »Und ob«, sagte er. »Wir können überallhin – um genau zu sein, überallhin, wo es Plastikbezüge gibt.«

Ihr Lachen war ein lautes, klares Geräusch in ihrer Küche. Und er stimmte mit ein.

Er weiß nicht, wo Erinnerungen gespeichert werden – in der rechten Gehirnhälfte, in der linken oder irgendwo dazwischen? Aber heute Abend pochen seine Schläfen, während in seinem Kopf knapp zwei Jahre alte Amateurfilme laufen. Angeschlagen auf dem Fahrersitz, wird er in eine Collage von ihr hineingezogen: über ihrem Laptop grinsend, wie sie Gemüselasagne kocht, beim Unkrautjäten zwischen ihren Tomaten. In ihren zweiundzwanzig gemeinsamen Monaten änderte sich ihre Stimme von fröhlich zu verzweifelt. Am Anfang aber leuchtete sie geradezu. Er schließt die Augen. Reue ist noch fern, aber bereits am Horizont zu erkennen.

Er stellt sie sich am Morgen nach ihrem ersten One-Night-Stand vor. Sie schlüpfte aus seinen Armen und wickelte sich in ein Handtuch. Und er sah ihr dabei zu. Ohne Make-up waren ihre Wangen und Lippen rosig, und ihre blauen Augen glitzerten im Kontrast zum zerzausten hellbraunen Haar. Sie war die von Natur aus farbenfrohste Frau, die ihm je begegnet war. Sie grinste ihn an und schnappte sich ihre Kleider vom Boden. Obwohl es Samstag war, spürte er, dass sie für ihre Arbeit am Schreibtisch schon spät dran war. Sein Wochenende war dagegen wie immer ziemlich leer.

»Sag mal, warum ausgerechnet romantische Komödien?«

Die Frage traf sie unvorbereitet, und das freute ihn. Am Vorabend hatte er ihre freche romantische Komödie nicht erwähnt, obwohl sie bei der Kritik wie beim Publikum ein Hit gewesen war. Als sie an diesem Morgen ihr Handtuch wieder feststeckte, ahnte er, dass sie in Bezug auf ihn noch schwankte. Also lächelte er sein schönstes sinnliches Lächeln.

»Schuld daran ist Katharine Hepburn«, sagte sie seufzend. »Ich bin mit *Die Nacht vor der Hochzeit, Die Frau, von der man spricht* und *Sein Mädchen für besondere Fälle* aufgewachsen.«

»Das war mit Rosalind Russell.«

Schon aufs Badezimmer zusteuernd, sagte sie über die Schulter hinweg: »Ja, ich weiß. Die ist auch schuld.«

Im Schneidersitz hockte er nackt auf ihrem Bett und rief: »Screwball-Komödien, was? Howard Hawks, George Cukor, Rededuelle und überraschende Wendungen?«

Sie schwieg kurz. »Ja, genau.« Dann richtete sie diese großen Augen wieder auf ihn. »Als Teenager dachte ich, das wäre der einzige Weg, mit dem anderen Geschlecht in Verbindung zu treten. Jahrelang habe ich auf irgendeinen schnell sprechenden Mann gewartet, der ohne mich nicht leben konnte.«

Sie schwieg wieder, offenbar von ihrer eigenen Antwort überrascht. Er sah ihr beim Nachdenken zu. Schon seit Beginn ihres gemeinsamen Abends hatte er versucht dahinterzukommen, warum sie Single war; dafür gab es schließlich immer einen Grund. Als sie jetzt so im Türrahmen stand, taxierte er sie. Ihre subtile Schönheit und Intelligenz. Früher hätte er versucht, sie zu zeichnen.

»Also«, sagte er, »jetzt schreibst du romantische Komödien, um anderen Leuten falsche Hoffnungen zu machen?« Er nahm ihre hochgezogene Augenbraue als angedeutetes Geständnis. »Das muss doch per Gesetz verboten sein.«

»Genau genommen«, sagte sie, »spenden diese Filme mir Trost.«

»Immer noch?«, fragte er und spürte sein Zutrauen wachsen. »Ich hole mir den beim Boxen und bei Goya.«

Als sie daraufhin lächelte, erhob er sich vom Bett.

Ihr Blick wurde ernst. »David«, sagte sie und machte danach eine kleine Pause. »Hast du meinen Film überhaupt gesehen?«

»Klar«, sagte er. »Zwei Mal. Er hat mir gefallen. Und nenn mich Dave.«

Sanft küsste er ihre geschwungenen Lippen. Er hielt ihren Kopf, der sich unter den Haaren warm anfühlte. Dann löste er das Handtuch und zog sie zurück auf die Matratze. Zu seiner Erleichterung ließ sie sich darauf ein, erneut mit ihm zu verschmelzen. Sechs Stunden später ging er.

In seinem Auto stöhnt er, und die Blackbox der Erinnerung schnappt zu. Mein Gott, sie war ein Geschenk. Eine der zwei Frauen in seinem Leben, die er geliebt hat. Die Ungeheuerlichkeit seiner Tat trifft ihn wie ein Schlag. Er ist vieles, denkt er – ein Trinker, ein Arschloch –, aber kein Killer. Er würde es nicht glauben, wenn es den Beweis nicht gäbe. Die Kratzer auf seinen Handrücken sind tief und lang und lassen das rohe Fleisch darunter sehen. Er hatte sich auf sie gelehnt, die Hände fest um ihren langen Hals gelegt, und mit seinen Daumen zugedrückt. Mehr hatte es nicht bedurft: sein Körpergewicht und seine beiden Daumen. Obwohl sie mit ihren Händen an seinen gekratzt hatte.

In seinem rechten Daumen steckt einer ihrer Fingernägel. Ein pinkfarbener schartiger Halbmond. Er zieht ihn heraus, und der Druck in seinem Bauch nimmt zu. Heftig.

Er rast über die Tennyson Street Richtung Yarraville Gardens. Der Segen einer Toilette. Oder ein dunkles Gebüsch. Der Schmerz wird stärker, und er schlingert. Er fürchtet, es nicht zu schaffen. Drei lange Minuten später kommt der Park in Sicht, und er bremst, reißt die Tür auf und rennt. In Sichtweite befindet sich der Hafen von Melbourne mit seinen Kränen und Containern. *Was für ein gottverdammter Ort*, denkt er. *Der Schrottplatz der Stadt.*

Das Toilettenhäuschen aus Beton ist eiskalt und nur von einer einzigen Glühbirne erleuchtet. Er stürzt in eine Kabine, reißt sich die Hose runter und erleichtert sich. Der Schwall ist kurz und heftig. Aber nicht die Erleichterung, die er erwartet hatte. Perplex kauert er über der alten hölzernen Klobrille. Er schließt die Augen und sieht sich selbst. Gebeugt und zitternd, schwitzend und frierend. Total außer sich.

Ohne Vorwarnung explodiert sein Mageninhalt in seiner Kehle. Der perfekte Hinterhalt. Er wirbelt herum, schafft es aber nicht mehr und bespritzt den Zementboden. Während es ihn würgt, spült er, um wenigstens von der Scheiße wegzukriegen, was geht. Mit dem Fuß tritt er die Klobrille hoch und kotzt wieder. Zu spät erinnert er sich an die zwei Gläser Rotwein und ihr selbst gemachtes Tsatsiki. Beim zweiten Mal schmeckt alles viel schlimmer. Und beim dritten Mal. Hätte er zu Mittag gegessen, hätte er bessere Karten gehabt. Auch ein Frühstück hätte ihn zustopfen können. Aber wie's aussieht, muss er auch den Chinesen von gestern Abend noch mal durchleben, Dim Sims und alles. Er kotzt, und sein Arsch ragt wie eine bleiche rothaarige Einladung aus der Klokabine. Während er würgt, reißt er sich die Hose hoch und schließt den Gürtel.

Dreißig Jahre exzessives Trinken, aber nie hat er derart gekotzt. Er wischt sich mit dem harten Klopapier übers Gesicht. Atmet. Wartet. Würgt. Es ist, als würde ein Kobold in seinem Bauch sitzen und den Mageninhalt nach oben aus ihm herausschleudern, eine Handvoll nach der anderen.

Er starrt auf den ekligen Toilettenboden, dann auf die Spritzer auf seinen Schuhen. Er runzelt die Stirn. Das ist keine Kotze, Galle oder Scheiße. Seine Hose ist – an den Aufschlägen – dunkel verdreckt. Sein Blick wandert die Beine nach oben, und er stöhnt. Auf seinen Knien die gleichen Flecken, und sein blaues Hemd sieht aus wie die Schürze eines Schlachters.

Kapitel 2

Elle Nolan befindet sich auf den kühlen Fliesen ihrer Waschküche. Sie ist aber auch an der Decke, wo sie sich herrlich leicht fühlt, als wäre sie ein Luftballon. Schwebend und hellwach ist sie, furchtlos. Und ruhig. Aus ihrem dunklen Haus kann sie Marinarasoße riechen und Buena Vista Social Club hören. Das ist nicht die Musik, die sie ausgesucht hätte. In der Waschküche entdeckt sie oben auf ihrem an der Wand befestigten Wäschetrockner eine Socke ihres Neffen sowie den verloren geglaubten Stringtanga aus Seide. Und zwei Meter unter sich kann sie ihren Körper sehen. Verdreht, auf der Seite liegend, unter einem grünen Handtuch. Obwohl er ihr leidtut, hat sie es nicht eilig, in ihn zurückzukommen. Erinnerungssplitter kehren zurück: ein Stoß, seine Hände, ihre Schreie.

Das ist also der Tod.

Kurz fragt sie sich, ob ihr Vater und die Großeltern erscheinen werden, mit ausgebreiteten Armen, wie säumige geisterhafte Gastgeber. Und wo ist das wirbelnde Licht oder der lockende Tunnel? Sie wartet. Nichts passiert. Dann sieht sie unangekündigt im Bruchteil einer Sekunde ihr Leben vor sich vorbeirauschen – ihre Triumphe und Niederlagen. Da ist sie als Zehnjährige in einem knallrosa Korbballrock in dem baufälligen Haus in Kew; mit einundzwanzig mit ihrem Vater in der Wohnung in Elwood; mit dreizehn als Stipendiatin am ersten Tag an der Melbourne Girls Grammar. Aus der Schule wird die Monash University, wird Freeman & Milne, wird die VCA Film School. Sundance Film Festival. Die Gesichter vergessener Freunde verschmelzen mit denen ihrer Boyfriends und ihrer Filmbesetzungen. Sie sieht Mira, ihren Bruder Jude, Doris und ihre Mutter. In der großen Hektik erkennt sie etwas Wiederkehrendes. Vor allem ein Abschnitt ihres Lebens wiederholt sich. In einer Schleife. Fast so, als müsste sie daraus etwas lernen, denkt sie.

Sie sieht sich selbst an dem Mittwoch, nachdem sie David Forrester kennengelernt hat. Um 9 Uhr morgens saß sie an ihrem Schreibtisch, fahles Sonnenlicht fiel auf das Skript in ihren Händen. Während ihr letztes Drehbuch auf der Idee basierte, dass »Mut durch glückliche Zufälle belohnt wird«, vermittelt dieses, dass »Liebe selbst die störrischsten Menschen ändert«. Der Fokus auf diese Veränderung passte, denn er bildete den Kern der romantischen Komödie. Was das Ausmaß der Macht der Liebe anging, war sie sich weniger sicher. Konnte sie aus einer kritischen Frau eine tolerante, aus einem durchschnittlichen Mann einen leidenschaftlichen machen – noch dazu auf Dauer? Sie überlegte noch, als das Päckchen eintraf. Darin befanden sich zwei Dinge: eine vertraute Visitenkarte und Katharine Hepburn. Jugendlich und hübsch, mit rosigen Wangen und aristokratischer Haltung schaute sie vom Cover des Buchs *Ich – Geschichten meines Lebens*. Geschmeichelt blätterte Elle durch die Seiten und dachte an David Forrester und Cary Grant.

Seit sie zwölf war, schwärmte sie für Cary. Befeuert wurde diese Leidenschaft durch Reihen wie *Midday Movies,* die alten Spielfilme um die Mittagszeit, und vor allem den Film *Die Schwester der Braut*. Ganz war sie dieser Schwärmerei bis heute nicht entwachsen. Im Laufe der Jahrzehnte hatte sie sich allerdings ausgeweitet: dank *Ein Offizier und Gentleman* auf Richard Gere und später dank *Liebe, Lust und andere Laster* auf George Clooney. Und inzwischen natürlich auch auf Ryan Gosling. Mit vierunddreißig fand sie immer noch, dass diese Leinwandhelden und ihre großartigen Liebesgeschichten ihre eigene Realität übertrafen. Oder zumindest war das so gewesen – bis letzten Freitagabend. Seither musste sie, zu ihrer eigenen Überraschung, oft an David Forrester denken: an seinen Witz, Enthusiasmus und sein Aussehen. Sogar sein Geruch, irgendwie angenehm nach Melone, hatte sich ihr eingeprägt. Innerhalb weniger Tage war er so überlebensgroß wie ihre Leinwandhelden geworden. Vielleicht war es ein Fehler gewesen, ihn gehen zu lassen.

Sie betrachtete seine Visitenkarte genauer und drehte sie um. In eine Ecke war mit blauer Tinte ein Esszimmerstuhl gezeichnet. Sie verbrachte den Tag lächelnd und damit, ihr Skript mit Anmerkungen zu versehen. Sie schrieb, bis sie keine Sekunde mehr widerstehen konnte, die winzigen schwarzen Ziffern zu wählen.

Um 17 Uhr saß sie im Auto, um ihn in Middle Park zu treffen. Auf der Fahrt durch Seddon ertappte sie sich dabei, ein Café für ihr gemeinsames Frühstück am nächsten Tag auszusuchen: Le Chien oder vielleicht Sourdough Kitchen. Unprätentiös und florierend. Sie waren typisch für ihren Vorort, und sie hoffte, dass sie ihm gefielen. An der nördlichen Schattenseite eines Highways gelegen, zwischen der Cafékultur von Yarraville und den vietnamesischen Märkten von

Footscray, stellte Seddon ein gut gehütetes Geheimnis cleverer Eingeweihter dar. Ein Geheimnis, das sie gern mit ihm teilen würde. Da erinnerte sie sich daran, wie er im Sun Theatre, als sie ihm erzählt hatte, wo sie wohne, gesagt hatte: »Entschuldige, wo?« Als sei Seddon eines frühen Morgens erschaffen worden, während das übrige Melbourne gerade den Sonnenaufgang bewunderte. Als liege es nicht sieben, sondern siebenhundert Kilometer vom Central Business District entfernt. Auf der Williamstown Road lachte sie, nochmals bezaubert von seiner Ignoranz als Bewohner von Bayside.

Ernüchtert saß sie zehn Minuten später in einem Stau auf fünf Fahrspuren in der Mitte der West Gate Bridge fest. Sirenen heulten, und aus dem Norden wehte Rauch heran. Sie reckte den Hals und versuchte, über das Sicherheitsgeländer auf die Welt darunter zu schauen. Ihre beste Freundin und Exschwägerin Mira Raison lebte mit ihren beiden kleinen Söhnen in einem kleinen Arbeiterhäuschen in der Hyde Street in Yarraville. Ihr Zuhause lag nur einen Katzensprung von der Brücke entfernt, zwischen dem Terminal von Mobil Oil und einem Wald aus Strommasten. Dass sie die Masten durch den Rauch nicht sehen konnte, ließ Elles Sorge wachsen. Als sie das Radio einschaltete, erfuhr sie, dass es einen Grasbrand gab, den man aber bereits eingedämmt hatte. Als die Anspannung in ihrem Körper nachließ, griff sie nach ihrem Telefon in der Halterung. *Mira*. Sie zögerte.

Zwischen den dahinschleichenden Autos und in dem dünner werdenden Rauch dachte sie wieder an David. Sie dachte an ihren Sex, die Scherze und das Reden über Filme: eine machtvolle und einzigartige Kombination. Aber dann, als das Stadtbild von Melbourne vor ihr aufragte, dachte sie an seine

Anzüge. Und an seine Mandanten und all diese gnadenlos in Rechnung gestellten Stunden. Da flaute ihre Erregung ab. Das war eine Welt, von der sie geglaubt hatte, dass sie sie längst hinter sich gelassen hätte.

Dann fiel ihr ihre Mutter ein. Elegant, aber mürrisch hatte ihre Mutter Jahre damit zugebracht, darauf zu warten, dass ihr Vater, ein heißgeliebter Englischlehrer, jeden Abend nach Hause kam. Elles früheste Erinnerungen waren, dass ihre Mutter mit Töpfen und Schranktüren eine Spur lauter knallte als nötig. Wenn Leo Nolan dann, so gegen sieben, in ihr zugiges Haus in Kew heimkehrte, schien in Isla Nolan ein Licht anzugehen. Schon als Kind war Elle klar geworden, dass Teile ihrer Mutter für sie und ihren jüngeren Bruder Jude versiegelt waren. Als sie heranwuchs und dabei die schwelende Unzufriedenheit ihrer Mutter beobachtete, traf Elle eine Entscheidung: Wenn sie heiratete, würde es anders sein. Sie würde einen Mann heiraten, der die Kinder mit ihr zusammen »großzog«. Einen Mann, der an einem Dienstagnachmittag um drei an ihrer Seite sein konnte. Als sie von jener Brücke aus zu seinem fünfzigstöckigen Büroturm hinaufschaute, fürchtete Elle, dass David Forrester nicht dieser Mann sein würde: ein *Gehaltsempfänger*.

Elle legte ihr Telefon in die Halterung zurück. Wenn sie mit Mira sprach, würde sie David erwähnen. Aber heute schon von ihm zu erzählen, das kam ihr verfrüht vor. Der Verkehr setzte sich in Bewegung und schwemmte sie mit. Sie war versucht umzukehren, aber da wurde ihr alter Valiant schon vom Verkehrsstrom über die Brücke und in Richtung Fishermans Bend erfasst.

In Middle Park war das seidige Wasser der Bucht mit Rennbooten durchsetzt. Yachten ballten sich in mittlerer Entfernung wie Mini-Schwäne. Mit zehn Minuten Verspätung parkte Elle und ließ sich tiefer in ihren Schalensitz rutschen. Sie konnte das führende Boot gerade noch erkennen und wünschte sich flüchtig, an Bord zu sein. Sechs Meter entfernt saß David im Schneidersitz auf einer Betonmauer und beobachtete die in der Ferne stattfindende Regatta. Sie registrierte seine breiten Schultern, langen Extremitäten, das von der Brise zerzauste Haar. Seine Nähe brachte ihr die Berührung seiner Lippen wieder in Erinnerung und das Streicheln seiner Haut. Seine Präsenz, mit der er ihr Esszimmer, ihre Küche, ihr Bett erfüllt hatte. Reglos saß sie da und lauschte auf ihren Herzschlag.

Am Horizont wurde das Violett am Himmel schmaler. Auf seiner Betonmauer rieb sich David die Stirn und blickte auf seine Uhr: Inzwischen war es 18 Uhr 18. Die Möglichkeit, versetzt zu werden, nahm in seinem Kopf Gestalt an, vermutete sie. Und zweifellos war er ihr zuliebe bei Freeman & Milne früher gegangen. Sie seufzte. Vor vier Jahren, als sie gekündigt hatte, war er ihr bereits aufgefallen. Die Kanzlei war nicht für Schönlinge bekannt, aber ein die Flure durchmessender Mr Rochester war natürlich schon etwas. In den drei Wochen, die er schon da war, bevor sie ging, hatte sie erfahren, dass er eine Nachteule war, Smalltalk scheute und sich mit seiner Frau auseinandergelebt hatte. Kurz danach wurde er, wie sie hörte, geschieden. Hinter ihm im Lift stehend hatte sie registriert, dass seine Anzüge oft zerknittert und seine Socken seltsam waren. Wenn sie einen flüchtigen Blick auf ihn warf, während er von Akten umgeben am Schreibtisch saß, hatte sie mitbekommen, dass er nicht oft lächelte, denn sein Auftreten hatte etwas Finsteres. Doch selbst damals war sie schon fasziniert gewesen.

Jenseits der Yarra-Mündung erhoben sich die Schornsteine der Raffinerien wie ein fernes dunkelgraues Königreich. Eine mit Lichtern bestückte Spitze hob und senkte sich so gleichmäßig wie ein gemächlicher Pulsschlag. Sie konzentrierte sich auf diesen Rhythmus, um Klarheit in ihren Kopf und Ruhe in ihren Körper zu bringen. Die Versuchung war so, so groß. Sie sagte sich, dass seine finstere Haltung vermuten ließ, dass er tatsächlich unglücklich war. Berufsrisiko. Und sie war mit Unglück fertig, hatte sich ab dem Tag, als sie angenommen worden war, um ihren Master an der Filmhochschule zu machen, davon verabschiedet. Sie sagte sich, dass sie nun unbestreitbar zu unterschiedlichen Stämmen gehörten … Sie riskierte noch einen Blick durch ihre von Steinschlägen zerschrammte Windschutzscheibe. Davids edle Stirn lag jetzt in seine Hand gestützt. Es war fast 18 Uhr 30, und das Schauspiel am Himmel so gut wie vorbei. Um ihn herum zogen sich Vorhänge aus Dunkelheit zusammen. Sie beobachtete, wie er zögernd aufstand und sich streckte, was, ihrer Ansicht nach, sein Alter verriet.

Drei Dinge kamen ihr dann in den Sinn: Wenn sie nicht sofort verschwand, würde er sie entdecken; es war Furcht – nicht sein Beruf oder seine Arbeitszeit –, die sie im Auto sitzen bleiben ließ; und das Entscheidende – David Forrester war der aufregendste Mann, der ihr seit Jahren begegnet war.

In weniger als einer Sekunde war sie ausgestiegen. Der Abend war erstaunlich mild. Ermutigend. Sie nahm sich vor, es langsam angehen zu lassen und nicht wieder mit ihm zu schlafen – zumindest nicht an diesem Abend. Sie eilte von hinten auf ihn zu. Jetzt war sie bereits fünfundvierzig Minuten zu spät.

»Wow«, sagte sie laut, »du bist noch da.« Als sie sein kantiges Gesicht aus der Nähe sah, musste sie den Impuls unterdrücken, ihn zu küssen. »Es tut mir so leid.« Sie überlegte kurz und erzählte dann eine Halbwahrheit. »Der Verkehr war entsetzlich.«

»Ist schon okay.« Seine Stimme knarzte.

»Unter der West Gate gab es ein Grasfeuer, sodass die Autos sich stauten«, sagte sie und war dankbar für diese Tatsache. Sie drehte sich nach Westen. »Hast du den Rauch gesehen?«

»Nein«, sagte er verlegen, »ich habe nichts gesehen.«

»Das ist seltsam, das ist doch gleich dort drüben.«

Gemeinsam schauten sie über die Bucht, aber der Rauch hatte sich in den Nachthimmel verzogen. Die Brücke zeigte keine Spur des jüngsten Dramas und war wie immer mit glitzernden Lichtern bestückt.

»Ich bin froh, dass es nicht über den Zaun gewandert ist«, sagte sie. »Meine Neffen wohnen gleich gegenüber vom Mobil Terminal.«

»Ein aberwitziger Ort für Kinder.«

Sein Ton reizte sie. »Nicht jeder kann sich in Middle Brighton niederlassen.«

Sie verstummte und stand so nah bei ihm, dass sie einen Hauch von Alkohol wahrnahm. Vielleicht war er auch nervös. Sie machte sich keine Gedanken wegen der schleppenden Unterhaltung, sondern betrachtete ihn eingehend. Orangefarbene Turnschuhe, ausgewaschene Jeans und eine unförmige rote Windjacke mit spanischer Schrift als Muster. Sein exzentrisch-chaotischer Stil wirkte passend. Und dieses offensichtliche Lieblingsoutfit war deutlich besser als sein Anzug.

»Ich weiß nicht, wie's dir geht«, sagte er, »aber ich bin am Verhungern.« Er sprang über die Betonmauer, um seinen

Rucksack vom Sand aufzuheben. Ein Baguette und eine Weinflasche ragten heraus. »Ich hoffe, du magst Käse.«

»Und wie.«

»Aber eins nach dem anderen.« Er zog etwas aus der Außentasche des Rucksacks. Ein Fläschchen Sandelholz-Massageöl. »Für eine Frau, die zu viel denkt.«

Sie merkte, wie sie errötete, und er grinste. Wortlos packten sie aus, was er mitgebracht hatte: einen kleinen Teppich, an dem noch das Preisschild hing, Käse und Brot, Birnen und Schokolade, Wein und Wasser. Sie arbeiteten zielstrebig, ohne einander zu berühren. Nachdem der Teppich ausgebreitet war, goss er Wasser ein und reichte ihr einen Plastikbecher. Sein Grinsen war so breit, dass ihr der Atem stockte. Der Himmel färbte sich Petrolblau, und in der Luft lag ein Hauch von Frühling. Der Moment war wie ein Schnappschuss. Überhöht und rein.

Zwei Stunden später lehnte David an einer Säule auf ihrer Veranda und beobachtete sie. Ihr gemeinsamer Abend befand sich, nachdem das Lampenfieber überwunden war, an seinem nächsten Wendepunkt, aber sie konnte ihren Hausschlüssel nicht finden. Sie zögerte, ehrfürchtig. Er war umgeben von dem weiß blühenden Sternjasmin, der bis auf ihre Veranda wuchs. Es war berauschend: seine strahlenden braunen Augen und die cremefarbenen Zähne mit der kleinen Lücke. Seine Männlichkeit. Keiner von beiden sagte etwas. Aber während die Sekunden verstrichen, konnte sie sich das Lächeln nicht mehr verkneifen; ihm erging es genauso. Er schien sie zu durchschauen und agierte stumm. Sanft zog er sie an sich und küsste sie. In der duftenden Abendluft passten ihre Lippen sogar noch besser aufeinander als vor ein paar Tagen. Aneinandergeschmiegt füllte jeder die Vertiefungen im Körper des anderen.

Nach einem Augenblick löste sie sich von ihm und nahm sein kräftiges Handgelenk in ihre schlanken Finger. Ihn zu spüren erregte sie, vielleicht zu sehr. Sie dachte daran, was sie seit ihrer gemeinsamen Nacht dazugelernt hatte. Laut Wikipedia bezeichnet die weibliche Ejakulation, auch Freudenfluss oder Gushing genannt, den Ausstoß einer beträchtlichen Menge klarer Flüssigkeit aus den Endabschnitten der Harnröhre vor und während des Orgasmus. Die genaue Entstehung und Zusammensetzung der Flüssigkeit ist unter medizinischen Fachleuten noch umstritten. Er hatte diesen Platzregen ihres Körpers gefeiert und in jedem Fall befriedigt registriert. Sie wusste seine Galanterie zu schätzen und fühlte sich in seiner Schuld. Aber als er sie heute Abend so begehrlich betrachtete, musste sie sich eingestehen, dass es ihr peinlich gewesen war.

Sie bekam Herzklopfen. *Was auch immer geschieht*, dachte sie. *Ich werde damit klarkommen*. Mit einer Geste bat sie ihn hinein.

»Noch ein One-Night-Stand?«, sagte er lässig, rührte sich aber nicht.

Leicht beunruhigt fuhr sie sich mit den Fingern durchs Haar, und er lächelte. Bisher hatte keiner von ihnen ihre erste gemeinsame Nacht erwähnt, zumindest nicht direkt. Sie schüttelte den Kopf, bevor sie ihren Schlüssel endlich entdeckte und die Haustür aufschloss. Sie ließ die Tür aufschwingen, doch er bewegte sich nicht. Gleichzeitig wurden ihr die eigene Erregung und seine Zurückhaltung bewusst. Also küsste sie ihn eindringlich, bis sie beide keuchten. Dann löste sie sich souverän von ihm und warb um ihn, indem sie erst einen Stiefel, dann den anderen abstreifte und in den Flur warf. Schließlich vollführte sie einen spontanen Striptease: Sie zog die Jacke aus, das limonengrüne Kleid in A-Form und ihre Strumpfhose. David beobachtete erfreut, wie sie herumkasperte und immer mehr von ihrer Haut zum Vorschein kam. Schließlich warf sie ihre noch warme Strumpfhose wie ein Lasso nach ihm, umfing in mit den seidigen Beinen und zog. Dann war er drinnen.

Mit dem Gesicht zu ihm gewandt, verspürte sie auf ihrem Bett eine gewisse Ruhe, bis sie in seinen braunen Augen eine besondere Glut auflodern sah. Sie hielt den Atem an, als er durch ihre Haare fuhr, wie sie es sonst selbst tat, sodass sie zu Berge standen.

»Also«, sagte er leichthin, »was hat deine Meinung geändert?«

Obwohl sie eigentlich lieber ehrlich war, zögerte sie, so viel preiszugeben: dass er an jedem Wendepunkt entwaffnend gewesen war. »Ich habe eine Schwäche für attraktive Männer«, sagte sie, »fast so wie meine Schwäche für Süßes.«

David lachte. »Ich hätte dich für klüger gehalten.«

Um fünf Uhr morgens wachte sie auf und bemerkte, dass das Bett neben ihr leer war. Sie streckte sich und berührte das kühle Laken und die Reste der Feuchtigkeit. Ein bisschen davon war Massageöl, aber das meiste nicht. Wenigstens war sie diesmal darauf vorbereitet gewesen. Und sie waren locker damit umgegangen. Lachten sogar. Er war stolz auf die Flut und ermunterte sie, es auch zu sein. Es war eine gewisse Leistung, nichts, wofür man sich schämen musste. Und sie konnte sehen, dass David entschlossen war, darin ein gutes Zeichen zu erkennen. Für ihn kündeten ihre Wolkenbrüche davon, was zwischen ihnen vorging: von ihrer unwahrscheinlichen Vereinigung. Vielleicht hatte er damit ja recht. Solchen Sex hatte sie noch nie: Seine Haut auf ihrer fühlte sich fast samtig an; sein Körper bewegte ihren auf eine Weise, die ihr bisher unbekannt gewesen war. Nackt und gelöst hatte sie erneut alle Hemmungen abgelegt. Verträumt setzte sie sich auf und nahm nach und nach die Einzelheiten wahr. Davids Kleider lagen noch verstreut auf dem Teppich, neben den feuchten Handtüchern. Aber das Bad gleich neben ihrem Schlafzimmer war leer. Sie erhob sich. Mit einer Kaschmirdecke um die Schultern schlich sie auf Zehenspitzen aus dem Raum. Am Ende des Flurs war Licht. Erstaunt näherte sie sich ihrem Arbeitszimmer. Nackt und zurückgelehnt saß David an ihrem Schreibtisch und lachte glucksend in sich hinein. Auf seinem Schoß lag ihr neues Skript. Erschrocken bemerkte sie, dass er fast schon am Ende angelangt war.

Ihre hellwache Stimme klang in der Stille laut: »Was machst du da?«

»Hey«, sagte er, »ich liebe das, dass sie Musikerbiografien schreibt und er engagiert wurde, um ihre Biografie für einen Film zu adaptieren. Und mir gefällt ihr Name, Freddie. Das erinnert mich definitiv an Howard Hawks.« Sein Blick ruhte beständig auf ihr.

»Tut es das?« Ihr Ton war ironisch, aber ihre Gefühle waren nicht so eindeutig – vielleicht etwas angesäuert, aber doch auch beschwingt. Sie zog die Decke enger um sich.

»*Limerence* ist ein interessanter Titel, aber du erklärst ihn nirgends. Was bedeutet er?«

Sie zögerte erstaunt. Er hatte recht.

Er setzte sich gerade hin. »Elle?«

»Der Begriff wurde in den Siebzigerjahren von der Psychologin Dorothy Tennov eingeführt, um diese berauschende Verliebtheit zu benennen, die so typisch für die ersten Tage einer Beziehung ist, diese alles beherrschenden, intensiven Gefühle, die allerdings zwangsläufig vergehen.«

»Ah. Aber muss das wirklich so sein?« Die Intensität seines Blicks strafte seinen belustigten Ton Lügen.

»Laut Tennov«, erklärte sie in nüchternem Ton, »bei den meisten Menschen schon.«

»Aber wie ist das bei dir?«

»Oh …« Ein Schatten glitt über ihr Gesicht, und sie versuchte, ihn einzufangen.

An jenem ersten Morgen hatte er sie damit aufgezogen, als Erfinderin romantischer Komödien falsche Hoffnungen zu wecken. Aber an ihren eigenen war nichts falsch gewesen. Sie hatte sich einen Lover aus Fleisch und Blut gewünscht, der sie erregte. Aber im Laufe der Jahre hatte sie begonnen zu fürchten, dass ihr Problem nicht falsche Hoffnung, sondern sie selbst war. Bevor sie David begegnete, hatte sie nie so etwas wie Limerenz, wie Verliebtheit, gespürt. Jetzt dagegen betrat sie, wenn auch taumelnd, Neuland. Sie versuchte, seinem Blick auszuweichen.

»Ich kann es nicht sagen«, antwortete sie.

»Du kannst nicht oder du willst nicht?«

Auf ihrem Stuhl, an ihrem Schreibtisch sah er so verdammt ansprechend und selbstbewusst aus. »Kann nicht«, sagte sie und straffte ihre Schultern. »Ist noch nie passiert.«

»Wirklich?« Seine Augen bekamen einen neuen Glanz.

Sie hatte eine Spur Amüsement oder vielleicht Betroffenheit erwartet – um seinetwillen oder vielleicht um ihretwillen. Aber seine Reaktion war nachdenklicher. Es war, als könnte er die Zahnräder sehen, die sich in ihr drehten, und würde den Anblick genießen. Beunruhigt wandte sie sich von ihm ab. Mit einem Arm stützte sie sich am Türstock ab, als brauche sie Halt. Sie hatte nicht damit gerechnet, ihm das in dieser Nacht zu offenbaren. Ihr Blick ging zu dem Skript in seinem Schoß.

»Es ist noch nicht fertig, weißt du«, sagte sie, »nicht mal als Entwurf.«

Behutsam legte er die Seiten auf den Tisch. Er habe nicht vorgehabt, es zu lesen, erklärte er, konnte aber ab drei Uhr nicht schlafen. Und er hatte unter anderem diese Nacht nicht unterbrechen wollen. »Aber ich sehe ein, dass ich dich hätte fragen sollen.«

»Ja.« Sie registrierte seine großen, unschuldigen Augen, seinen angehaltenen Atem und die grundsätzliche Gelassenheit. Auf der anderen Seite empfand sie es als kleinen, aber immerhin schmeichelhaften Diebstahl.

»Mir gefallen all diese schnörkeligen Anmerkungen, die du dazugeschrieben hast«, sagte er und deutete auf ihre Notizen. Aber als sie nicht lächelte, fuhr er fort: »Mir gefällt auch, dass es selbstreferenziell ist.« Er sprach zunehmend schneller. »Wie die *Scream*-Filme von Wes Craven. Du spottest über die Klischees des Genres, über die ich noch nie nachgedacht habe, die gekünstelte Art, auf die das Paar immer aneinandergeschmiedet ist, die physische Verwandlung der Hauptdarstellerin, die Art, wie innere Konflikte der Hauptfiguren sich so hübsch lösen lassen, ganz ohne Seelenklempner, und am Ende in der Hetze zu ihrer Wohnung, wo schon alles gepackt ist, rennt er sogar die Straße entlang. Du hast sogar an den girliemäßigen Soundtrack gedacht.«

»Freut mich.«

Sie schnappte sich ihr Skript und presste es an sich. Aufregung durchzuckte sie. Trotz seiner Methoden war er beeindruckend, einfühlsam. Nicht jeder verstand es, ein Drehbuch zu lesen. Und er wollte noch mehr sagen. Sie wollte es auch hören, aber zugleich nicht. Ihr einziger Tiefschlag auf der Filmhochschule war eine niederschmetternde Beurteilung durch einen angesehenen, aber neidischen Drehbuch-Redakteur gewesen. Das hatte ihr vor Augen geführt, wie wichtig es war, sich ihre eigenen Berater zu suchen und sich auf ganz wenige ausgewählte Erstleser zu beschränken. Im Grunde genommen hatte sie nur einen: ihre Exschwägerin und beste Freundin, die Drehbuchredakteurin und Produzentin Mira Raison. Über Elles Schreibtisch hing das sonnige Poster von *Daisy*, das den leidenschaftlichen Charakter ihrer Protagonistin, einer Tänzerin, ausdrückte. Doch selbst dieser phänomenal erfolgreiche Film hatte ihr schwierige Momente beschert. Michael Schaeffer von *The Australian* hatte ihre aufstrebenden Charaktere »überzogen in der Tradition australischer Komödien« genannt und ihren Erfolg »tumbem Anfängerglück und dem Bedarf der Filmindustrie an einem neuen (weiblichen) Gesicht« zugeschrieben. Der gemeine Angriff dieses Bastards hatte sie persönlich getroffen, und sie brauchte Wochen, um darüber hinwegzukommen.

David beobachtete sie aufmerksam. Blass und nackt rutschte er vom Stuhl und sank vor ihr auf die Knie. Er nahm ihre Hand. Sein Griff war fest und warm. Ihre Missstimmung verflog. Dafür merkte sie, wie sie seine Lockerheit bewunderte, wie er mit seinem eleganten, wenn auch nicht durchtrainierten Körper umging, auch seinen schwingenden Penis. Sie war versucht, sich zu ihm zu knien.

»Auch wenn ich mich nicht für romantische Komödien eigne«, sagte er, »je mehr Zeit ich mit dir verbringe, desto eher fürchte ich, so zu werden.« Er zwinkerte ihr zu. »Und ich glaube, du hast den Nagel auf den Kopf getroffen. Das Genre ist reif für eine intelligente Parodie.« Er zog ihre Hand an seine Lippen und küsste ihre Fingerknöchel. »Und dieses Drehbuch wird es sein. Es trägt deine Handschrift. Selbst als früher Entwurf bietet es schon alles. Es ist witzig und frisch und wahrhaftig.«

Er ließ seine braunen Augen auf ihr ruhen, als setzten sie einen Punkt, und lächelte unvermittelt. Es folgte ein kurzes Schweigen. Obwohl es unvorbereitet gewesen war, hatte er ihr genau die eine Sache gesagt, die sie hören musste. Sie gönnte sich einen Moment, um zu verarbeiten, was er von sich gegeben und getan hatte und wie sie sich fühlte. In der frühmorgendlichen Stille war ihr bewusst, dass zwischen ihnen irgendwas passierte, etwas Wichtiges und Grundlegendes. Aber sie wusste nicht, was. Sie begriff nur, dass sie seinen Glauben an sie spürte, während er sie mit festem Griff hielt. Es war das größte Kompliment, das ihr jemals gemacht worden war. Und es fühlte sich voll und ganz wie Liebe an.

Erinnerungsfetzen umschwirren sie wie eine Montage-Szene in einem ihrer Filme. Sie saß arbeitend an ihrem Schreibtisch, als er eines Donnerstags um die Mittagszeit vor ihrem Fenster erschien, mit einem Tablett voller Sandwiches aus der Chef-Etage. Ihr ganzer Körper erkannte ihn: Herz, Bauch und

Vulva. Sie verspürte ein umfassendes Prickeln. Eine Woche verging. Eine zweite. Summend schnitt sie einen Zweig vom Sternjasmin neben ihrer Veranda und streute die Blüten in seine Aktentasche. Nackt saß sie auf ihm und knetete seine Schultern, während ihre Brüste seinen Rücken kitzelten. Die Tage waren herrlich und wurden zunehmend länger, das Licht heller. In der Abenddämmerung saßen sie auf einer Decke im Königlichen Botanischen Garten. Das war alles so außergewöhnlich und so bezaubernd.

Im Mondscheinkino des Botanischen Gartens wurden *Ehekrieg* und *Die Frau, von der man spricht* gespielt. Sie hatte ihn früh dort hinbestellt, in die Mitte der Rasenfläche. Die Leinwand vor ihnen war flankiert von Obstbäumen. Während sie warteten, gesellten sich noch Hunderte Kinogänger und Fledermäuse zu ihnen. In der wachsenden Menge wurde sie nervös. Seit fast vier Monaten ließ alles, was sie erlebt hatte, darauf schließen, dass David zu ihr passte: von seinem Faible für Alice Munro und Mark Rothko bis zu seiner Schwäche für heiße Bäder und Bioschokolade. Und sie wurde seiner nicht müde – ganz im Gegenteil. Sie hatte entdeckt, dass er im Grunde genommen eher Künstler (oder zumindest Ästhet) war als Anwalt. Und das hatte sie selbstverständlich gefreut. Aber mochte er diese Filme wirklich? Filme, die über fünfzig Jahre alt und in Schwarz-Weiß gedreht waren?

Während *Die Frau, von der man spricht* schon begann, räumte sie ihr Picknickgeschirr zusammen. Ihr Blattsalat, die geräucherte Forelle und die Wassermelone hatten ihm geschmeckt. Jetzt waren nur noch Trauben und eine halbe Flasche Weißwein übrig. Er trank nicht viel, was gut war, denn sie tat das auch nicht. Auf seiner karierten Decke saß sie zwischen seinen Beinen, in der warmen Höhle seiner Umarmung. Und wartete mit verschränkten Fingern.

Die Wahrheit war, dass sie in Katharine Hepburn immer sich selbst gesehen hatte. Sie bevorzugte auch Hosen und bestand vor allem aus Knien und Ellbogen. Sie konnte ebenfalls dominant sein. Und sie wurde oft verkannt, galt an Highschool und Universität als hochnäsig und unnahbar. Nachdem sie begonnen hatte, die Autobiografie von The Great Kate zu lesen, stellte sie fest, dass die Gemeinsamkeiten noch tiefer gründeten: Auch sie hatte sich von ihren Kommilitonen entfernt, als ihr Vater bei einer Gallensteinoperation starb. Genau wie Kate, nachdem sie ihren älteren Bruder gefunden hatte, der sich im Alter von sechzehn mit seinem Bettlaken erhängt hatte. Ihrer beider Unabhängigkeit wurde im Feuer der Tragödie geschmiedet. Und je besser sie David kennenlernte, desto eher konnte sie etwas von Spencer Tracy in ihm erkennen. Ein echter Kerl, mit einem ausgeprägten Sinn für Humor, der sich nicht mit Narren abgab, aber seine engsten Freunde offenbar ein Leben lang behielt. Männer wie Alex Carras, Davids ältesten Freund (und wichtigsten Mandanten) – ein Mann, den Elle unbedingt kennenlernen wollte. Während des Abendessens ratterte sie die Geschichte von KH und ST herunter, als seien sie ihre Großeltern, die er gleich kennenlernen sollte. Sie erzählte ihm, dass *Die Frau, von der man spricht* der erste gemeinsame Film von Katharine und Spencer war. Danach sollten noch acht weitere folgen. Und sie erzählte ihm, wobei sie unerklärlicherweise rot wurde, dass KH gleich, nachdem sie begonnen hatten, wusste: Spencer war unwiderstehlich.

David hatte sie auf die Nasenspitze geküsst und gesagt. »Stimmt, das hab ich auch gelesen.«

Daraufhin lachte sie. Verlegen und aufgekratzt.

Als der Film losging, fühlte sie sich derart darin einbezogen, fast so, als hätte sie das Buch selbst geschrieben. Als die Hauptfiguren sich ein Baseballspiel ansahen und dabei zankten, meinte sie, die ersten Funken ihrer Liebe sehen zu können, die fast drei Jahrzehnte überdauern sollte. Schnell sah sie David an und hoffte, dass er es auch sah. Aber sein hübsches Gesicht war unbewegt und unergründlich. Da fühlte sie sich, als wäre sie wieder acht und würde Geschichten vom Kästchenhüpfen vor sich hin plappern, während ihre Mutter T-Shirts faltete, ohne sie anzusehen oder irgendwas dazu zu sagen.

Dann flüsterte er ihr zu: »Ich kann Spuren von dir in dem alten Rotschopf da oben erkennen.«

Das vernahm sie mit Befriedigung.

Einen Moment später lachten sie gemeinsam. Erleichtert schaute sie zu, bis Katharine und Spencer sich das erste Mal umarmten. Um sie herum wurde die Menge still und genoss die sternklare Nacht. Sie lehnte sich an David, und er lehnte sich an sie, und ihre Körper führten eine stumme Unterhaltung. Hart gegen weich, feingliedrig gegen kräftig. Als Spencer und Katharine ihren Clinch beigelegt hatten, gab es vereinzeltes Quietschen und Gelächter in der Menge. Elle hörte lautes Ticken und Klicken. Die Geräusche waren vertraut, aber irgendwie auch fern, wie eine Erinnerung. Sie schienen den ganzen Botanischen Garten zu erfüllen. Danach ging alles ganz schnell. Wasser sprühte aus einem Dutzend Stellen auf dem Rasen. Sprinkler. Die vielen versteckten Köpfe stiegen in einer aufeinander abgestimmten feinen, kühlen Welle aus der Erde.

Es prasselte auf die Leinwand, Katharine und Spencer tropften und verschwanden. Die Menge, eben noch ein Meer aus zufriedenen Gestalten, stob auseinander, als bräche ein Gewitter los. Aber in dem Chaos wurde weitergelacht und -gequietscht, während die Leute zu den Bäumen und Blumenbeeten rannten, um aus dem Radius der bogenförmigen Wasserfontänen zu kommen. Fledermäuse flatterten aus den Bäumen und verdunkelten die Sterne.

Elle sprang zuerst auf die Füße, dann David. Rechts von ihnen wirbelte ein Sprinklerkopf herum. Alles in seiner Reichweite war tropfnass: Servietten, Trauben, Decke, Kissen und sie beide. Sie besah sich den fröhlichen Tumult. Junge Familien, ältere Paare und Gruppen von Jugendlichen rannten durcheinander, die Arme voll mit Kissen, Körben und Schuhen. Sie spürte das Wasser auf ihrer Haut und schüttelte es nicht ab. Kühl sickerte es durch ihre Kleidung und verursachte ihr eine Gänsehaut. Nass grinste sie zu David hoch, seine Augen strahlten, und sein Gesicht leuchtete; sie stellte sich vor, den hübschen Jungen erkennen zu können, der er einst gewesen war. Ja, sie liebte diesen Jungen und diesen Mann so, wie sie nie zuvor geliebt hatte. Diese Liebe kam aus ihrem Bauch und pochte. Sie war so greifbar wie der Wasserfilm auf ihrer Haut. Von dieser Erkenntnis beseelt, schlang sie die Arme um seinen Hals und flüsterte ihm ihre Liebe ins Ohr. Die Antwort bestand darin, dass er seine feste Umarmung noch verstärkte, und sie war zufrieden.

Am nächsten Morgen lagen sie Seite an Seite in ihrem Bett. Er gab ihr jede Seite ihres Skripts, die er gelesen hatte. In seiner Hand hielt er einen Bleistift, und alle ein, zwei Seiten kritzelte er etwas an den jungfräulichen Rand. Sie betrachtete ihn dabei, als sei er ein menschliches, nacktes Wunder. *Lies die Zeitung*, ermahnte sie sich selbst, *oder Kates Lebensgeschichte.* Aber sie schaffte es nicht. Sie konnte nicht wegsehen.

Als er zum zweiten Mal kicherte, sagte sie: »Wo bist du gerade?«

»Da, wo Freddie Mike beim Gig im Corner trifft.« Er lächelte sanft. »Das hast du gestrafft, jetzt ist es witziger.«

»Und magst du sie noch?«

»Klar, sie ist frech, unbequem. Genau mein Typ.«

Elle lehnte sich zurück. »Mach weiter.«

Eine Stunde später schien die Sonne in ihr Schlafzimmer, und er war fertig. Er reichte ihr die letzte Seite mit einer ehrerbietigen Verbeugung. »Es ist gut, richtig gut.«

»Und?«

»Und …«

Er lehnte sich an sein Kissen und hielt ihren zärtlichen Blick fest. Seine Haare und Bartstoppeln hoben sich dunkelbraun von der weißen Bettwäsche ab. Sie hob die Hand, um seine Wange zu berühren, hielt sich dann aber selbst zurück. *Konzentrier dich.*

»Also, es lahmt so um Seite vierzig herum. Ich habe die Stelle markiert. Das dauert nur ein paar Szenen, vielleicht fünfzehn Seiten, dann zieht das Tempo wieder an.«

»Okay … Ja, ich weiß, welche Stelle du meinst.« Sie nagte an ihrer Unterlippe. »Was hältst du von dem Thema?«

Während sie ihm beim Denken zusah, war sie hin- und hergerissen zwischen dem Wunsch, ihn zu küssen oder ihm die nächsten tausend Fragen zu stellen. Er rollte sich auf den Bauch, sodass sein Gesicht nah an ihrem war. Vielleicht lautete die eigentliche Frage: Würde er es tatsächlich aussprechen? Sie hielt den Atem an.

»Na, das ist goldrichtig«, sagte er. Mit dem Finger fuhr er die Kurve ihres Kinns nach. »Denn Liebe ist die stärkste transformierende Kraft auf diesem Planeten.«

Ja, dachte sie. *Ja*. In ihrem Blut kursierte Freude. Er strich mit den Lippen über ihr breites Lächeln. »Und ich bin der Erste für dich.«

»Okay, Schlauberger, kein Grund zur Schadenfreude«, lachte sie. »Aber was ist …«

»Was ist, wenn ich es noch mal rieseln lasse«, wieder küsste er sie, »und danach ein paar Gedanken zu Papier bringe?«

»Okay«, flüsterte sie und spürte ihre Zehenspitzen kribbeln. »Abgemacht.«

Am selben Nachmittag machte er ihr Frühstück. Sie sah ihm zu, wie er mit Ziegenkäse, Pilzen und Tomaten zwischen Kühlschrank, Bank und Herd Cha-Cha-Cha tanzte. Die Musik war von ihm und ihr nicht vertraut. Zurückhaltender und doch energiegeladener Latino-Sound. Sie sah ihm zu, wie er ständig und ungeniert aus dem Takt war.

»Machst du das mit Absicht?«, fragte sie.

»Was?«

Sie gab sich größte Mühe, seine seltsamen Schrittfolgen zu imitieren. Er grinste, machte damit weiter und erinnerte dabei stark an Peter Sellers.

»Ich war mal bei einem Vorsprechen für einen Coke-Werbespot«, sagte er. »Da war ich siebzehn, und wir waren zu acht. Wir sollten in einer Küche flirten und herumtanzen. Ich gab wirklich mein Bestes. Dann rief irgendein Typ: ›Wir nehmen sie alle, bis auf den da‹, und zeigte mit seinem haarigen Arm auf mich.«

Sie konnte ihn sich mit siebzehn vorstellen – frisch, energiegeladen, unkoordiniert. Sie versuchte, ein Kichern zu unterdrücken. »Und du bist seither nicht wirklich weitergekommen.«

»Äh, nein.«

Ihr Lachen schallte durch die Küche. Seine Defizite waren genauso hinreißend wie der Rest von ihm. Und dass es sie gab, war eine Erleichterung. Danach zeigte er ihr seine beste hüftschwingende, schulterzitternde Performance. Sie feuerte ihn an, bis die Pilze in der Pfanne anbrannten und die Tomaten fast verdampft waren.

Durch ihr Haus schallt eine Rumba. In ihrer Erinnerung hatte sie ihre Anfänge Davids Begeisterung für sie zugeschrieben. Aber das ist, wie sie jetzt erkennt, nicht die ganze Geschichte. Ihr wird klar, dass man in der eigenen Verführung nicht passiver Beteiligter sein kann.

Von der Decke aus mustert sie ihre Einbauküche mit den winzigen perlmuttfarbenen Fliesen, den glänzenden Dielen aus Eukalyptusholz, daneben die Regale mit den alphabetisch sortierten Filmen. Als sie ihr Zuhause einrichtete, hielt sie sich für erfolgreich, unabhängig und glücklich. Und das war sie auch. Aber in jenem Jahr war sie auch anfällig gewesen. Leichtfertig. Und innerhalb von Monaten hatten heftiger Sex, nackte Schönheit und das erste Erröten der Liebe sie zur Strecke gebracht.

Unglaublich, denkt sie, *dass eine intelligente Frau sich das gestattet.*

Kapitel 3

Dave stolpert aus dem Toilettenhäuschen. Sein alter Benz steht so da, wie er ihn zurückgelassen hat, mit brennenden Scheinwerfern und offener Tür. Seine Aktenmappe, das Telefon, Diktiergerät und Brieftasche liegen allesamt auf dem Beifahrersitz. Und das an einem Freitagabend, weniger als einen Kilometer von Footscray, Melbournes Zentrum des Drogenhandels, entfernt! Nichts ergibt an diesem Abend einen Sinn. Rundherum sind die Straßen fast menschenleer. Er schaltet das Licht aus und sinkt gegen die Motorhaube. Er schließt die Augen, seufzt und atmet gierig die Nachtluft ein. Er merkt, dass es in seinen Ohren dröhnt. Er holt eine Zigarette aus dem Päckchen und schiebt sie sich zwischen seine trockenen Lippen. *Das wird jetzt schmerzhaft*, denkt er, *aber es lohnt sich.* Nichts schärft den Verstand so wie Tabak. Und es klappt wirklich, nach dem dritten langen Zug.

Es ist an der Zeit, seine Geschichte mit Logik und Fakten zu versehen. Prinzipien. Die Fälle, die ihm einfallen, haben sich in sein Gehirn eingeprägt, und zwar dank seiner kurzen und abgebrochenen Beschäftigung mit Strafrecht vor langer Zeit.

»Nehmen wir *Die Queen gegen Keogh*«, spricht er in das kleine schwarze Kästchen, »ein Urteil des Obersten Gerichtshofs von Victoria aus dem Jahr 1989.« *Provokation ist auch durch bloße Worte möglich …* Das hat er nie vergessen. Keogh tötete seine fünfundzwanzigjährige Exfreundin Cleary vor der Vorschule von Coburg, wo sie arbeitete. Keogh behauptete, er habe sie erstochen, weil sie ihn, als er sich ihr näherte, aufgefordert habe, sich zu verpissen oder sich selbst zu ficken. Keogh wurde wegen Totschlag - nicht wegen Mord - zu acht Jahren verurteilt, von denen mindestens sechs zu verbüßen gewesen wären. Er verbrachte keine vier Jahre hinter Gittern.

Dave atmet tief und langsam aus. Es scheint unmöglich, dass er in dieselbe Kategorie fällt wie ein Krimineller vom Schlag Keoghs. Aber wenn doch … dann könnte er wieder draußen sein, bevor er achtundvierzig wäre. Und über ein Jahr vor dem schicksalhaften Alter von neunundvierzig, in dem sein alter Herr den Löffel abgegeben hatte.

Auch andere Fälle kommen ihm in den Sinn: *Die Queen gegen Moffa, die Queen gegen Schembri.* Moffa, erinnert er sich, hatte sein Frau getötet, weil sie ihn einen schwarzen Bastard genannt, das Telefon nach ihm geworfen und offensichtlich mit anderen Männern geschlafen hatte. Er wurde des Totschlags für schuldig befunden und zu neun Jahren verurteilt, von denen er sieben absaß. Schembri erwürgte seine Exfrau, als sie aufgetaucht war, um die gemeinsame Tochter zu einem Besuch gemäß Umgangsrecht abzuholen. Er plädierte auf Totschlag und bekam acht, von denen mindestens fünfeinhalb zu verbüßen waren. *Klar*, denkt Dave, *es gibt noch Hoffnung für mich.* Er versucht, sich an ähnliche, noch nicht so lange zurückliegende Fälle zu erinnern, aber die Details wollen ihm nicht einfallen. Von seiner Zigarette steigt gekräuselter Rauch auf. Sie werden schon kommen.

Manche Leute können sich Zahlen gut merken, andere

Gesichter. Bei ihm sind es üblicherweise Namen. Zitate. Das macht einen noch nicht zu einem guten Anwalt, aber es schindet Eindruck. In der schlimmsten Nacht seines Lebens sinniert er über Präzedenzfälle. In der entscheidenden Nacht seines Lebens. Er stellt sich die Victorian Reports des nächsten Jahres vor und die kernige Überschrift zu seinem Fall: *Mann erwürgt frisch angetraute Ehefrau in der Küche …*

Schatten fallen auf seine Motorhaube. Als sie sich teilen, befindet er sich wieder in ihrer Küche und nippt am Rotwein. Es ist 18 Uhr. Das Abendessen, eine kräftige Marinarasoße, kocht in einem Topf. Sonnenlicht fällt auf die Dielenbretter und umgibt sie mit einer goldenen Wolke. »Schau dich nur an«, sagt er. Sie steht am Herd und rührt in dem großen Topf, legt den hölzernen Kochlöffel auf den Rand. Er wartet und kann nicht glauben, was er sieht. Als es schließlich passiert, als sie es schließlich sagt … Er kann es immer noch nicht fassen. Was sie gesagt und wozu sie ihn gebracht hat. Es ist wie ein blinder Fleck in seinem Gedächtnis. Ein Leichentuch über seiner Erinnerung: dicht und dick.

Er regt sich. Es ist definitiv an der Zeit für die juristische Feuerkraft.

Das Telefon in der Hand geht er seine Kontakte durch. Erleichtert stellt er fest, dass er die Nummer noch hat. Mit zittrigen Fingern tippt er. Luft holen, warten. Es klingelt. Es klingelt so lange, dass ganz offensichtlich kein Anrufbeantworter rangehen wird. Während er wartet, scannt er seine übrigen Kontakte. Sie sind erbärmlich – so viel zur Bruderschaft der Juristen. Das Telefon liegt in seiner Handfläche, als sich eine quäkende ältliche Stimme meldet.

»Hallo?«

Daves rechtes Augenlid beginnt zu flattern.

»Hallo?«

Kronanwalt Reginald Jeffrey Priestly war der engste Freund seines Vaters. Dave hatte mit seinem Paten zuletzt vor Weihnachten gesprochen, nachdem er und Elle geheiratet hatten. Die beiden Männer hatten über Daves Pläne für Kinder, Hunde und ein Haus in Apollo Bay geredet. Er konnte sich noch an den Stolz in Regs Stimme erinnern und an sein Staunen.

»Hallo?« Die Stimme bricht, als sie lauter wird. »Wer ist da?« Es rumpelt, als habe er das Telefon fallen lassen. »Was für eine Plage.«

Dave hat diesen Mann schon voll in Fahrt vor Gericht gesehen: trittsicher und direkt, seine Kreuzverhöre die pure Anmut. Er kann die zitternde Stimme von heute Abend nicht mit der dröhnenden, schwarz gewandeten Gestalt zusammenbringen, Alter bedeutet Niedergang in Form von tausend Demütigungen. Manche davon, vielleicht in jüngster Zeit, dramatischer als andere. Gott sei Dank ist ihm das bei seinem Vater, der so früh starb, erspart geblieben. Manche Männer zerbröseln im Alter, manche kollabieren. Sein Glaube an die Feuerkraft gerät ins Wanken.

Er greift nach dem Diktiergerät. Die Stimme im Telefon giftet: »Reden Sie schon. Ich kann Sie atmen hören. Sie sind Raucher.«

Es ist eine Sache, dieses Zeug auf Band zu gestehen, und eine ganz andere, das von Angesicht zu Angesicht vor einem Kronanwalt zu tun. Er stellt sich vor, wie Regs Gesicht beim Zuhören nachdenklich wird. Wie Reg jedes Wort wägen, es ins Licht halten wird wie ein Juwelier einen Edelstein. Wie er schließlich eine Lupe zur Hand nehmen und strahlendes Licht auf jenen blinden Fleck richten wird.

Daves Daumen schwebt über der Taste, mit der man ein Gespräch beendet.

Er erinnert sich an die Stimme seines Vaters: »Reg macht sich gern an anderer Leute Leben die Hände dreckig. Ich bevorzuge eher ihre Autos.« Und es stimmte, anderer Leute Laster waren Regs Leidenschaft. Das Schmutzige und Niedere, ohne Handschuhe.

»Reg«, sagt er mit rauer Stimme, »hier ist David Forrester.«

»Was für eine Nacht für einen Anruf. Siehst du das Feuer?«

Dave runzelt die Stirn. »Nein. Keine Ahnung.« Über das Dröhnen in seinen Ohren hinweg kann er Sirenen heulen hören. »Hör zu, ich muss dich treffen.«

Der alte Mann stellt keine Frage. Vielleicht kennt er den atemlosen Ton.

»Gib mir eine Stunde«, sagt Reg, »um mir was zu essen zu machen. Die Gattin ist bei ihren Kindern.«

Eine Stunde, denkt Dave. *Zu viel kann in einer Stunde in die Binsen gehen.*

Dave parkt unter einem Baum in einer Seitenstraße. Als er diesmal die Aufnahme startet, richtet er sie an Reg. Kaum zapft er die Quelle an, sprudeln seine Erinnerungen. Lebhaft und bezaubernd. Er ermahnt sich selbst, die Prinzipien einer Befragung zu befolgen – konzentrier dich auf die Fakten des Falls und ihre Vorboten. Sonst nichts.

»Es war Seligkeit«, sagt er, »gute drei Monate lang.«

Es war Anfang Dezember, ein Dienstag, gegen 15 Uhr, und sie befanden sich in ihrem Schlafzimmer. Schon spät dran für eine Besprechung in der Collins Street trocknete er sich ab. Sie waren erst zwei Mal bei seinem Haus in Middle Brighton gewesen, und er hatte sie dort nicht aus dem Wagen steigen lassen. »Was ist denn das große Geheimnis?«, hatte sie sich aufs Necken verlegt. »Was hast du da drinnen versteckt?« Er hatte in den Wochen, bevor sie sich kennenlernten, seine Putzfrau und den Gärtner entlassen. Und obwohl er seit sechs Jahren in dem Haus mit seinen fünf Schlafzimmern wohnte, waren die Bleche in seinem Backofen noch in Folie eingepackt. Sie sagte, es kümmere sie nicht – »Lass es mich ansehen«. Aber ihn kümmerte es. Von seiner runden Auffahrt aus hatte sie sein Haus studiert und schließlich erklärt, seine »Villa« eigne sich für eine architektonische Einordnung. »Es ist schon erstaunlich«, sagte sie, »aber ich hätte dich nicht für einen Mann mit Türmchen gehalten.« Er stieg auf ihr Geplänkel ein, denn er wusste, sie wartete auf den rechten Augenblick. Eher früher als später würde er sie hineinlassen müssen.

In jenen ersten Monaten stellte er fest, dass ihre gemeinsame Zeit mit Bedacht verwendet wurde – für Kino- und Restaurantbesuche sowie in ihrem Bett. Ihre Zeit war sogar noch kostbarer als seine, und sie teilte sie entsprechend ein. Ihm wurden maximal zwei Abende pro Woche zugestanden. Immer hatte sie Meetings oder arbeitete an ihrem Skript oder las die anderer Leute. Wie alle anderen auch setzte sie große Hoffnungen in ihr zweites Projekt. »Sonst«, so erklärte sie ihm, »werden sie denken, das erste war nur ein Glückstreffer.« Das Drehbuch richtig hinzukriegen war entscheidend. Ohne zu zögern, zeigte sie ihm die Anmerkungen ihrer Drehbuchredakteurin. Anscheinend glaubte Mira nicht an die absolute Macht der Liebe zur Veränderung. (»Das ist eine armselige

Lüge, die viel zu viele romantische Komödien verkaufen«, schrieb Mira, »sogar diejenigen, die wir mögen! Wollen wir denn nicht mit diesem Klischee spielen?«) Elle hatte jedoch auf diese Prämisse gesetzt, und er konnte sehen, dass es sie aus der Bahn warf. »Sie ist ein Mannweib«, sagte er zu ihr. »Aber du kannst es umkrempeln. Es ist alles schon da, mein Herz, was die Story betrifft. Justier einfach das Niveau neu: ein bisschen mehr Violine, das Becken etwas leiser.« Er wusste gar nicht, was ihm mehr gefiel – dass er de facto ihr Skriptlektor war oder wie sehr sie sein Engagement genoss. Offenbar hatte er Talent. Beruhigt schrieb sie tagelang um.

An jenem Dienstagnachmittag zog er seine Hose hoch, während sie ihn von ihrem Bett aus beobachtete. Sein italienischer Anzug war neu, für den Sommer, und er war ihr aufgefallen. Am Morgen hatte sie auch seine neuerdings passenden Socken kommentiert. Es war unglaublich, was sie alles registrierte. Der Stoff seines Anzugs war grau mit feinen blauen und roten Linien, und er hatte sich ein mauvefarbenes Hemd dazu ausgesucht. Sie sagte, es gefalle ihr, wie seine rötlichen Strähnen mit dem Blau korrespondierten und sie wieder an Feuer erinnerten. Ein kontrolliertes Feuer: ein Gasfeuer. Sein Sternzeichen war Feuer und sein Zeichen in der chinesischen Astrologie das Feuerpferd, aber er glaubte nicht an solchen Unsinn. Er sagte ihr nichts davon, selbst als sie erwähnte, sie sei wässrig: ein Fisch. Ihm gefiel der Anzug auch, er mochte die Blau- und Rottöne zusammen. Unter ihren Augen band er sich die Krawatte, befestigte die Manschettenknöpfe und schloss seinen Gürtel. Er zog den Bauch ein, zupfte das zerknitterte Hemd zurecht und fuhr sich mit den Fingern durch die Haare. Doch als er sich die Zähne im gleich angrenzenden Badezimmer putzte, war er fast ungehalten und schrubbte sein Zahnfleisch, bis es blutete.

»Mr Forrester, warum gehst du immer wieder dahin zurück?«

Als er ins Schlafzimmer zurückkam, strahlte sie zu ihm hoch. Mit Augen, die so weiß waren, dass er sich immer noch fragte, wie sie das machte. Er seufzte. Vor dieser Unterhaltung hatte ihm schon gegraut: Glückliche Menschen hatten manchmal große Ähnlichkeit mit Bekehrungswütigen.

Er ließ sich aufs Bett sinken, und sie umschlang ihn. »Es ist offensichtlich, dass dein Herz nicht an Jura hängt«, sagte sie. »Und Kummer steht dir nicht.«

»Ich kann nichts anderes.«

Sie ließ seine Ausrede nachklingen, als wäre sie ihr neu. »Es kann doch nicht am Geld liegen«, sagte sie. »Warum malst du nicht? Oder zeichnest? Schau doch einfach mal, wie sich das entwickelt.«

Er errötete. Hatte sie etwas missverstanden? »Ich habe als Kind gern gezeichnet«, sagte er. »Aber seither ist es mir nie mehr in den Sinn gekommen.« Er küsste sie auf die Stirn und erhob sich.

»Denk einfach mal drüber nach.« Sie schlug die Laken zurück und stellte sich splitternackt neben ihn in seinem Anzug. »Ich unterstütze dich, wofür auch immer du dich entscheidest.«

Als er in ihre strahlenden Augen sah, glaubte er ihr das.

Auf der Fahrt zu Freeman & Milne versuchte er es. Er versuchte, eine Antwort auf seine Düsterheit zu finden, als würde er die Welt mit ihren Augen sehen. Er wusste, falls ihm irgendetwas einfiel, würde sie erwarten, dass er es weiterverfolgte.

Zeichnen oder Malen. Über sich hinauswachsen. Wenn es nur so leicht wäre. Selbstverwirklichung. Während er seinen Ausweis durch das Lesegerät am Lift zog, konnte er sich nicht mal den ersten Schritt vorstellen. Er war nicht wie sie: talentiert und wagemutig.

An jenem Abend lag er allein in seinem Bett. Ihm wurde klar, es war nur eine Frage der Zeit, bis er sie enttäuschte. Er hatte schon vor Monaten vermutet, dass sein Charakter mit ihrem kollidieren würde: Kanzlei gegen Kreativität. Vielleicht war das der Ursprung ihres Drängens. Nach Veränderung. Um seinet- oder ihretwillen, er wusste es nicht zu sagen. Sein Kopf begann zu pochen.

Der klopfende und vertraute Schmerz war hinter seiner Stirn. Gegen Sonnenaufgang, als er gerade fast eingeschlafen war, wurde er schlimmer. Er verschloss ihm die Augen und schärfte sein Gehör. Er konnte jetzt alles von der Straße hören: den alten Mann, der auf dem Weg zu seinem morgendlichen Schwimmen ausspuckte, ein paar Kinder mit einem Tretroller, seine Nachbarn, die Türen zuschlugen, und das Knirschen ihrer Absätze. Danach drangen die Gerüche herein: Abgase, Aftershave, Hundescheiße und der Rauch einer Zigarette, die zwei Gärten weiter gepafft wurde. Seine Nase wurde zum Magneten, seine Ohren waren wie Antennen, seine Augen außer Betrieb.

Der Schmerz an sich alarmierte ihn gar nicht so sehr. Aber seine Wiederkehr. Vor fast einem Jahrzehnt, als seine Kopfschmerzen zum ersten Mal aufgetreten waren, hatte er sie seiner Ex zugeschrieben, ihrer verrückten Art. Als sie anhielten, nachdem sie weg war, schob er das aufs Alter. Im Laufe der Jahre hatte er sich gesagt, wenn andere ihren Krebs besiegen oder eine Lawine überleben können, dann wird er mit Kopfschmerzen klarkommen. Es war eine Frage der Kompetenz, des Charakters. Aber im Laufe der Zeit hatte er die Schlacht verloren. In seinem Badezimmer standen Tabletten mit abgelaufenem Haltbarkeitsdatum, und die Bücher über den psychologischen Hintergrund der Erkrankung setzten in den Regalen Staub an. Dann lernte er Elle kennen. Und die Kopfschmerzen hörten auf. Oder zumindest hatten sie aufgehört.

Eine Woche später traf er nach einem harten Tag vor Gericht bei Elle zu Hause ein. Er hatte auf seiner Fahrt zurück ins Büro beschlossen, dass es an der Zeit sei, ihr eine Spur mehr Einblick zu gewähren. Auf Zehenspitzen schlich er in ihr Schlafzimmer und fand sie dort liegend vor. Sie las in Kates Autobiografie. Er küsste sie aufs Ohr, und sie las weiter.

Bisher hatten sie erst kurz über ihre Familien und Freunde gesprochen. Zum Glück war ihre Mutter als Schuldirektorin zu einem längeren Einsatz ins Northern Territory geschickt worden. Und mit ihrem jüngeren Brüder, der Schauspieler war, redete Elle nicht. Das Zerwürfnis hatte begonnen, als Jude keine Rolle in *Daisy* bekam – nicht weil er untalentiert war, sondern chronisch unzuverlässig. Und ein Trinker … Auf ihrem Bett sitzend streifte Dave seine Schuhe ab und lauschte auf das Poltern.

Es war ihm auch gelungen, ihren Freunden aus dem Weg zu gehen, indem er lamentierte, »zu beschäftigt« oder »zu müde« zu sein. Auf ähnliche Weise hatte er seine Kumpel von ihr ferngehalten, um den Culture Clash noch hinauszuschieben. Aber früher oder später würde er stattfinden. Mit einem leisen Zischen zog er sich die Krawatte vom Hals. Er würde seine künftige Schwiegermutter treffen müssen, die Produzentin, die zugleich beste Freundin war, vielleicht sogar den nichtsnutzigen Bruder. Und sie würde alles kennenlernen. Eines Tages, und zwar schon bald, würde ihre süße Beziehung mit der Außenwelt konfrontiert, und ihr Outing würde Erwartungen erzeugen. Schlimmer noch, Fremde würden versuchen, ihn zu verstehen und zu beurteilen. Bislang hatte er sein ungehobeltes Benehmen noch irgendwie verbergen können, aber er fürchtete, das würde sich ändern.

»Alles in Ordnung?« Hinter ihrem Buch beobachtete sie ihn natürlich.

»Jaja.«

Dann setzte er sich nackt und im Schneidersitz neben sie. Er erzählte ihr von seinen Eltern: Bart, der Workaholic und Mechaniker; Lillian, die pingelige Schreibkraft; dass sie wie Geschwister aussahen, flachsblond und mit haselnussbraunen Augen; und wie sie sich geliebt und ebenso heftig gestritten hatten. Er erzählte ihr, dass ihre Liebe in dem kleinen bilderbuchperfekten Haus mit Händen zu greifen war. Überall gab es Fotos von ihnen – auf einem Motorrad, beim Fußball, beim Autorennen. Dass er mit fünf und sechs Jahren zur Teatime unter dem Tisch gesessen hatte, wo er malte oder tat, als wäre er ein Hund. Er warf Elle einen flüchtigen Blick zu, und sie legte ihr Buch beiseite.

»Erzähl weiter«, flüsterte sie.

Er erzählte ihr, dass sie an einem Samstagabend, da war er sieben, zu einem Hotel in Port Melbourne fuhren. Seine Eltern waren in Hochstimmung, hübsch angezogen. St Kilda hatte gewonnen. Im Pub waren Kinder verboten, daher war der Plan, dass er unter dem Tisch bleiben würde. »Wir spielen unser übliches Spiel«, sagte seine Mum. Dave hatte seine

Blechdose mit Buntstiften und einen Block dabei. Wenn er leise war, würden sie ihm Pommes und Limonade geben, und er war immer leise. Aber gerade als seine Eltern ihn in ihre Sitznische schmuggeln wollten, fiel sein Blick auf ein Ölgemälde. Er blieb stehen. Im Vordergrund befand sich ein weißer Torbogen im Halbschatten, dahinter kobaltblaues Meer. Noch nie hatte Dave etwas dermaßen Schönes gesehen. Mit offenem Mund starrte er. In dem vollen Speiseraum wurde seine Mutter nervös. »Setz dich hin«, zischte sie. Aber er war wie verzaubert. »Wie hat der Maler diese Schatten hingekriegt?«, fragte er. »Und das sahnige Licht?« Seine Mum stieß ihn vorwärts, fest und gemein. Ihr Gesicht war dabei so hässlich. Als er hinfiel, ließ er auch die Stifte fallen. Schrecklich verlegen sah er sie in alle Richtungen fliegen. Er hörte seinen Vater fluchen. Falls das ein Spiel war, realisierte er, dann gehörten er und seine Eltern zu verschiedenen Mannschaften.

»Der Kellner half mir, alles aufzuheben. Meine Eltern schrien ihn an, aber der Mistkerl warf uns trotzdem raus«, sagte er. »Danach ließen sie mich samstagabends immer bei einer Nachbarin; an den meisten anderen Abenden aß ich allein vor dem Fernseher.« Als wäre er wieder sieben, spürte er den Schmerz von damals und die plötzliche Einsamkeit. »Mein Dad starb vor ungefähr zwanzig Jahren; er war neunundvierzig. Mum war da siebenundvierzig. Sie hat nicht wieder geheiratet. Ich sehe sie nicht oft.«

Als ihm bewusst wurde, dass Elle sich inzwischen aufgesetzt hatte, war es ihm peinlich, und er war sich seiner Sache nicht mehr sicher. Aber es schien zu funktionieren. In der Stille strich sie mit dem Handrücken über seine Wange. Es kam ihm vor, als treffe sie eine Entscheidung, obwohl das wahrscheinlich instinktiv passierte. Ein Teil von ihr löste sich und schwebte auf ihn zu; er streckte sich und umfing ihn.

Er erkannte nicht, welch starke Wirkung seine Offenheit auf sie haben würde. Sein Schmerz passte auf eine Weise zu dem ihren, die er nicht hatte vorhersehen können. Nach seiner Entleerung lagen sie eng nebeneinander, dann, zu seinem Erstaunen, öffnete sie sich. Sie erzählte ihm von dem Winternachmittag, als sie als Zehnjährige vom Korbball nach Hause gekommen war und ihren Vater reglos auf der Couch vorfand. Ihr Bruder kauerte weinend in einem Schrank. »Mum? Wo bist du?«, hatte sie vor sich hin gesungen und ihr unübersichtliches altes Haus abgesucht. »Mum?!« Ihr Bruder brauchte eine halbe Stunde, bis er aus dem Schrank kletterte. »Sie ist weg«, schrie er, »und sie kommt nicht zurück!«

»Ich fühlte mich, als hätte mir jemand in die Nieren geboxt«, sagte sie. Danach, erklärte sie, sei nicht mehr über ihre Mutter gesprochen worden, obwohl Isla sich in den letzten Jahren um Wiedergutmachung bemüht hatte. »Letztes Jahr erzählte sie mir, dass ›mütterlicher Instinkt‹ ein Mythos sei. So wie romantische Liebe, die ein Leben lang hält. Und dass es nicht persönlich gemeint war, als sie uns verlassen hat.« Elles Mund zitterte, als sie noch hinzufügte: »Das Traurige war, dass Dad sie bis zu seinem Tod verehrt hat und sich nie hat scheiden lassen.« Als Dave erstaunt schwieg, meinte sie noch: »Vielleicht sind unsere Gene nicht so toll.« Sie gab ihm einen langen Kuss. »Aber wir können das hinkriegen.«

Dave staunte über die Parallelen ihrer Geschichten und ihre verbindende Wirkung. Es hatte sich gelohnt, dass er aus sich herausgegangen war. Er lag mit geschlossenen Augen da, während sie seine Stirn streichelte. Er schlief, bis der Morgen dämmerte.

Kapitel 4

In der Woche vor Weihnachten erlebte Dave so etwas wie einen Energieschub. Er putzte sein Haus, als wolle er es zum Verkauf anbieten. Er kaufte sogar einen Staubsauger – sein alter musste ihn zusammen mit seiner Ex verlassen haben. Dass sie ihren ebenfalls mitgenommen hatte, erstaunte ihn nicht. Er stellte immer noch gelegentlich fest, dass Dinge fehlten: sein *Der große Gatsby*, seine Fotos vom Everest. Erst letzte Woche hatte er das Verschwinden seines Lieblingsbilds von Fred Williams bemerkt. Elle schlug ihm vor, eine Liste zu schreiben. Und die Schlösser auszutauschen. Aber sie wussten beide, dass er das nicht tun würde. Er hatte keine Zeit für so lebenspraktische Dinge. Bei ihr zu Hause zog Elle ihn damit auf, während sie seine Toilettenartikel aufstockte, ihn mit frischem Obst versorgte und ihm Wasser eingoss.

Aber es gab Augenblicke, in denen er durchaus fähig war. Heute Abend waren alle Wohnräume wie ein Farbenrausch – Weiß, Orange und Gelb –, dank der Tulpen, die er zu ihrem Vier-Monate-Jubiläum gekauft hatte. Der Kühlschrank war gefüllt mit asiatischen Gemüsen und Lachsfilets für ihr Abendessen. Er hatte einen Wok erstanden und die Plastikfolie von seinen Backofenblechen und -rosten entfernt. Die Gartenwege waren gefegt, die Schränke aufgeräumt – zumindest im Erdgeschoss. Es lief sogar seine Lieblingsmusik, die von einer Gruppe lustiger alter Kubaner. Zufrieden mit seinen Bemühungen, fühlte er sich wie ein voll funktionstüchtiger Mann in mittleren Jahren.

Er hörte es klopfen und erspähte gleichzeitig das Putzmittel auf dem Fensterbrett im Flur. Es war acht Uhr abends. Auf die Minute natürlich. Vier Monate lang hatte sie auf diese Einladung von ihm gewartet. Er versteckte das Putzmittel hinter einer Jalousie und kontrollierte ein letztes Mal den großen Flur und die angrenzenden Räume. Die weißen Vorhänge waren offen, und die untergehende Sonne strahlte apricotfarben in das große Wohnzimmer. Hinter dem Glas war das sommerliche Meer ziemlich bewegt. Zwei große, halbrunde cremefarbene Sofas standen vor dem Fenster. Ein Dutzend orangefarbener Kissen war erwartungsvoll darauf drapiert. Der gläserne Beistelltisch reflektierte ohne einen einzigen Fingerabdruck die Sonne. Direkt gegenüber vom Wohnzimmer führte eine Treppe aus rotem Eukalyptusholz nach oben; geradeaus ging es in die Küche. Die Zigarettenkippen, leeren Gläser und schmutzigen Wäschestücke waren verschwunden. Es sah sauber aus, aber auch leer – im angrenzenden kleinen Wohnzimmer standen nur eine Sitzgarnitur und ein riesiger Flachbildfernseher. Wenigstens waren die Wände dekoriert. Seine Kunst war hauptsächlich zeitgenössisch. Aktuelles Lieblingsbild war ein großer Tim Storrier, der die hintere Wand dominierte – »Flammenlinie am Williams Creek«. Er hoffte, dass die zurückhaltende feurige Schönheit ihr zusagte, denn er liebte sie.

Das Durcheinander der gerade stattfindenden Renovierung oben im Haus war vom Erdgeschoss aus nicht zu sehen, aber er hatte die Dielenböden gewischt und den muffigen Teppich aufgerollt. In den Schlafzimmern hatte er Staub gewischt und kleine Teppiche über den roten Diwan und zwei leere Bücherregale im angrenzenden Fernsehzimmer geworfen. Die Türen zu den beiden Türmchen waren geschlossen. Aber Sauberkeit war nur das eine. Wie Gräten standen Drähte aus den Wänden. Im Putz waren Löcher zu sehen, und die fehlenden Kacheln im dritten Badezimmer erinnerten an ausgefallene Zähne. *Es sieht aus, als wäre uns das Geld ausgegangen*, dachte er. Den Architekten und den Bauleiter hatte er gefeuert, die Pläne verbrannt. Ob die Arbeit wieder aufgenommen würde, hing mehr oder weniger von der Frau an der Tür ab.

Den Blick vom oberen Stock würde er ihr als Letztes zeigen, beschloss er. Und die Türmchen vielleicht gar nicht.

Inzwischen schon nervös, schob er die Riegel auf, drehte den Türknauf und schnappte nach Luft. Vor der Tür stand seine Ex. In einem weinroten ärmellosen Trikot, blauer Jeans und Flipflops sah Natasha aus, als sei sie nur eben Milch holen gewesen. »Willst du uns nicht reinlassen?«, fragte sie.

Verwirrt registrierte Dave ihre dunkelroten Zehennägel, das lange offene Haar und die blitzenden grünen Augen, die sich so vorteilhaft von ihrer dunklen Haut abhoben. Als sie sich vor acht Jahren kennengelernt hatten, war sie atemberaubend gewesen. Aber zuletzt hatte sie sich in eine größere, forschere Version ihrer wohlgenährten Mutter verwandelt. Neben Nat stand ihr Kind, seine zwölfjährige Ex-Stieftochter. Selbst eine aufblühende Schönheit mit den Augen ihrer Mutter, in einem hautengen Oberteil und Leggings.

»Hey«, sagte Amelia und schlängelte sich an ihm vorbei. »Hast du eine neue Putzfrau?«

Dave konnte sich nicht bewegen und brachte kein Wort

raus. Er rechnete mit einer Explosion, sobald Elle auftauchte und seine Welt in sich zusammenbrechen würde. Er versuchte zu atmen, seine Fassung wiederzufinden. Mit Elle hatte er nur kurz über seine Ehe gesprochen. Sie hatte Bescheid gewusst, noch bevor er ihr irgendwas erzählt hatte. Er war sich nicht sicher, wie sie dahintergekommen war, aber er war erleichtert. Er hatte ihr gesagt, dass Natasha genauso alt war wie sie, Elle: vierunddreißig. Dass sie sieben Jahre verheiratet gewesen waren, als sie ihn verließ, endlich, für ihren zwielichtigen Französischlehrer. Er hatte Elle erzählt, dass Nat gern gefeiert hatte und zum Lügen neigte. Außerdem war sie eine untalentierte Bildhauerin. Von einer Stieftochter hatte er nichts erwähnt. Vielleicht, um sie nicht zu verletzen.

Natasha spähte an ihm vorbei ins Haus. Als sie die kubanisch-spanischen Klänge hörte, lachte sie. »Sie kommt vorbei, was? Dann wird die Sache also ernst.«

Dave versuchte, die Bewegung ihrer scharf nachgezeichneten Augenbrauen zu deuten. War sie eifersüchtig oder neckte sie ihn nur? Er hätte es nicht sagen können. »Was willst du, Nat?«

Natasha lächelte tapfer, während Amelia schon auf die Couch hüpfte. »Ihr Vater zahlt mal wieder nicht.«

Dave warf einen Blick auf seine Stieftochter, die ihre Haare zu einem Knoten hochgesteckt hatte. Es schockierte ihn, wie sehr er sie vermisste. Er zog einen Packen Fünfziger in einer silbernen Geldklammer aus seiner Hosentasche. Er gab ihr alle.

»Danke.« Natashas Finger berührten seine, und er wich einen Schritt zurück.

»Amelia, Süße? Deine Mum geht jetzt.«

Amelias Stirnrunzeln war wie ein Echo der Miene ihrer Mutter. »Kann ich nicht noch ein bisschen fernsehen?«

»Nö, heute Abend nicht.« Er warf erneut einen Blick auf die Uhr. Es war vier Minuten nach acht. Seine Stimme klang entschlossen: »Natasha, ich rufe dich morgen an.«

»Ich würde sie gern kennenlernen.«

Dave verstand sich mit seiner Exfrau besser als in all den Jahren zuvor. Sie wollte ihn nicht, aber sie wollte auch nicht, dass sein Leben sich änderte. Ihre Blicke trafen sich. »Nicht heute Abend«, sagte er. »Amelia, wie wär's, wenn wir nächste Woche zusammen ins Kino gehen?«

Amelia registrierte das Staunen und die verhaltene Irritation ihrer Mutter und nickte. »Okay«, sagte sie. »Wir essen jetzt sowieso Sushi.« Während sie an ihm vorbeisprang, drückte sie ihm einen flüchtigen Kuss auf die Wange und flüsterte: »Ich hoffe, sie ist hübsch.«

Dave sah Amelia nach, wie sie ihre trödelnde Mutter vom Haus weg durchs Gartentor und auf die Straße hinausbegleitete. Er verspürte Zuneigung und Schmerz in seiner Brust. So sehr er seine Stieftochter mochte – er nahm sich vor, seine Ex beim nächsten Mal abzuweisen.

Er hatte gerade noch ein Kissen aufgeschüttelt, als es zum zweiten Mal klopfte. Er hielt inne und hörte Ibrahim Ferrers beschwingte Stimme. Wenn diese talentierten Kubaner mit über siebzig internationale Stars werden konnten, dann war doch wohl alles möglich. Dann konnte er auch mit zweiundvierzig eine neue Liebe finden. Summend ging er mit großen Schritten zur Haustür. Einen Augenblick lang fürchtete er, es könnte noch mal Natasha sein, aber nein, sie war es. In einem indigofarbenen Sommerkleid und schwarzen Sandalen, elegant und gertenschlank: Elle. Er hätte sich am liebsten um sie gewickelt. Ihre Augen leuchteten im Kontrast zu dem blauen Kleid und den rosigen Wangen. Sie grinste so breit, dass er jeden einzelnen ihrer Zähne sehen konnte. Angesteckt von ihrer Aufregung hob er sie hoch und wirbelte sie herum. »Hallo, du«, sagte sie.

»Willkommen«, sagte er. Sie lachten beide, albern und innig.

»Danke, dass du mich endlich hierherlässt.«

Er küsste sie auf die Nasenspitze und setzte sie widerstrebend ab.

»Kann mein Rad hier draußen bleiben?«, fragte sie und fuhr sich durch das vom Helm zusammengedrückte Haar.

Ihm fiel wieder ein, dass sie den Zug von Seddon nach Middle Brighton genommen hatte und hierhergeradelt war. Vom Radweg aus musste sie sein Grundstück durch das Gartentor an der Strandseite betreten haben.

»Gestatten?« Er stellte ihr Rad in seinen Flur und grinste. Zweifellos versteckte Natasha sich hinter einem Baum an der Straße.

Schwungvoll stieß er die Tür zu und wandte sich zu Elle um. Mit großen Augen betrachtete sie alles in seinem Haus – die weißen Wände, den Storrier, den Meerblick. Er wartete auf ihre Reaktion.

»Mr Forrester, welche Schönheit …«

Er lächelte, während sie auch hinter die großartige Kulisse seines Zuhauses blickte.

»Du, äh …« Er konnte ihr ansehen, wie vorsichtig sie bei ihrer Wortwahl war. »Du könntest ein paar Möbel gebrauchen.«

»Ja.« Zu seinem eigenen Erstaunen verspürte er Enttäuschung – seine und vielleicht auch ihre.

»Du hast …«, sie machte ein paar Schritte in den Raum, »drei Wohnzimmer?«

»Stimmt, und noch ein viertes oben.« Ihr Blick suchte seinen, und sie wussten beide, dass er kaum eines jemals benutzte.

»Die Musik gefällt mir«, sagte sie. »Wer ist das?«

»Der Buena Vista Social Club«, sagte er. »Erinnerst du dich an die, aus den Neunzigern?«

»Äh, nein.« Sie bemühte sich zu lächeln.

»Oh.« Er runzelte die Stirn, denn er hatte ihre acht Jahre Altersunterschied vergessen. Sie schob ihre Hand in seine und drückte sie. Zu fest. »Da wären wir also.«

Er führte sie weiter durchs Haus. Er konnte sehen, wie sie die Küche musterte: die Edelstahlarmaturen, den deutschen Herd, marmorne Arbeitsflächen, ausgefallene Wasserhähne. Dinge, die Frauen bemerkten. Er fragte sich, ob sie wohl wusste, wie viel dieser ungenutzte Raum gekostet hatte. Ihre Stirn war gerunzelt, aber nicht weil sie rechnete, sondern aus Besorgnis.

Am hinteren Ende des kleinen Wohnzimmers gingen die Fenster zum Tennisplatz und in den Garten hinaus. Dort blieben sie stehen. Zwischen den Rosen, Lavendelbüschen und Grevilleen, die gerade noch überlebten, schlängelte sich ein Pfad. Eine Garnitur Gartenmöbel und ein Sonnenschirm waren mit Laub und Spinnweben bedeckt. Ein rechteckiger Pool näher beim Haus war mit einer blauen Plastikplane zugedeckt. Glitzerndes Wasser hätte den Ausblick verschönert, aber das hatte er nicht mehr geschafft. Die blauen Kacheln unter der Plane waren mit Sicherheit grün. Obwohl es schon bald Hochsommer war, hoffte er, sie würde ihm das durchgehen lassen. Als er ihren in die Ferne schweifenden Blick bemerkte, wirkte es fast so.

Er wartete. Ein alter Verhandlungstrick.

»Das ist ein hübscher Garten«, sagte sie.

Sein hungriges Lächeln kam schnell.

»Ich wette, diese Seesternstauden sehen im Herbst spektakulär aus.«

»Klar«, antwortete er, obwohl er sich seinen Garten im Herbst nicht vorstellen konnte. Vielleicht arbeitete er, wie Nat gerne beklagt hatte, wirklich zu viel. »Wart's ab und schau es dir dann an.«

Als er eine kleine Bierflasche unter einem Strauch entdeckte, lotste er sie lieber zurück in die Küche. Nachdem er den Champagner eingeschenkt hatte, den sie mitgebracht hatte, überlegte er, einen Toast auf sie auszubringen, traute sich dann aber doch nicht. Er stieß nur mit seinem Glas an ihres und nahm einen Schluck. Er stellte sich sein Haus mit ihr darin vor und fühlte sich ermutigt. Sogar ihr Fahrrad und ihr Rucksack im Flur sahen gut aus. Diese Woche sah er sie jetzt schon den dritten Abend. Er vermutete, dass sie diese Zugeständnisse wegen ihres Jubiläums machte. Oder wegen Weihnachten. Obwohl, ihr Rucksack war kaum halb voll.

Sie wirkte irgendwie abgelenkt, während er sie stumm beobachtete.

»Das fühlt sich hier nicht an wie deins«, sagte sie. »Es kommt mir vor, als wärst du ein Hausbesetzer.«

»Ein Hausbesetzer?« Er lächelte und schien sich nicht sicher, was er darauf sagen sollte.

»Es ist nicht das, was ich hier drinnen erwartet hatte.« Sie sah ihn forschend an. »Irgendwie kommt es mir vor wie ein riesiger schöner Schildkrötenpanzer.«

Er runzelte die Stirn und war perplex. Er hatte geglaubt,

sich an ihre Direktheit schon gewöhnt zu haben. Sie sprach jetzt in ihre Champagnerflöte. »Wie bist du gleich wieder hier gelandet?«

»Natasha war verrückt nach Wasser«, sagte er und spähte kurz in Richtung Straße, »und das hier war das am nächsten an der Bucht gelegene Anwesen, das wir finden konnten.«

»Okay.« Ihr knappes Kopfnicken machte ihn nervös.

»Eigentlich wollten wir das Haus abreißen, aber dann gefiel ihr die Architektur doch. Die Türmchen und so.« Er bremste sich. Wen zum Teufel interessierte, was seiner Ex gefallen hatte?

»Es hat viel … Potenzial.«

Sie klang nicht überzeugt. Er spürte, wie sich sein Magen zusammenzog, während sie sein Haus eingehend musterte. Die gelben Tulpen auf dem Beistelltisch ließen bereits die Köpfe hängen. Vielleicht entdeckte sie Streifen des Putzmittels. Er hielt den Atem an. Dieses Haus, seine Aussicht und Lage – das war das Beste, was er zu bieten hatte. So sah es aus.

»Schon mal daran gedacht umzuziehen?«

»Eigentlich nicht. Ich habe hart für dieses Haus gearbeitet.«

Obwohl es zu groß und fast unmöbliert war, verband er auch einige gute Erinnerungen damit.

»Also … du arbeitest in einem Job, der dir nicht gefällt, um ein Haus zu besitzen, in dem du anscheinend nicht lebst?«

Darauf wusste er keine Antwort. Die Stimmung drohte zu kippen – seine und ihre vielleicht auch. Abrupt endete die CD. In der Stille roch er das Desinfektionsmittel. Während die Pause länger wurde, fürchtete er eine Kluft so groß wie die Bucht zwischen ihnen.

Er streckte die Hand aus, um ihr durchs Haar zu fahren,

aber er streichelte nur die Luft. Bevor er etwas sagen konnte, hatte sie schon die Küche durchquert.

»Ist das dein Arbeitszimmer?« Sie bemühte sich um einen lockeren Ton.

Im Durchgang holte er sie ein. Im Zimmer standen sie zwischen drei Wänden mit Bücherregalen und einer vierten voller Fotos, Bleistiftzeichnungen und Aquarellen. Als sie das Durcheinander sah, wurde ihr Blick ironisch. Inzwischen wachsam, sagte er jedoch nichts. Misstrauisch stieg sie über einen Karton voller Kassetten. Sie betrachtete ein Foto des jungen Muhammed Ali im Boxring. Dann ein Foto von Amelia im Alter von vier Jahren. Ihr Gesicht war schwarzweiß geschminkt, und sie hatte das silberne Farnblatt des neuseeländischen Rugby-Teams auf einer Wange. Er wartete auf die entsprechende Frage, die jedoch glücklicherweise ausblieb. Stattdessen wanderte ihr Blick zu einer Reihe leerer, handgefertigter Rahmen aus Holz. Sie warf ihm einen Blick zu, als wollte sie sagen: »Hast du die gemacht?« Als er nickte, wurde ihre Miene weicher. Dann betrachtete sie den nächsten Blickfang an der Wand: die lange, schmale lebensgroße Skizze einer Frau. Sie besaß üppige Brüste, eine schmale Taille und Locken bis zur Hüfte. Sie saß und hatte die Arme unsichtbar hinter sich. Ihre Beine waren untergeschlagen und ebenfalls nicht zu sehen. Ihr Gesicht war nach links vom Betrachter abgewandt. Die Handvoll schwarzer Linien war kräftig und sicher.

»Wow.«

Er spürte, wie sie zurückwich, während sie gleichzeitig genauer hinsah. Nachdem sie die Widmung und Signatur gelesen hatte, wusste er, dass er als Erster etwas sagen musste.

»Sie betrachtete sich ziemlich gern im Spiegel.«

War sie blass geworden oder lag das nur am Licht?

»Du hast sie mit sechs Strichen charakterisiert.« Er hätte nicht sagen können, ob sie beeindruckt oder entsetzt war.

»Als sie ging, bat sie mich darum. Und sie hat es schon zwei Mal gestohlen. Das rechte Bein gefällt ihr nicht.«

Elles Augen folgten seiner Hand, die auf die Kurve des Oberschenkels seiner Exfrau zeigte. »Für mich sieht es okay aus.« Und sie fügte noch hinzu: »Warum hast du mir nicht erzählt, dass du noch zeichnest?«

»Tue ich nicht. Zumindest nicht mehr.«

Nach einer winzigen Pause erwiderte sie: »Du musst wieder damit anfangen.«

»Nein.«

Sein Nein hallte in der Stille wider. Als sie sich seinen Büchern zuwandte, spürte er einen Druck auf der Brust. Ihr Blick blieb an seinen Elendsbiografien hängen. Was würde sie daraus folgern? Warum mochte er tatsächlich Geschichten von wundersamem Überleben? Oder ging es ihm um Tragödien und Leid? Er sah zu, wie sie *Sie nannten mich »Es«* aus dem Regal zog. Sie betrachtete das Gesicht des kleinen Jungen auf dem Umschlag. Er bemerkte, wie sich ihr Blick veränderte, während sie den Rückseitentext las.

»Lass uns nach oben gehen«, sagte er. »Du musst die Aussicht vom Nordtürmchen sehen.«

»Okay.« Ihr Lächeln wirkte zittrig. Vielleicht war sie auch überfordert.

Vor dem Haus war die Sonne fast untergegangen. Er hoffte, der Himmel würde seine Farbe behalten, bis sie oben angekommen waren. Am Horizont breiteten sich dunkelrote und pinkfarbene Schlieren fächerförmig aus. Er warf einen Blick auf sie, aber sie hatte die Augen gesenkt. Die Treppe war nicht steil, aber er war hier auch schon einmal gestolpert. Auf Socken. Deshalb sprach er sie jetzt nicht an. Das Tageslicht schwand rapide, und er hatte vergessen, die Lichter einzuschalten. Als sie auf dem Treppenabsatz oben ankamen, war die Sonne verschwunden, und alles wirkte langweilig, fast verfallen. Die Treppe schimmerte nicht mehr, und als sie zögerte, knarzte der Dielenboden. Mit dem Rücken zu den Fenstern ließ sie ihren Blick über die kahlen Schlafzimmer, die entkernten dazugehörigen Bäder, das ungemütliche Fernsehzimmer und den halb herausgerissenen Teppichboden schweifen. Dann legte sie eine Hand über ihren Mund.

»Das hatte ich vergessen … die Renovierung … Wie lange ist das hier schon so?« Ihre Stimme klang angespannt.

»Etwa ein Jahr. Als meine Frau auszog, kam die Arbeit zum Erliegen … Ich meine, meine Exfrau.«

»Ein Jahr? Aber ihr habt euch doch vor vier Jahren getrennt.«

»Stimmt, haben wir, aber dann kam sie zurück. Und ist wieder gegangen. Und kam noch mal zurück.«

Ihre finstere Miene ließ ihre Züge härter wirken. »Wann genau habt ihr euch scheiden lassen?«

»Offiziell? Vor circa einem Monat …« Er hatte es ihr an jenem Abend sagen wollen, aber dann hatten sie sich seinen Lieblingsfilm angesehen: *Mein Leben als Hund*. Sie war in die Mousse au chocolat gesprungen.

»Ein Monat …« Den Rest des Satzes ließ sie weg. »Das erklärt jedenfalls den Fred Williams.« Sie schlang die Arme um sich selbst.

Er versuchte, ihr in die Augen zu sehen, aber sie schaute

ihn nicht an. Als stünde die Sonne immer noch hinter ihm am Himmel.

Diese Unterhaltung traf ihn unvorbereitet. Vielleicht war dies das Thema des Abends. Er hätte von Anfang an mit offenen Karten spielen sollen. Sie in der ersten Woche hierherbringen. Er setzte sich auf die oberste Treppenstufe. War jetzt der richtige Zeitpunkt? Er hatte es beim Abendessen tun wollen. Aber das Abendessen befand sich noch im Kühlschrank. Als sie sich nicht neben ihn setzte, spürte er, dass es wohl doch nicht der passende Moment war. Er nahm einen Schluck von seinem Champagner.

»Ich liebe dich«, sagte er, »und ich hätte gern, dass du zu mir ziehst.«

»Oh, David.«

Sie riss die Tür des nächstbesten Schranks auf. Wäsche fiel heraus. Er erkannte längst vermisste Socken. Und er hoffte aus tiefstem Herzen, dass sie sauber waren.

»Elle, ich liebe dich«, sagte er, diesmal ein wenig lauter. »Ziehst du bei mir ein?«

Diesmal senkte sie abrupt den Blick. Er hatte mit Staunen, vielleicht Zögern gerechnet, aber nicht mit Besorgnis. Oder war das Panik? Er lachte, um sie aufzuheitern. Aber sie stieg nur über die Wäsche und öffnete die nächste Schranktür. Diesmal verharrte sie ganz still. Er rechnete beinah damit, dass sie in den Schrank stieg und die Tür hinter sich zuschlug.

In diesem Schrank hing ein Bügel für ein Kinderkleid. Darauf ein Hawaiihemd für einen Teenager. Sein letzter Spontankauf bei einem Garagenflohmarkt.

Sie knallte die Tür zu. »Okay, ich muss los.«

Er stand auf. »Was ist bloß los mit dir?« Als er die Furcht in ihrem Gesicht sah, wurde seine Stimme weicher. »Was ist es denn? Ist es das Haus?«

Sie schüttelte den Kopf.

»Lass dich davon nicht abschrecken. Du könntest ihm deinen Stempel aufdrücken.«

Sie lachte kurz auf und wirkte verstört.

»Elle, wir können doch nicht weiterhin zweimal pro Woche zusammen übernachten wie Teenager!« Sie sah ihn nicht an. »Schließlich können wir doch nicht zusammen in Seddon leben.«

Da schaute sie ihn endlich direkt an, und er hatte das schlechte Gefühl, höhnisch zu grinsen.

Sie schüttelte wieder den Kopf. Ihre Lippen blieben geschlossen, aber ihre Augen sprachen Bände.

»Was ist mit dir los?«, fragte er noch mal. »Du benimmst dich wie ein scheuendes Pferd!«

»Mit mir ist gar nichts los!«, schrie sie. »Du bist derjenige, der hier haust. Und du möchtest, dass *ich* es wieder in Ordnung bringe! Es kommt mir vor, als wäre sie gerade erst gegangen – und das Bett beinahe noch warm!« Als sie mit dem Arm in Richtung Schlafzimmer herumfuhr, schlug sie eine Lampe herunter. Der Keramikschirm zerbrach auf den Dielen wie eine Eierschale. Erschrocken wich sie vor den Scherben zurück. »Ich muss weg«, murmelte sie, »ich muss hier weg.«

Sie floh, immer zwei Stufen auf einmal nehmend. Er fluchte hinter ihr her, und ihre Schritte beschleunigten sich. Er musste erst über die Scherben steigen. Seine Verunsicherung und Enttäuschung machten Ärger Platz. Mehr Ärger als nachvollziehbar. Aber das scherte ihn nicht. Worüber regte sie sich so auf? Seine Scheidung? Oder die Renovierung? Oder das Haus?

Er kapierte es nicht. Dies war die Golden Mile – hier befanden sich einige der teuersten Immobilien von ganz Victoria. Es gab einen direkten Zugang zum gottverdammten Meer.

Was wollte diese Frau?

Eine Sekunde lang war sie aus seinem Blickfeld verschwunden, aber das genügte schon. Er hörte das dumpfe Geräusch am Fuß der Treppe. Dann sah er sie. Ihre langen Beine waren verdreht, ein Fuß hing in den Trägern ihres Rucksacks. Ein Arm sah am Ellbogen verkehrt aus, sehr verkehrt. Ihr Kopf war abgewandt, als ertrüge sie den Anblick nicht. Wie er sie so auf seinem Teppich liegen sah, erstarrte er. Das Gefühl, ein Déjà-vu zu erleben, war überwältigend. Sekundenlang stand er so da, gefangen zwischen einem Albtraum und der Gegenwart. Erinnerung und Prophezeiung.

»David?« Ihre Stimme klang kleinlaut. »Bring mich nach Hause.«

Fluchend beugte er sich über sie.

Kapitel 5

Die Nacht ist kalt und stockfinster. Die bleiernen Wolken am Himmel erinnern Mira Raison an den Rauch, der entsteht, wenn Plastik verbrennt: bedrückend, bedrohlich, ohne Regen. Sie reißt sich bewusst von diesem Anblick los, als wäre es eine Mondfinsternis, und hämmert gegen Elles Haustür. Ihre beiden vier und fünf Jahre alten Jungs beobachten sie in Pyjamas aus dem Auto heraus, das mit laufendem Motor am Bordstein steht. Ihre Augen sind weit aufgerissen, die kleinen Münder geschlossen. Sie schenkt ihnen ein angestrengtes Lächeln, während sie an ihrem Trenchcoat zupft. Unter dem Mantel trägt sie auch einen Pyjama und keinen BH.

Irgendwie ist das Unwahrscheinliche eingetreten.

Wegen eines Funkenflugs und dem Leck eines Öltankers namens *Eburna* geriet ihr gemütliches Haus vor zwanzig Minuten ins Wanken. Die Reihe von Explosionen am Holden Dock von Mobil ließ die Superhelden auf den Spielzeugregalen ihrer Söhne schaukeln. *Das kann nicht sein*, hatte sie gedacht. Obwohl sie natürlich wusste, dass es sein konnte. Sie lebte genau gegenüber von Melbournes größtem Tanklager und Vertriebsterminal für Treibstoff. Die Zwischenfälle reichten von austretenden Gasen bis zu Benzin, das ins Grundwasser des benachbarten Newport sickerte. Grasbrände hatten bis an die Ränder gewütet. Sogar am Tag ihres Einzugs in das glücklicherweise erschwingliche Haus in der unansehnlich wunderbaren Vorstadt hatte die Sirene geheult. Aber allen Lecks und Beinah-Katastrophen zum Trotz hatte sie sich jahrelang eingeredet, die Wahrscheinlichkeit eines Unglücks sei extrem gering. Daher hatte es sie auch so erschüttert, als sie in dieser Nacht die Sirenen derart deutlich vernahm.

Ein Risiko mag zwar gering sein, denkt sie sich jetzt, *aber es existiert dennoch. Es ist real.*

Weil ihre Faust schon schmerzt, hört sie auf, gegen die Tür zu hämmern. Nach den Grasbränden hatte Elle ihr vorgeschlagen, sie und die Kinder sollten dauerhaft umziehen. Nachdem Mira das spöttisch abgelehnt hatte, entwickelte Elle, nur halb ironisch, ihre persönliche Evakuierungsstrategie. Beim ersten Anzeichen von Schwierigkeiten wollten sie sich hier in der Tennyson Street treffen und dann gemeinsam abhauen. Aber damals schloss Elle ihre Türen auch noch nicht ab. Damals hatten Elle und David sich eben erst kennengelernt. Heute waren sie endlich getrennt, und die abgeschlossene Tür war eines seiner Vermächtnisse. Frustrierend. In zweierlei Hinsicht.

Mira schaut hilfesuchend zu ihrem heruntergekommenen weißen Saab hinüber. Darin sitzen ihre Jungs bei der auf Innenraumzirkulation gestellten Lüftung und verhalten sich untypisch still. Max, der Ältere der beiden, beobachtet sie nach wie vor. Sie weiß, dass er auf das sichere Auftreten seiner Lieblingstante wartet. Und er fühlt sich doppelt unbehaglich, wie er so ohne Erwachsene im Auto mit laufendem Motor sitzt. Sie sucht nach ihrem Handy. Hoffentlich ist Elle da und tippt nur auf ihrem akkubetriebenen Laptop, ohne etwas von den Abendnachrichten und dem schwächer werdenden Lichtschein bemerkt zu haben. Während es klingelt, winkt Mira

Max aufmunternd zu, dann hält sie den Atem an und läuft an der Seite des Hauses entlang.

Wie erwartet, liegt auch der hintere Teil des Hauses im Dunkeln. Nur ganz wenige der Häuser, an denen sie auf der Fahrt hierher vorbeikamen, waren überhaupt beleuchtet gewesen. Der Stromausfall ist weitreichend. Footscray, Yarraville, Port Melbourne, Spotswood und Newport liegen im Dunkeln; die Bahnlinien Williamstown und Werribee sind außer Betrieb. Aus dem Autoradio tönt es alle paar Minuten: Was wegen dieser vermaledeiten Wolke zu tun, was zu unterlassen ist. Angefangen mit Schotten dicht machen und drinnen bleiben.

Während sie an Elles Haus entlangläuft, meint Mira die Blicke aus den Fenstern der Nachbarn auf sich zu spüren. Es ist ein unheimliches Gefühl, draußen zu sein, wenn alle anderen drinnen bleiben. Ihr Instinkt sagt ihr, sie sollte schnellstens wieder zu ihren Kindern in den Wagen steigen und an die Surf Coast fahren. Aber das wird sie nicht tun. Auch wenn ihr halb scherzhafter Plan noch aus der Zeit stammt, als sie sich näherstanden, hat sie vor, sich an ihn zu halten. Sie wird Elle nicht zurücklassen, eingeigelt und allein, den Launen von Wolken ausgeliefert.

Sie hämmert an Elles Seiteneingang. »Hallo?«, schreit sie. »Ich bin's. Elle!«

Der Himmel hält noch, aber er will sich öffnen. Das kann sie spüren. Sie schaut auf ihr Handy. Jeden Moment wird es piepen oder klingeln, um ihr Informationen der Notdienste mitzuteilen. Sie muss an die staubigen Notfallbroschüren auf ihrem Kühlschrank denken. Vielleicht hätte sie doch dableiben sollen.

Ein Schatten hinter einem nahen, mit Spitzenvorhängen versehenen Fenster lenkt sie ab. Elles Nachbarin, Doris Tippet, ist einundachtzig und ohne ihr Hörgerät taub. Sie hat einen Witwenbuckel, bemerkenswert veilchenblaue Augen und feines gelbliches Haar, das dank Elles Fahrdienst einmal monatlich in eine Dauerwelle gelegt wird. Mira duckt sich, aber zu spät. Doris winkt mit ihrer arthritischen Hand.

»Ich komme raus!«, schreit sie.

Mira erwägt, sich zu verstecken, weil heute Abend für Höflichkeit keine Zeit bleibt. Dann malt sie sich die Missbilligung auf Elles herzförmigem Gesicht aus. Im von Doris geerbten Valiant hilft sie der alten Nachbarin, ihre Einkäufe zu erledigen, und regelt außerdem ihre Bankangelegenheiten. Mira vermutet, dass Elle sich selbst in ihrem größten Liebeskummer um diese Dinge gekümmert hat.

Doris taucht an der niedrigsten Stelle des grauen Palisadenzauns auf, und Mira geht zu ihr hin. Sie kommt sich ausgesprochen groß vor. Doris trägt ihr übliches Kleid: weiß mit violetten Blumen. Ihre Extremitäten sind in einem ähnlichen Farbton gemustert. Und zwar mit riesigen blauen Flecken, die an die Landmasse auf einer Karte erinnern. Sie stammen von Sofakanten, einem Buch oder dem Kühlschrank. Miras Ansicht nach sollte Doris von Profis in einem Heim versorgt und nicht mit einem Alarmsummer um ihren Hals sich selbst überlassen werden. Als sie einmal stürzte, drückte sie nicht etwa auf den Knopf für solche Notfälle, sondern kroch zum Telefon, um ihren Friseurtermin abzusagen. Elle und die Friseurin hatten anschließend die Tür aufbrechen müssen, um sie vom Teppichboden aufzuheben.

»Sie sollten drinnen bleiben, Doris.«

»Ich hab doch vor einer Rauchwolke keine Angst«, sagt Doris.

»Ich werde Sie trotzdem nicht aufhalten. Haben Sie Elle gesehen?«

»Eigentlich nicht …«, sagt Doris.

Mira verspürt einen neuen Stich der Sorge. »Ich dachte, sie wollte heute Abend zu Hause bleiben.«

»Kann sein«, sagt Doris, »aber er kam am früheren Abend. Muss um die Ecke geparkt haben.«

Wäre Doris vierzig Jahre jünger, würde Mira jetzt fluchen. So beschränkt sie sich auf ein »Oh«.

»Ich habe überlegt rüberzugehen, aber dann brachte ich es doch nicht übers Herz.«

»Nein.« Mira überlegt, wie sie sich verhalten hätte. David zu begegnen war unerfreulich, aber Elle zu begegnen, sobald er wieder weg war, war noch schlimmer. Elles Reaktionen reichten von Delirium über Empörung bis hin zu Verzweiflung. Schwer mitanzusehen. Mira würde am liebsten gegen den Zaun treten. Ihr Blick wandert über den bedrohlichen Himmel. *Sie könnten jetzt überall sein*, überlegt sie. *Schlimmstenfalls im Bett.*

»Danke, dass Sie mir das gesagt haben«, sagt sie so ruhig, wie sie nur kann. Dann macht sie auf dem Absatz kehrt.

»Ich habe sie nicht weggehen gesehen«, sagt Doris noch. »Aber ich war auch auf der Veranda hinten. Beim Wäschefalten. Dann hörte ich ein bisschen Krach, und danach war alles still.«

Seufzend registriert Mira die Uhrzeit auf ihrem Telefon: 6.45. Die Fahrt zu Troy in Jan Juc dauert eineinviertel Stunden. »Ich muss los«, sagt sie.

»Wegen der Musik war ich mir nicht sicher, aber ich meine, laute Stimme gehört zu haben.«

Unauffällig späht Mira nach den Hörgeräten hinter Doris' Ohrmuscheln.

»Die Musik läuft immer noch«, sagt Doris. »Wenn Sie mit nach hinten kommen, können Sie es selbst hören.«

Miras Miene verfinstert sich. Es sieht Elle nicht ähnlich, die Musik anzulassen und das Haus zu verlassen. Aber für heute Abend hat sie genug vom Herumschleichen.

»Meine Jungs …«, setzt sie an.

»Oh nein, gehen Sie noch nicht.«

Doris fasst mit ihren gichtigen Fingern nach Miras Arm und zieht sie ans Ende des bescheidenen Anwesens. Sie gehen an Doris' hölzerner Veranda vorbei, die sich gleich neben Elles verglaster Küche befindet. Hinter den geschlossenen Jalousien ertönt unzweifelhaft Musik. Schwungvoll und unüberhörbar. Mira spürt eine neue Welle von Zorn in sich aufsteigen. All die Anrufe spätabends, die Nachbesprechungen, wenn sie eigentlich hätten arbeiten müssen. Die Predigten, die sie ihr gehalten hatte, wenn die Jungs schon im Bett waren. Diesmal hatte die Trennung zwei Monate gedauert, und Elle hatte Fortschritte gemacht. Oder wenigstens hatte Mira das geglaubt.

»Sie könnten da durchpassen, nicht wahr?«, sagt Doris und deutet auf sechs Fenster mit Hebeln hoch oben in der Mauer. »Ich glaube, man kann sie rausschieben.«

Mira blinzelt sie erstaunt an. »Ich glaube nicht, dass das nötig ist.«

Doris richtet ihre blitzenden veilchenfarbenen Augen auf sie. »Da wäre ich mir nicht so sicher.«

Mira zögert und bekommt Gänsehaut an den Armen. Was sie in David nach dreißig Sekunden gesehen hatte, dafür brauchte Elle knapp zwei Jahre. Viel von dem, was sie da sah, gefiel ihr nicht. Aber hatte sie ihn in gewisser Weise unterschätzt? Besorgt fasst sie sich an die rechte Augenbraue. Sie zweifelt nicht an unfreiwilligen intimen Erkenntnissen von Nachbarn.

Als Doris nickt wie eine geduldige Lehrerin, wächst Miras Unbehagen.

Kurz reflektiert Mira ihre wesentlichen Kenntnisse: die Auseinandersetzungen und Pattsituationen. Dabei bleibt sie an einem alten Bild hängen: Elle mit großen Augen und hoffnungsvoll, voller Sehnsucht zu empfinden, was Mira einst für Jude empfand. Für den charmanten, verantwortungslosen Jude. Als ob es eine verlockende Aussicht wäre, vom Irrsinn der Liebe fortgerissen zu werden. *War Elle dieser Naivität inzwischen ganz und gar entwachsen?*, fragt sie sich. Gleichzeitig ist die Frage, was für ein Risiko David heute darstellt. Diese beiden Ungewissheiten scheinen sich gegenseitig aufzuheben. Mira bemerkt einen Moment der Stille, bevor der Sänger wieder loslegt. Sonst dringt kein Geräusch von drinnen heraus. Und sie weiß keine Antwort.

Entnervt wendet sie sich von Doris' prüfendem Blick auf das Fenster über ihren Köpfen ab. Sie müsste auf den Lattenzaun steigen, das Glas aus den rostigen Klammern lösen und sich kopfüber durch den so entstandenen Spalt fallen lassen. Selbst wenn sie alle sechs Scheiben entfernt, entsteht dadurch bestenfalls eine Öffnung von der Größe einer Schachtel für teure Schuhe.

»Ich habe eine Trittleiter in meiner Scheune«, sagt Doris.

Von der Straße aus ertönt eine Hupe, und Mira erschrickt. »Das werden die Kinder sein.« Sie nimmt Doris Hand in ihre Hände. »Doris, die Wolke ist schon über uns. Genug von diesem Unsinn. Niemand klettert irgendwo rein. Gehen Sie jetzt wieder ins Haus, bis Wind aufkommt.«

Winkend läuft Mira von der neugierigen alten Frau weg.

Als sie das Gartentor erreicht hat, staunt sie über ihre eigene Bitterkeit.

Elle, sieh zu, wie du allein zurechtkommst.

Kapitel 6

Vom hinteren Teil ihres Hauses aus, in der Nähe ihrer Wäsche schwebend, beobachtet Elle, wie Mira zu dem staubigen Saab läuft. Sie hört die Autotür aufgehen und die Endgültigkeit, mit der sie zuschlägt. Sie sieht, wie Doris sich auf ihre Veranda zurückzieht, und hört den Riegel einrasten. *Kommt zurück*, denkt sie, *bitte.*

Mira und ihre liebenswerten Söhne sitzen in dem laufenden Wagen, wo Mira telefoniert. Die Zeit scheint stillzustehen, und Elle fühlt sich ermutigt; vielleicht fahren sie ja doch nicht weg. Insbesondere Mira würde sie gern noch so vieles sagen.

Abrupt fährt der alte Saab los, und Elle versucht, noch einen Blick auf ihre Neffen zu erhaschen. Sie sehnt sich danach, die weichen Nacken der Jungs zu küssen, ihren engelhaften Atem zu riechen – ein letztes Mal. Aber zu ihrem Erstaunen kann sie sich nicht weiter von ihrem Körper entfernen. Viel zu schnell ist die Straße leer.

Mira, denkt sie, *es tut mir so leid.*

* * *

Mira lernte David einen Tag nach Elles Missgeschick in seiner Villa kennen. An dem Tag, als sie das Alfred Hospital wieder verließ. Eine Drehbuchbesprechung und ein Gespräch mit einem Schauspieler waren für dieses Wochenende angesetzt gewesen; beides hatte sie nicht absagen wollen. Es war ein warmer, wolkenloser und unerfreulicher Dezembersamstag. Unerfreulich, weil ganz Seddon von einem Gestank durchdrungen war. Wind aus Südosten hatte die Abgase der Mobil-Lager-Terminals von Spotswood und Yarraville in den kleinen Vorort geweht. Während Elle und David zu ihrem hübschen kleinen Haus fuhren, war die Luft von Rußpartikeln gesättigt. Unsichtbar und fast unmerklich legten die Partikel sich auf ihre Rosensträucher und die Blütenblätter der Magnolien, auf das bunte Glas über ihrer Haustür und die Latten ihres Gartenzauns. Der Gestank umfing sie, während sie vorsichtig aus dem Auto stieg. Das Kratzen in ihrem Rachen war eindeutig: Industrieabgase, aus Erdöl, widerlich. Mitgenommen von ihrer Nacht im Krankenhaus merkte sie, wie der Frust in ihr wuchs. Wie konnte das passieren? Heutzutage? In einer Großstadt in einem Land der Ersten Welt? Und Seddon war, sieben Kilometer vom Zentrum Melbournes entfernt, ja wohl kaum ein rückständiges Kaff. Aber da David bei ihr war, verbiss sie sich jeden Kommentar.

In der Notaufnahme war ihr rechter Ellbogen wieder eingerenkt worden. Mit dem geschwollenen Arm in einer Schlinge und der Empfehlung, sich zu schonen, kam sie sich wegen ihrer Unbeholfenheit dumm vor. Laut Dr. Singh war es eigentlich ziemlich schwer, sich den Ellbogen überhaupt auszurenken. Sie fürchtete, dass sie noch viel mehr ausgerenkt hatte.

David war seit ihrem Sturz sehr still gewesen. Höflich mit dem Krankenhauspersonal, hatte er ihr extra Kissen besorgt und wenig gesagt. Die Krankenschwestern hatten ihr berichtet, dass er sich geweigert hatte, nach Hause zu gehen oder auch nur in einem der begehrten freien Betten zu schlafen.

Stattdessen hatte er sich wie ein treuer Welpe neben ihr auf den Fußboden gelegt. Als er Elle aus der Station begleitete, kicherten und flöteten ihnen zwei Schwestern hinterher.

Obwohl die Ereignisse des Vorabends sie mitgenommen hatten, verspürte sie einen Anflug von Stolz.

»Zu dir, vermute ich?«, sagte er, als sie losfuhren. Seine Hand schwebte über dem Blinker, sein Blick war auf die Straße gerichtet.

»Ja, bitte.«

Sie lehnte den Kopf an die lederbezogene Kopfstütze und schloss die Augen. Dass sie am Vorabend so außer sich geraten war, hatte sie zunächst selbst überrascht, aber an diesem Morgen konnte sie es verstehen. Denn er hatte sie wahrlich in einen Hinterhalt gelockt. In diesem eleganten, vernachlässigten Haus lebte er ein halbes Leben. Und wie frisch seine Scheidung noch war. Er hatte ihr leidgetan, und gleichzeitig hatte sie sich ungeschützt gefühlt. Sie vermutete, dass sie deshalb so kritisch geworden war. Das war eine alte Gewohnheit, die sie schon seit der Grundschule pflegte. (Wie hatte ihre Mutter sie genannt? Ein hartes kleines Mädchen.) Und dann – ja, es kam auch darauf an – sein schlecht getimter Antrag. Sie wäre am liebsten in einen dieser Schränke geklettert und darin verschwunden. Einerseits hatte es sich so schmeichelhaft und gut angefühlt und andererseits so schlimm.

Während sie sich die St Kilda Road hinaufschlängelten, dachte sie an seine Arroganz, seine Bedürftigkeit und Wut. So fremd und so leidenschaftlich. Sie versuchte, sich einfach nur transportieren zu lassen, ohne nachzudenken. Es gelang ihr sechs Sekunden lang. Es hatten sich Lücken in ihrem Verständnis für ihn aufgetan, aber ebenso in seinem Verständnis für sie. Er wusste, dass sie den goldenen Handschellen der Juristerei freudig entschlüpft war. Aber er irrte sich, falls er glaubte, sie würde seinen großzügig bemessenen Käfig mit ihm teilen. Er fuhr sehr konzentriert, manövrierte seinen klassischen Oldtimer geschmeidig von einer Spur auf die andere. Auf eine aggressive Art und Weise. Sie strich sich mit einem Finger über die Lippen. So stattlich sein Haus auch war – oder hätte sein können –, es war weder das, was sie anstrebte, noch das, was sie brauchte. Es schien, als glaubte er, wenn sie die Vorzüge seiner Karriere genoss, würde sie vielleicht seinen Reichtum schätzen und gleichzeitig seine Unzufriedenheit übersehen. *Doch das*, sie warf einen schnellen Seitenblick auf ihn, wie er so konzentriert auf die Straße starrte, *wäre unmöglich.*

* * *

Mira hatte es sich auf Elles abgenutztem Zweisitzer auf der Veranda bequem gemacht, als sie vorfuhren. Sie hatte eine Kasserolle, einen Laib Sauerteigbrot und einen Packen Filmzeitschriften dabei. Elle vermutete, dass die Zeitschriften mehlbestäubt und voller Eselsohren waren. In dem Schmortopf befand sich gewiss Kürbis mit roten Linsen. Und außer Sichtweite, in Miras Schultertasche, musste Elles mit Anmerkungen versehenes Manuskript sein. Als sie den linken Arm hob, um ihr zu winken, merkte Elle, wie ihr Tränen in die Augen stiegen. Da ihre Mutter in einem weit entfernten Nest im Outback wohnte und ihr Bruder damit beschäftigt war, als Schauspieler zu versagen, war diese kleine Frau mit dem breiten Lächeln und den dunklen Augen ihre Familie. Und all das nur wegen der Hummer-Szene in Woody Allens *Annie Hall*, die sie beide in der ersten Woche an der Filmhochschule als absolute Lieblingsszene bezeichnet hatten. Sie hatten sich drei Tage nicht gesehen, und Elle hatte dieses sonnige Gesicht mit dem stumpfen Pony und der fast schwarzen Mähne vermisst.

Als sie Miras irritierte Miene bemerkte, verspürte Elle Schuldgefühle wie einen Stich. Sie hätte darauf bestehen sollen, dass David Mira schon vor Wochen kennenlernte. Immer hatte er »eine späte Besprechung« oder den Wunsch nach »einem ruhigen Abend« vorgeschoben, aber sie hätte Druck machen sollen. Vor allem, nachdem sie Miras Troy Hosking schon vor Monaten kennengelernt hatte und ihre Beziehung genauso neu gewesen war. Troy Hosking war ungefähr in ihrem Alter und ein nicht ganz unbekannter Maler; jemands Kinder waren mit seinen Kindern befreundet. Mira hatte seinen neuen Geländewagen beim Abholen vom Kindergarten bemerkt. Ihr gefielen die wilden Farben seiner Schals und wie er seine Töchter anzog. Wohlstand war für Mira ein relativ neuer Umstand, ein Vermächtnis von Elles Bruder, der sie mit zwei Kleinkindern sitzengelassen hatte. Der Bastard. Elle kam gegen Miras Pragmatismus mit Worten nicht an; wegen ihrer Rolle in dieser Beziehung empfand sie immer noch Schuld und eine gewisse Scham. Aber Troy Hosking hatte genau danach geklungen, was Mira nach den zwei Jahren Strafe als Alleinerziehende verdiente.

Als Elle ihn kennenlernte, nachdem er gerade mal eine Woche mit Mira zusammen war, fiel sie aus allen Wolken. Vielleicht weil Mira so hingerissen von ihm war, hatte Elle sich eine idealisierte Vorstellung von ihm gemacht – groß, intellektuell, aber trotzdem geerdet, gut aussehend. In Wirklichkeit war er ein kleiner, zierlicher, vergnügter Typ mit ungepflegtem mausgrauen Haar. Eher ein alternder Vertretertyp als ein erfolgreicher Maler aus der Innenstadt. (Und mit Jude gar nicht zu vergleichen!) Elle hatte sich gewundert, dass er so gar nichts Außergewöhnliches an sich hatte, außer vielleicht seine Beanies und Schals in knalligen Farben. Einen Moment später, als sie sich ihres kritischen Blicks bewusst wurde, nahm sie sich zurück. Denn es war ja ganz offensichtlich, wie sehr er seine Zwillingstöchter mochte und Mira vergötterte. Seine positive Einstellung schloss natürlich auch Elle ein.

Elle blieb zögernd am Gartentor stehen. Unter der Schlinge für ihren Arm war es zu warm. Da sah sie, wie Miras Miene sich veränderte. Wortlos musterten ihre beste Freundin und ihr Freund einander. David in grauer Anzughose, blau gestreiftem Hemd und polierten Schnürschuhen. Mira in einem gelb getupften Trägerkleid, ihren geliebten Sandalen, Zehenring in Gänseblümchenform. Jeder in seiner Stammestracht.

David betrat die Veranda als Erster. Er streckte ihr die Hand hin: »Du musst Mira sein.«

Mira lächelte höflich, hatte aber die Hände voll. »Hi«, sagte sie, drehte sich dann zu Elle und setzte ihr breitestes Grinsen auf. »Du armer Tollpatsch!«

Die Frauen küssten sich flüchtig. Nachdem sie ihm zugenickt hatte, schloss David die Tür auf und ging hinein. Elle folgte ihm leicht nervös. Die beiden mussten erst noch irgendwas aneinander finden, das sie mochten. In der kühlen Küche kochte Mira Kaffee, während David einen Anruf aus der Kanzlei entgegennahm. Kurz danach stieß er wieder zu ihnen und schlug die Morgenzeitung auf. Zu Elles Erstaunen platzierte er sich am Tisch zwischen den beiden Frauen und verschanzte sich hinter dem Wirtschaftsteil.

»David«, sagte Mira zu der Zeitung, »wie ich höre, bist du ein Anwalt in der Stadt?«

»Mhm.«

»Was ist dein Fachgebiet?«

Er zuckte unverbindlich mit den Schultern. »Bankenrechtsstreit.«

»Okay, und bist du für die Banken oder für die kleinen Leute?«

»Für die Banken.«

»Oh.« Mira warf Elle einen Blick zu, der gespieltes Entsetzen ausdrückte. »Da musst du ja ganz schön beschäftigt sein.« Miras Grinsen war ansteckend, und Elle konnte sich ihm nicht entziehen.

»So soll es auch sein«, sagte David. Mit leicht zusammengekniffenen Augen studierte er die Aktienkurse. Sekunden vergingen. Inzwischen musterte Mira ihn wie ein Rätsel. Elles Grinsen verschwand. Mira ließ ihre Augen von David zu Elles Arm und wieder zurück wandern. Elle wurde klar, dass ihre SMS zu vage gewesen war. »Also, Leute«, sagte Mira, »jetzt erzählt mir mal: Was genau ist eigentlich passiert?«

Elle warf David einen Blick zu.

»Sie ist gestürzt«, sagte er.

»Okay …«

Das Schweigen wurde intensiver. Elle wurde heiß. »Ich habe getanzt«, sagte sie laut, »und dabei bin ich über meinen Rucksack gestolpert.« Sie hielt den Blick auf David gerichtet, der sich mit den eng bedruckten Seiten plagte.

Mira runzelte die Stirn, bevor sie die nächste Frage abfeuerte. »Und wo warst du«, sagte sie an David gewandt, »während dieser ganzen *Tanzerei*?«

»Keine Sorge«, sagte er und ließ die Zeitung sinken, »ich war auch da.«

Miras großer Mund blieb reglos, dann verzog sie die Mundwinkel fast ironisch abwärts. Verwirrt und zunehmend verlegen warf Elle einen Blick auf David. Aber er war bereits wieder hinter den bedruckten Blättern verschwunden.

Mira nippte an ihrem schwarzen Kaffee. »Wie tanzt du denn überhaupt so?«

Elle lächelte David flüchtig an.

»Nicht so gut, anscheinend«, sagte er beim Umblättern.

Mira sah Elle an. Elle richtete sich gerade auf und schlug die Beine übereinander. Sie warteten. Ja, Mira betrieb eine leicht ironische Konversation, aber immer noch harmlos. Er würde doch bestimmt noch irgendwas erwidern, oder?

David rückte seinen Stuhl ein Stück vom Tisch ab, vermutlich, um bequemer lesen zu können. Verlegen rieb Elle sich ihren Arm in der Schlinge. Miras Lippen blieben fest verschlossen. Einen Moment später ließ David die Zeitung als zerknitterten Haufen Seiten auf den Tisch fallen.

»Entschuldigt mich, das ist noch mal mein Telefon.«

Kaum hatte er die Küche verlassen, hörten die beiden, wie er jemand freundlich begrüßte. Elle lachte nervös. »Er hat es nicht so mit Smalltalk.«

»Das kannst du laut sagen.«

»Das, äh, muss ich ihm erst noch beibringen.«

»Oh, ja.«

Als Mira aufstand, um ihre beiden Kaffeebecher abzuräumen, lächelte Elle entschuldigend. »Es tut mir leid, dass ich euch einander nicht schon früher vorgestellt habe. Ich … ich wollte mir erst sicher sein.«

Mira ließ Elles Becher in der Luft schaukeln. »Und das bist du jetzt?«

Elle erhob sich lächelnd. Ihre Stimme klang schon wieder zu laut: »Ja.«

Miras ohnehin raue Stimme senkte sich um eine Oktave. »Dann bist du richtig *verliebt*?«

Elle schoss Hitze in die Wangen.

»Er ist nicht das, was ich erwartet hatte«, sagte Mira.

»Nein.« Elle fragte sich, ob sie an Miras geschwungenen Lippen Enttäuschung ablesen konnte. »Wir haben es herrlich miteinander. Wir sind ganz verschieden, aber wir passen zusammen.«

Nachdem sie kurz innegehalten hatte, stellte Mira die Becher in die Spülmaschine. »Ich kann eine Sache erkennen, die du sicher an ihm magst.«

»Und das wäre?«

»Er ist eindeutig was fürs Auge – falls man darauf steht.«

Elle winkte ab, als sei ihr das gleichgültig.

»Bring ihn nächste Woche auf eine Paella mit«, sagte Mira. »Troy wird ihn schon zum Reden kriegen.«

»Klar.« In den Teich in Elles Bauch plumpste ein Stein.

Als Mira sie mit einer angespannteren Version ihres eigenen Lächelns ansah, traf Elle eine Entscheidung: Etikette war wichtig. Sie würde David sagen, dass es das Mindeste war, was sie von ihm erwartete.

Sie ließ ihre rechte Schulter im Gelenk kreisen. »Können wir uns morgen über das Drehbuch unterhalten?«

»Klar, du Loser.« Mira nahm den Entwurf und ihre Notizen aus der Tasche. David kam zurück, um seinen Kaffeebecher wieder aufzufüllen und mit Arbeit, die zu erledigen war.

Die Umarmung der Frauen auf der Veranda dauerte lang. Trotzdem spürte Elle, wie sie sich entspannte, sobald Mira fort war. Die Prüfung war vorbei.

Nach einem unruhigen Mittagsschlaf stand sie nachmittags auf und fand ihn in der Küche, wo er zwischen Tüten voller Lebensmittel herumtanzte. Doch sie konnte an seinem übertriebenen Cha-Cha-Cha nichts Lustiges finden. Irritiert beobachtete sie, wie er Vollmilch, Vollkornbrot, Kartoffelchips, Schokoladeneis, Recycling-Klopapier und vegetarischen Aufstrich auspackte. Sie machte den Mund auf, um etwas zu sagen, aber er verschloss ihre Lippen mit einem Kuss und lief dann hinaus. Als er von seinem Auto zurückkehrte, hatte er den Laptop und drei Bund Tulpen bei sich – gelbe, orangefarbene und weiße. Als sie erkannte, dass es die aus Middle Brighton waren, lächelte sie. Ein vorsichtiges Lächeln.

Er grinste. »Na, ich bin froh, wenn wenigstens die dir gefallen.« Seine Miene wurde ernst. »Du siehst nicht aus, als ob es dir richtig gut geht. Hast du Hunger?«

»Könnte sein.«

Er zog einen Barhocker für sie heran. »Hier.«

Sie saß an der Küchentheke, während er Gemüse schnippelte. Das Messer in seiner Hand bewegte sich unregelmäßig, und er schnitt ungleiche Stücke von Karotten, Pilzen, Zwiebeln, Brokkoli und Spargel. Elle beobachtete ihn und sortierte ihre Gedanken. Sie sagte nichts, als er vergaß, den Brokkoli zu waschen oder die Karotten, nicht einmal, als er eine Handvoll Zwiebelstücke auf den Boden fallen ließ, aufhob und direkt in den Wok warf. Schließlich meinte sie: »Mr Forrester, Ihr Benehmen war ziemlich eigenartig, finden Sie nicht?«

»War es das?«

»Ja. Sowohl gestern Abend als auch heute Morgen.«

»Ach, gestern Abend.« Er warf ihr einen Seitenblick zu. »Da waren wir beide eindeutig nicht in Bestform.«

Sie kräuselte die Lippen. »Vielleicht nicht.«

»Ich schätze«, sagte er, »das lag daran, dass ich die Dinge überstürzt habe.«

»Ja, zum Teil.«

Unsicher, was ihn und was sie betraf, hatte sie dem nichts hinzuzufügen. Welchen Unterschied würden Worte angesichts dieses leeren Hauses schon machen? Schweigen breitete sich zwischen ihnen aus. Dicht und grundlos wie Treibsand. Sie wagte nicht, sich zu rühren.

»Und heute Morgen? Du meinst mit Mira?«, sagte er. »Da war ich nicht in der Stimmung, mich taxieren zu lassen.« Die Zwiebeln brutzelten, und er rührte sie mit einem Holzlöffel um. »Sie hat einen einzigen Blick auf mich geworfen und hatte sich ihre Meinung schon gebildet.«

»So ist Mira nicht.« Und das stimmte. Mira fällte nicht so rasch ein Urteil. Aber Elle zögerte. Es widerstrebte ihr, seine Andersartigkeit zu besprechen. »Außerdem ist sie meine beste Freundin ...« Ihr Drehbuch lag versteckt unter dem Klopapier. Sie zog es hervor. »Die erste Leserin meiner Drehbücher.«

»Und?«

»Und du warst unhöflich. Du musst es zumindest mit ihr versuchen«, sagte sie. »Mit allen meinen Freunden.«

David verharrte reglos über dem Wok. »Ich hatte anderes im Kopf. Alex saß in der Klemme und ...«

»Du hast Zeitung gelesen.«

»Ich liebe dich. Ich möchte mit dir zusammen sein«, sagte

er zu ihr. »An deinen Freunden bin ich nicht gleichermaßen interessiert.«

Elle starrte ihn wortlos an. Er hatte sie schon wieder auf dem falschen Fuß erwischt. Wenn er sie liebte, war das dann kein Grund, alles über sie zu erfahren? Ihre Freunde eingeschlossen? War das kein Grund, sich gut zu benehmen und Eindruck auf sie zu machen? Sie dachte, der wahre Grund für seine Zurückhaltung, ihre Freunde kennenzulernen, war Schüchternheit oder Vorsicht. Und das würde sich ändern. Sie seufzte. Was bedeutete ihm Liebe?

Hätte sie doch nur das Vokabular für diese Gespräche besessen. Wenn es nicht Liebe war, was ihn antrieb, was war es dann? Seine braunen Augen ruhten auf ihr, der Kochlöffel schwebte in der Luft. Er wartete auf ihre Erwiderung. Dieser charmante, verletzte Mann. Vielleicht empfand er das Gleiche wie sie: Furcht. Ihr rechter Arm fühlte sich schwer an, der Ellbogen pochte schwach. Egal, was dahintersteckte, sein jüngstes Verhalten war beunruhigend. Sie hoffte, dass sie es nie mehr erleben würde. Sie rückte die Schlinge an ihren Schultern zurecht.

»Ich halte es nicht für unvernünftig, sich zu bemühen«, sagte sie und fügte mit stahlharter Stimme hinzu: »Nächste Woche werden wir mit Mira und Troy zu Abend essen.«

»Okay, wenn du drauf bestehst.«

Er küsste sie auf die Wange und begann zu pfeifen. Er stellte schwungvoll Teller auf den Tisch, jonglierte mit dem Besteck, riss eine Tüte Kartoffelchips auf und kaute krachend. Den hölzernen Kochlöffel in einer Hand, goss er sich mit der anderen Weißwein ein und füllte auch ihr Glas. In der kleinen Küche war er gleichzeitig überall, wie ein gutmütiger Tintenfisch. Umrührend, kauend, trinkend, pfeifend, brutzelnd, nachschenkend. Innerhalb von Minuten füllte er ihr Haus so vollständig aus, dass sie sich fragte, wie fremd und still es ohne ihn sein würde. Wie leer und wie falsch.

Während die Hitze des Tages abflaute, lieh er *Doktor Schiwago* aus und forderte sie auf, es sich auf der Couch gemütlich zu machen. Amüsiert von seiner Fürsorge, bat sie ihn um zusätzliche Kissen. In der Mitte des Filmepos verkündete er eine Pause und bot an, Eisschokolade zuzubereiten. Sie lachte und nahm ihn beim Wort. Als er später meinte: »Nimm die Schlinge ab, ich massiere dir die Schultern«, fügte sie sich erneut – warum sollte sie seine großzügigen Gesten auch nicht annehmen. Er machte weiter, als schon längst der Abspann lief. Bis sie fast eingeschlummert war. Und ohne dass es ausgesprochen worden wäre, war alles verziehen. Dann trug er sie ungefragt ins Bett.

Um zwei Uhr am darauffolgenden Nachmittag hörte Elle eine Hupe und griff nach ihrer Handtasche. Einen Augenblick später saß sie schon neben Mira in dem alten Saab. Es war wieder ein heißer Tag, aber mit sauberer Luft. Der Gestank war verschwunden. Sie fuhren ohne Klimaanlage bei offenen Fenstern. Ihnen blieben zwanzig Minuten, um in die Stadt zu kommen. Das war perfekt für eine effiziente Besprechung.

»Danke für deine Anmerkungen«, zwitscherte Elle über die Geräusche des Fahrtwinds hinweg. »Ich bin froh, dass du meinst, wir sind nah am Ziel.«

Mira wich den Sonntagsradfahrern auf der Charles Street aus. »Klar sind wir das. Das Einzige ist, dass Freddies Erwartungen sie jetzt extrem launenhaft wirken lassen. Aber das kannst du hinbiegen.«

»Mmm.« Elle schlang ihren freien Arm um sich selbst.

»Wenn Freddie in der Mitte fragt: ›Was ist wahre Liebe?‹, gibt es der ganzen Sache Gestalt.« Mira bremste hinter einem haltenden Bus. »Ich denke, wir können hier noch stärker mit ihrer Verwandlung spielen.« Verstohlen warf Mira einen Blick auf Elle. »Zeig, wie schwer es ist, verletzbar zu sein. Vor allem wenn man bereits Schaden genommen hat ... Mach es realistischer. Die meisten Leute, die wie Freddie sind, schaffen das im wahren Leben nicht.«

Elle runzelte die Stirn. »Möchtest du, dass sie mehr kämpft?«

»Schon. Aber sie darf nicht zu mitgenommen sein. Sie soll nur darum ringen, ihr wahres Ich zum Vorschein zu bringen.«

Elle hielt den Atem an, bis der Bus vor ihnen wieder anfuhr. Wahres Ich, falsches Ich: Diese Terminologie war ihr heute unangenehm. Oder vielleicht verhedderte sie sich nur in der Semantik. Einen Augenblick später holte sie tief Luft und nickte. Mira bog nach rechts in die Buckley Street ab.

»Wenn wir uns jetzt mit Lucy einigen, gehen auch alle anderen mit an Bord. Du gibst dem Drehbuch noch einen Feinschliff, und ich kann in die nächste Finanzierungsrunde einsteigen. Wenn uns das gelingt, könnten wir im Juni drehen.« Mira bremste abrupt vor einer roten Ampel.

»Warum die Eile?«

»Weil es Lucys einziges Zeitfenster dieses Jahr ist.«

Elle drückte ihren Rücken durch, der ein bisschen am Sitz klebte. Schon bald konnte sie die Industrieanlagen am Hafen sehen. Endlose Container voller Güter, die ein Zuhause brauchten. Sie atmete langsam aus. Die hochgelobte Schauspielerin Lucy van den Berg, die in London lebte, war Miras erste Wahl für die Freddie. Elle hatte dagegen die preiswerte Besetzung mit Unbekannten bei *Daisy* gefallen. Einen Star zu erschaffen schien verlockender, als einen zu verpflichten.

»Was war noch mal dein Favorit?« Sie wusste, dass sie von ihrer Unsicherheit ablenkte. »›Können Männer und Frauen einfach befreundet sein?‹ oder ›Warum gehen Männer fremd?‹«

»Mein Favorit ist *Mondsüchtig*. Weil sie Angst vor dem Tod haben.«

»Stimmt. Und mein Favorit ist *Harry und Sally*.«

Sie strich über ihre Schlinge. Mira grinste. Verschwommen nahm sie die Großmarkthallen wahr. Sonntäglich verwaist. Elle atmete leise aus und spürte die Hitze.

Zehn Minuten später kühlten Elle und Mira sich in der Royal Suite des historischen Hotels Windsor ab. Lucy van den Berg plauderte gut gelaunt über das Drehbuch, über *Daisy*, darüber, wieder zu Hause in Australien zu sein. Elle balancierte ihren Tee und ein Scone und studierte dabei die Vierundzwanzigjährige. In jedem ihrer Filme wirkte Lucy wie eine Erscheinung aus dem Goldenen Zeitalter Hollywoods. Mit ihrer hellen Haut und den schwarzen Haaren war sie von einer mühelosen, schwanengleichen Schönheit. Meist in eine Korsage gekleidet. Heute trug Lucy allerdings abgeschnittene Jeans und ein schwarzes Shirt. Ihr Haar war verstrubbelt und zu einer Ponyfrisur geschnitten.

Elle warf Mira einen Blick zu. Sie war sich nicht sicher gewesen, ob Lucys elegante, klassische Schönheit in eine zeitgenössische sexy Komödie passte – selbst wenn die Retrotöne aufwies. Doch heute, ohne eine Spur Make-up, wirkte Lucy wie ein jungenhaftes Mädchen aus den Fünfzigerjahren. Mira grinste zurück, und Lucy zerlegte ein zweites Scone. Während sie sich unterhielten, registrierte Elle ihre marineblauen Augen, ihre Schlagfertigkeit, ihre dezenten, aber maskulin-entschlossenen Gesten. Ganz offensichtlich gefiel Lucy besonders Freddies romantischer Idealismus, ihre leidenschaftliche Unabhängigkeit. Und sie konnte deren Suche nach Liebe nachempfinden. Solange Elle oder Mira sprachen, sah die junge Frau sie interessiert an: eine aktive Zuhörerin. Versiertes Method-Acting … Aber war sie Freddie?

Lucy leckte sich Marmelade von den Fingern.

»Eine persönliche Frage«, sagte Elle, »wenn Sie nichts dagegen haben?«

Auf Lucys sahniger Stirn zeichneten sich zwei Falten ab. Genau über ihrer Nase, wie ein winziger Barren. »Klar.«

»Waren Sie schon mal so richtig verliebt?«, fragte Elle. »Ich meine, komplett verrückt nach jemand?«

Lucy zögerte, dann wurden ihre marineblauen Augen riesengroß und brachten die Linien zum Verschwinden. »Klar. Hat mich zu Tode erschreckt.«

Mira lachte, Elle ebenso. Die Antwort: absolut Freddie.

Lucy stand auf, um ein Päckchen aus ihrer Tasche zu holen. »Hier. Ich habe ein paar Szenen für Sie aufgenommen. Die eine, wo Freddie Mike beim Auftritt begegnet. Und eine spätere, wo sie ihre sanftere Seite zeigt, als ihr klar wird, dass sie ihre ›große Liebe‹ gefunden hat.«

»Oh.«

Lucy hatte, von Agentin zu Agentin, zu dieser »Unterhaltung« gedrängt. Inzwischen musste sie kaum noch vorsprechen.

Elle nahm geschmeichelt die DVD entgegen. »Danke.«

Als sie wieder im Saab saßen, benahm sich Mira wie ein gut gelaunter Teufel: Sie fuhr zu dicht auf, bremste abrupt, gab zu viel Gas. Außerdem redete sie ununterbrochen. Innerhalb von neun Minuten waren sie bei Mira zu Hause. Kaum hatten sie in der Hyde Street gehalten, riss sie die Handbremse hoch: »Was ist dein Problem?«

»Ich bin mir gar nicht sicher, ob ich überhaupt eines habe«, sagte Elle. »Außer … dass sie ein Star ist.«

Mira betrachtete Elle, als spräche sie Chinesisch. »Das Publikum liebt Lucy. Verleiher, Geldgeber – alle lieben Lucy.«

In dem heißen parkenden Auto raufte Elle sich ratlos die Haare.

»Sie ist nicht nur ein Star«, sagte Mira, »sie war brillant. Und sie sah genau wie Freddie aus.«

»Mmm.« Elle zog an ihrer Schlinge, die sich inzwischen ausgebeult hatte. »Sie hatte ihre Klamotten an.« Die Wahrheit war, dass sie mit ihrem dichten schwarzen Haar und dem stumpfen Pony wie Mira aussah. Wie eine größere, hübschere, blauäugige Mira.

»Aber bei dem Vorsprechen für Mike wäre sie nicht da, das sagte ihre Agentin doch, oder?«

»Ich werde wegen des Schauspielers recherchieren. Der, den sie letztes Jahr beim Tribeca-Festival getroffen hat. Irgendein Jay.«

»Wenigstens ist er kein Star, schätze ich mal.«

»Okay, das reicht. Jetzt müssen wir uns das hier ansehen.«

Wieder zu Hause, war Elle dankbar für ein bisschen Ruhe und die Klimaanlage. In der Küche lockte sie David mit einem aus dem Hotel geschmuggelten Scone von seinem Laptop weg.

»Ich hasse es, Mira recht zu geben«, sagte David mit einem Grinsen, während er sich ausloggte, »aber Lucy van den Berg ist eine Sensation. Ich habe sie letztes Jahr in diesem Film gesehen, der in Paris spielte.«

»Stimmt. Darin war sie toll. Um ein Haar hätte sie einen Oscar dafür gekriegt.«

»Und derrr eine überrr die rrrussische Rrrevolution.« Sein Akzent war schrecklich. Elle musste lachen.

»Aber«, sagte sie, »sie ist nicht wie die Freddie, die ich mir vorgestellt habe. Sie ist so … Ich weiß nicht. Jung und auffällig. Ich habe Freddie eher als … also, klein und sommersprossig gesehen.«

David schloss Elle in seine Arme und tanzte mir ihr, behutsam, wenn nicht sogar schüchtern, durch die Küche. Dazu sang er: »Niemand sagt Nein zu Lucy Lu, sie zu haben, das wäre ein Coup.«

»Ich habe noch nicht Nein gesagt! Noch nicht!«

»Gut, gut«, sagte er und hielt sie für einen Oversway nach hinten geneigt.

Ob sie wollte oder nicht, sie musste lachen. Wie gelang ihm das bloß? So unglaublich albern und gleichzeitig so unglaublich sexy zu sein?

Am Abend sah Elle sich die DVD erneut an, diesmal mit David. Nachdem die erste Szene zu Ende war, konnte sie feststellen, dass David, wie schon Mira, Lucy unrettbar verfallen war. Sie hatte sich etwas von Freddie angeeignet – ihre Großtuerei und Zerbrechlichkeit. Sie hatte auch einen feinen Sinn für Humor. Und sie war Risiken eingegangen. Ihr Flirten der jungen Biografin wirkte fast barsch. Das Gleiche tat Lucy auch in der zweiten Szene, wo Freddies Aufregung darüber, Liebe zu finden, offenbar wurde. Dennoch wurde sie hier weicher. Ein Dutzend Mal war Lucy umwerfend. Absonderlich. Beim dreizehnten Durchgang hatte sie Elle, genau wie Mira und David, für sich gewonnen.

Wenn sie das nur, denkt Elle sich jetzt, in einen Zusammenhang bringen könnte. Damals hatte sie David mehr begehrt als jeden anderen Mann vor ihm. Tagsüber spukte er durch ihre Gedanken, nachts lag sie in seinen Armen. Mit vierunddreißig Jahren und reif für die Liebe, hatte sie sie endlich gefunden. Er war ihr Geliebter, ihr Resonanzboden und ihr neuer bester Freund. Sie überarbeitete ihr Drehbuch täglich, und jeden Abend war er an ihrer Seite – las, kommentierte –, bis die endgültige Fassung fertig war. (»Freddie ist ziemlich schrill, Ginger«, sagte er, nicht lange nachdem Mira ihre Bewerbung für die Finanzierung eingereicht hatte. »Wenn möglich, solltest du sie vielleicht ein bisschen abmildern. Um zu vermeiden, dass man es als überzogen abtut.«) Schnell wurde er zum integralen Bestandteil ihres Arbeitsprozesses. Und ihres Lebens.

Dass er bei ihr wohnte, war ebenfalls neu. Und jede nervige Veränderung machte ihr zu schaffen – die mitten im Flur stehengelassenen Schnürschuhe, das endlose Waschen von Unterhemden, sein schreckliches Weißbrot. Manchmal geriet sie in Panik, wenn sie seine Aktentasche auf ihrem Bett entdeckte oder sein Diktiergerät neben der Badewanne. Einerseits sehnte sie sich nach Intimität und liebte sie sogar, andererseits erschrak sie davor. Sie wusste nicht, wie sie damit umgehen sollte. Wäre sie doch nur bereit gewesen, über all das wenigstens mit Mira zu reden.

Kapitel 7

Dave soll in neun Minuten bei Reg sein. Das ist knapp, aber er wird es schaffen. Die südliche Strecke von Yarraville nach Williamstown bedeutet nur fünf Kilometer über die Williamstown Road, die unter der West Gate Bridge durchführt und in Newport in die Melbourne Road mündet. Beim Fahren fühlt er sich besser. Klarer. Der Lärm in seinem Kopf ist verschwunden. *Vernünftige Männer töten manchmal*, denkt er. *Wenn sie dazu gedrängt werden*. Dann fällt es ihm wie Schuppen von den Augen: Er hat nicht diese wunderbare Frau getötet. Er hat eine Blenderin getötet. Er schlägt auf das Lenkrad. Das ist doch verdammt noch mal kriminell – wie sie war, als es mit ihnen anfing, ist so verdammt noch mal anders als das, wozu sie wurde. Zu einem Drachen. Sie wurde so grundlegend anders und muss sich deshalb eigentlich von Anfang an verstellt haben. Es sollte ein Gesetz geben gegen Irreführung und täuschendes Verhalten in Liebesdingen. Und eine Strafe: eine schwere.

Die schmalen Nebenstraßen sind erstaunlich leer. Nur schwach erleuchtete Häuser und parkende Autos. Keine plaudernden Nachbarn oder Pendler, die am Freitagabend nach Hause kommen. Er denkt an Regs Frage nach dem Feuer. Es stinkt tatsächlich stechender und bitterer als sonst. Und das könnte aus jeder zwielichtigen Fabrik oder Müllhalde kommen. *Es ist an der Zeit*, denkt er sich, *von der Straße zu verschwinden*. Er wirkt viel zu verdächtig. So schlängelt er sich erst zur Somerville Road und von dort auf die Williamstown Road. Gerade denkt er über seinen ersten Satz gegenüber Reg nach, als er im Rückspiegel ein Auto bemerkt. Es fährt etwa hundert Meter hinter ihm und kommt näher. Ein Holden, neuestes Modell, weiß.

Er beschleunigt. Vor ihm rotieren blau-rote Blitzlichter auf der Kreuzung Francis Street. Dämlicherweise rast er auf die zu. Im Näherkommen erkennt er Straßensperren auf den Spuren Richtung Innenstadt. Streifenwagen stehen am Straßenrand, vier Cops daneben.

Zu spät bemerkt er, dass die Ampel umschaltet.

Fuck. Er überlegt, das Steuer herumzureißen und davonzurasen, bis ihm das Auto im Rückspiegel wieder einfällt. Er tritt das Gaspedal durch, um die rote Ampel zu überfahren. Doch im letzten Moment besinnt er sich anders und bremst abrupt. Sein Wagen schlittert. *Gütiger Himmel*, denkt er, *was mache ich hier bloß?*

Zum Glück schenken ihm die Cops am Straßenrand kaum Beachtung. Sie sind auf der anderen Seite der Sperren ins Gespräch vertieft. Aber der weiße Wagen wechselt die Spur, und er merkt, dass jemand ihn anstarrt. Er richtet den Blick stur geradeaus und betätigt die Zentralverriegelung. Er sucht nach einer Zigarette und beginnt zu rauchen. Mr Lässig. Er achtet weder auf die Flecken auf seinem Hemd noch auf die Kratzer an seinen Armen. Aber dann fällt sein Blick auf das Diktiergerät in seinem Schoß. Er ist erst halb fertig, seine Verteidigung erst halb gar.

Für die Jungs in Blau ist er noch nicht bereit.

Nach einem kurzen Seitenblick auf den anderen Fahrer lässt seine Panik ein wenig nach. Es ist eine Frau. Allein und in Uniform. Sie dürfte Mitte zwanzig sein. Eine Blondine mit Pferdeschwanz. Hübsch für eine Polizistin. Er wartet. Ihr Wagen scheint neben seinem zu schweben. In dem langen Augenblick brennt der Zigarettenrauch in seiner Kehle, und er sehnt sich danach, die Kippe wegzuwerfen. Er nimmt noch einen Zug, die Augen fest auf die rote Ampel gerichtet. Ein Feuerwehrauto rast auf der falschen Straßenseite über die Kreuzung, gefolgt von zwei weiteren Streifenwagen. Er studiert die Spitze seiner Zigarette. Die anderen – alles Männer – debattieren hitzig, während die Frau sein Profil begafft. Sein rechtes Augenlid zuckt.

Das einzige normale Auto auf der Straße ist seins.

Als sie zu der kleinen Gruppe Uniformierter hinüberblickt, merkt er, wie sie zaudert. Aber was wird für sie den Ausschlag geben? Seine Gedanken überschlagen sich, bis er eine einigermaßen brauchbare Idee hat. Er tastet mit der linken Hand nach seinem Ohrstöpsel und steckt ihn sich ins Ohr, dann redet er drauflos, lacht, einen Moment später schaut er offen zu ihr rüber und stellt fest, dass sie ihn schon wieder anstarrt. Er grinst. *Das ist vielleicht eine Quasselstrippe*, sagen seine Augen, oder zumindest hofft er das. Sie runzelt die Stirn, versteht und lächelt. Als er ihre großen weißen Zähne sieht, fühlt er sich durch etwas ermutigt, das er vor über zwanzig Jahren über die Vorschriften in Beweisverfahren gelernt hat. Das Auftreten eines Angeklagten kann täuschen. Als würde er sein Gespräch beenden, murmelt er eine Verabschiedung und zieht den Ohrstöpsel wieder raus. Dann lächelt er den Girlie-Cop natürlich, echt und interessiert an. Wenn er sich in seinem Leben auf eine Sache verlassen kann, dann auf seine Anziehungskraft. Zumindest die auf den ersten Blick.

Er wartet, und sie schaut himmelwärts. Er tut es ihr gleich. Der Himmel wirkt näher und schwerer, eher wie Rauch als wie eine Wolke. Das Feuer ist nah und heimtückisch. Sie schaut wieder konzentriert geradeaus, und er sieht die rotierenden Lichter an der Zufahrt zur Brücke. Und da trifft es ihn schlagartig: Er ist aufgeschmissen. Sitzt im Westen fest, die Brücke und wer weiß welche Straßen noch sind geschlossen. Er sitzt fest, vielleicht für länger.

Gott sei Dank hat er Reg.

Aber noch ist er nicht dort. Abrupt bewegen sich die Männer von der Straßensperre weg auf einen der geparkten Streifenwagen zu und dann noch weiter von ihm weg. Der Girlie-Cop beobachtet sie. Was, so fragt er sich, wird sie tun? Was, wenn sie ihm folgt und ihn zum Anhalten zwingt? Was dann? Er hat keinen Plan. Das war die Story seines Abends, vielleicht seines Lebens. Die Ampel schaltet auf Grün, und er wartet. Sie späht in seine Richtung. Er salutiert. Als sie losfährt, umspielt das Lächeln eines Teenies ihre Lippen.

Er schüttelt den Kopf: Einen Moment lang hatte er wirklich gezweifelt. Aber er hat es noch drauf. Er lässt sein Fenster runter und schnippt die Kippe nach draußen. *Dämliche Zicke.*

Dave sitzt in einem der Wohnzimmer in Regs renoviertem Edwardianischen Haus. In der Mitte steht ein Billardtisch. Anscheinend ist darauf ein Spiel im Gange, aber bei Gott, Reg spielt bestimmt nicht. Reg ist sowieso nicht mehr der Mann, den Dave in Erinnerung hatte. Dieser Reg Priestly ist verschrumpelt und grau – von der Spitze seines erdnussförmigen

Kopfs bis zu seinem bröseligen Kinn. In der Halle hatte ein gehendes Skelett Dave begrüßt, staubig und verfallen. Wenigstens hört der Kronanwalt noch gut. Als die Glocke ertönte, hatte Reg irgendwas gebellt, und Dave war hereingehuscht.

»Mach dich auf was gefasst, Reggie«, hatte er gesagt.

»Setz dich auf deine vier Buchstaben und schockier mich.«

Dave hatte sich in das hell erleuchtete Wohnzimmer geschlichen und gesagt: »Ich habe meine Frau umgebracht.«

Nachdem die Worte ausgesprochen und gehört worden waren, fühlte er sich entschlossener. Gestärkt. Das zumindest hatte er sich vorgenommen. Viel mehr hatte er nicht geplant. Der alte Mann hatte gesagt: »Tut mir leid, das zu hören. Ich dachte, ihr hättet euch schön miteinander eingerichtet.« Dann deutete er auf einen Sessel und bot Tee an.

Dave kam das vor, als drohe die Last, von der er sich gerade befreit hatte, wie ein Bumerang zu ihm zurückzukommen. War die Distanziertheit des Kronanwalts pure Professionalität? Er vermochte es nicht zu sagen. Er war in Sachen Distanz nie gut gewesen. Bei Freeman & Milne hatten seine Mandanten rasch erkannt, dass, egal wie bedeutend ihr Business auch sein mochte, er nicht auf Samtpfötchen um den heißen Brei herumschleichen würde. Er sagte ihnen unumwunden, wenn ihre Fälle vergeigt und ihre Entscheidungen idiotisch waren. Und das gefiel ihnen. Seine unverblümten Reaktionen, so unwillkommen sie in seinem Privatleben sein mochten, bildeten die Basis seiner juristischen Karriere. Zumindest zeitweise. In diesem Spielzimmer begriff Dave, warum seine eigene Respektlosigkeit funktioniert hatte. Wer wollte denn nicht, dass jemand die Bürde mit einem teilte?

»Intimität ist eine gefährliche Sache«, sagt Reg und gießt

aus einer Kanne Tee ein. In dem warmen Zimmer starrt Dave auf die stahlgraue Strähne, die an Regs Scheitel hochsteht. Er würde sie schrecklich gern platt drücken.

»Tja, für uns ganz offensichtlich. Wir …«

»Du solltest hier aufhören«, sagt Reg. »Jetzt, wo ich pensioniert bin, wird diese Unterhaltung vermutlich nicht qua Privileg vor den neugierigen Augen der Ermittler geschützt. Aber ich kann dir eine Nummer geben …«

»Das Privileg ist mir egal, Ich will, dass *du* mir sagst, wo ich stehe.«

Regs Blick drückt Amüsement aus. »Das willst du? Sehr gut, dann nur zu.«

»Kurz gesagt, hat sie mich so weit gebracht, dass es kein Zurück mehr gab. Und dann hab ich sie verloren.«

»Wen hast du verloren?« Regs Stimme ist leise, aber bestimmt.

»Was denkst du denn?« Dave sieht Reg herausfordernd an. »Meine Selbstbeherrschung.«

»Ah«, sagt Reg und zieht die Mundwinkel runter. »Ich vermute, du warst damals nicht in Sydney?«

Dave verspürt eine neue Welle von Unbehagen. »Nein. Warum denn?«

»Victoria hat im November 2005 Provokation als Verteidigungstaktik abgeschafft«, sagt Reg. »Tasmanien hat es als Erster getan, 2003. In Western Australia ist sie auch schon weg. In New South Wales wird das übrigens gerade geprüft.«

Dave flucht.

»Du hast wohl auch den Fall Ramage nicht mitgekriegt, vermute ich. Das war der Sargnagel für die Verteidigungstaktik in Victoria.«

»Scheiße.«

Natürlich. Jetzt kann Dave sich an den Fall erinnern. Der Ehemann hatte vertraut ausgesehen, wie einer von seinen Mandanten. Weiß, Mittelklasse, geldig. Nur vage erinnert er sich an die Frau, die den Nerv gehabt hatte, ihn zu verlassen und einen Liebhaber zu finden. Aber an die Verurteilung wegen Totschlag kann er sich noch ganz gut erinnern, genau wie an den Aufruhr danach.

Die Gesetzesreform allerdings – verfickte Scheiße, die hatte er nicht mitgekriegt.

»Wir leben heute gemäß höheren Standards.« Reg nahm David scharf ins Visier. »Du kannst deine Frau nicht mehr umbringen, weil du die Kontrolle über *sie* verloren hast.«

Unter Regs strengem Blick wird Dave mit einem Mal bewusst, wie er sich in seinem Innersten fühlt: verbittert und beschämt. Mit gesenktem Kopf tritt er an den Kamin.

»Und wir können«, sagt Reg, »den Frauen nicht mehr die Schuld an ihrem Tod geben.«

Dave würde am liebsten brüllen: Warum verdammt noch mal nicht? Er versucht, sich auf den Kaminsims und die zwei grob von Hand bearbeiteten Bilderrahmen zu konzentrieren. Vertraut, alt. Von seinem Dad gemacht oder vielleicht von ihm. In einem Schuppen hinter dem Haus, in geselliger Stille. Dave blinzelt zu Reg hin. Außerhalb dieses Schuppens war das Schweigen unablässig gewesen. *Warum hast du den alten Bastard nicht für sein Verhalten zur Rede gestellt? Oder ist Intimität nicht mit Verpflichtungen verbunden?*

Als würde er Daves Kampfeslust spüren, fährt Reg fort. »Aber Provokation ist noch nicht ganz weg. Sie wird beim Strafmaß berücksichtigt werden.« Reg zupft an seiner widerspenstigen Locke. »Und wie schon der alte Frederic William Maitland im Jahre 1909 konstatierte: ›Die Formen des Handelns mögen wir begraben haben, aber sie beherrschen uns noch aus ihren Gräbern heraus.‹ Das könnte auch auf deine begrabene Verteidigungstaktik zutreffen, bedauerlicherweise.«

»Was bedeutet das?«, sagt Dave.

»Dass die Schwächen des alten substanziellen Kriminalrechts sich vielleicht noch aufs Strafrecht übertragen lassen. Aber es ist zu früh, um das zu sagen.« Reg zuckt wieder mit den Schultern. »Aber eine Schuldzuweisung an das Opfer ist erwiesenermaßen schwer, extrem schwer durchzubringen.«

Dave fragt sich, wie überzeugend er sein könnte. Sein Wort gegen das einer toten Frau. Ihr Schweigen ist ein Segen, und doch ist es selbst im Tod nicht absolut. »Und wenn der Richter es mir nicht abnimmt?«

»Dann ist es Mord mit der entsprechenden Strafe«, sagt Reg. »Vorausgesetzt, keine andere Verteidigungsstrategie kommt zur Anwendung.«

»Scheiße«, sagt Dave. »Scheiße, Scheiße.« Er schlägt die Hände vors Gesicht, wie ein Kind, das sich zu verstecken versucht. »Was würde mir dann bevorstehen?«

»Ohne all die Fakten, schwer zu sagen. Etwa zwanzig Jahre und davon sechzehn Mindestverbüßungsdauer. Könnte auch mehr werden, je nachdem, an wen du gerätst.«

Als Dave wieder flucht, nimmt Reg sich ein rosafarbenes Miniaturkissen von seinem Sessel und reibt sich damit über die Fingernägel.

»Ich weiß, dass das deprimierend ist. Aber gehen wir es doch mal langsam an, ja? Was genau ist heute Abend passiert?«

Dave starrt finster, während Regs rechte Hand rhythmisch über die Fingernägel seiner linken fährt. Regs Nägel sind weder zu lang noch zu kurz. Dave ist noch nie aufgefallen, wie weibisch der alte Mann ist. Aufgebracht geht er Runden um den Billardtisch. Versucht, sich zu konzentrieren. Schnell regt ihn das übervolle Wohnzimmer auf. Die nüchternen Ledersessel, verstaubte Karaffen aus Kristall und ein Teppich, der aussieht, als sei er aus schwarz-weißen Hundehaaren gemacht. Sein Blick bleibt an einem Foto von Regs dritter Frau auf dem Kaminsims hängen; anscheinend auf einer Party aufgenommen, neben einem Tablett mit Cocktails. June Cahill, eine rüstige, stämmige Frau, die mal Friedensrichterin war, wie ihm jetzt einfällt, bis sie letztes Jahr in Pension ging, um sich um Reg zu kümmern. Sogar der alte Mann hat jemand.

»Tja, sie war meine klügste Entscheidung«, meint Reg und scheint auf eine Reaktion zu warten. Irgendeine Reaktion. »David, sie hat dich verlassen, nehme ich an. Wann?«

Dave starrt June finster an. »Spielt das eine Rolle? Tatsache ist, dass sie versprochen hatte, es nie zu tun. Sie war meine *Ehefrau.*«

Reg schnalzt mit der Zunge. »Zwei Leute können so miteinander verschmolzen sein, dass es sinnlos ist. Wie ein Paar geschmolzener Kerzen.«

»Meinst du?« Dave dreht das Foto aus Regs Blickrichtung.

Reg befeuchtet sich die Lippen. »Ich nehme an, du hofftest auf eine Versöhnung und sie benahm sich *schwierig*? Was genau hat sie getan oder gesagt?«

Dave fischt etwas aus seiner Tasche. »Schau, es ist alles auf dem Band.«

Er lässt das Diktiergerät über den Beistelltisch aus Eiche

schlittern. Zu seiner Überraschung fängt Reg es auf. Dann betrachtet er es wie einen Rohdiamanten und legt es schließlich auf ein Sideboard.

»Ich kann nicht im Knast verrotten, bis ich gute sechzig bin.«

Dave dreht der erneuten Betroffenheit des alten Mannes den Rücken zu.

»Wie es passiert ist«, sagt Reg, »was passiert ist, wer du bist, wer sie war – das ist alles von vitaler Bedeutung. Richter sind auch Menschen. Diese alte Verteidigungsstrategie mag begraben sein, aber sie könnte immer noch schrecklich herumspuken.«

Dave kann hören, dass Reg wirklich mit dem Herzen bei der Sache ist. Als hätte der alte Kronanwalt immer noch etwas zu bieten. Er möchte dem alten Mann am liebsten einen Stoß verpassen. Reg fährt fort, seine Nägel zu polieren. »Meiner Erfahrung nach ist es weit besser, sich den Folgen zu stellen, als sich vor ihnen zu verstecken. Die Wald-und-Wiesen-Gauner, die in deine Kanzlei kommen, teilen diesen Standpunkt natürlich nicht.«

Dave fixiert das sich bewegende rosa Kissen und spürt das Verlangen, es sich zu schnappen und in seinen Tee zu tunken. Stattdessen fährt er fort, im Kreis durchs Zimmer zu gehen.

»Setz dich endlich hin.«

Armer Reg. Ist es denn nicht offensichtlich, wie verdammt hoffnungslos sein Fall ist? Aber andererseits kann Dave sonst nirgends hin.

»Ich kann dir nicht helfen, wenn du mir nichts erzählst.«

Aufgeschmissen bleibt Dave stehen und sieht keinen anderen Ausweg. Er seufzt.

»Okay. Wir haben uns vor ungefähr zwei Monaten getrennt. Ich hatte sie nicht mehr gesehen … bis heute.« Er schüttelt den Kopf. »Sie sah traumhaft aus, in diesem hautengen marineblauen Kleid. Sie kochte gerade Spaghetti marinara. Ich war ein bisschen geschockt, glaube ich. Sie sah … fantastisch aus.« Er spuckt die Worte aus und schweigt dann. »Wir plauderten, aber dann eskalierte die Situation ziemlich schnell. Sie wollte nichts mit mir zu tun haben. Sie war eisig. Und selbstsicher.«

Regs Blick wandert von Daves Händen zu seinen verschrammten Unterarmen und dem nassen Hemd. Er verweilt auf dem Hemd und den Schuhen – alles feucht und dank Regs Wasseranschluss im Garten ausgewaschen. Daves Gesicht wird heiß.

»Schau, sie sagte mir, ich solle mich verpissen, dann hat sie ihr Telefon nach mir geworfen, mich einen Feigling genannt …«

»War es so?« Reg hat die Stirn gerunzelt, wirkt aber ungerührt.

»Klar. Also hab ich sie geschubst, okay? Damit sie den Mund hält, sie ist auf den Fußboden geknallt, heftig … Dann hab ich sie auf dem Küchenboden erwürgt, okay?«

»Natasha war doch einmal im Krankenhaus, nicht wahr? Wegen einer gebrochenen Nase?«

»Daran erinnere ich mich nicht!«

»Bist du dir sicher, dass sie tot ist?«

Dave starrt ihn zornig an. Der Kronanwalt ist wie ein altgedienter Boxer, mit tadelloser Technik platziert er einen Schlag nach dem anderen. Der blinde Fleck bedroht ihn wieder. Diesmal hält seine Wut ihn in Schach.

»Ja, ich bin mir sicher.«

»Und wo ist ihre Leiche jetzt?«

»Bei ihr zu Hause, in der Waschküche.«

»In der Waschküche? Was passierte, nachdem du sie erwürgt hattest?«

Daves Augen werden schmal. Was hat er getan? Er hätte sein ungeprüftes Diktiergerät niemals einem Kronanwalt überlassen sollen. Er vermutet mit einem Mal, einen schweren Fehler begangen zu haben. »Ich muss mich duschen.«

Vielleicht um sein Staunen zu verbergen, studiert Reg nun das Diktiergerät, als habe er gerade dessen winzige Schwächen entdeckt.

Dave sagt: »Hör es dir um Gottes willen an!«

»Ja, ja, selbstverständlich«, sagt Reg. »Aber ich werde dir eine Nummer geben. Die einer anderen Kronanwältin: Sheila McCarthy. Du solltest mit ihr reden, bevor du dich stellst.«

»Nein.«

Reg sieht ihn wieder prüfend an, aber Dave hat genug. Er ist bereits an der Tür, als Reg ihm nachruft: »Warte nicht zu lang, David. Ich werde allerdings niemand anrufen. Aber wie du dich jetzt verhältst, das wird ein Faktor sein, der bei deinem Strafmaß Berücksichtigung findet. Vergiss nicht: Jede Minute zählt.«

In dem fremden Haus knallt Dave mit der Tür und durchquert den Flur.

Kapitel 8

Elle schwebt einsam und verlassen über ihrem an die Wand montierten Wäschetrockner. Draußen ist die Nacht jetzt kühler und menschenleer. Nichts rührt sich, nicht mal ein Opossum. Trotz des Dutzends kleiner Häuser, die ihres umgeben, weiß niemand außer Mira und Doris von ihren privaten Gewohnheiten. Keiner wird anklopfen und rufen. Keiner wird nach ihr suchen. Aber vielleicht ist das gar nicht so schlecht. Ihr wird klar, dass sie noch nicht dazu bereit ist, gefunden – und öffentlich für tot erklärt zu werden.

Wie aus riesiger Entfernung betrachtet sie ihren Körper, der direkt neben der Waschmaschine liegt. Vom Rumpf bis zu den Schenkeln ist er mit diesem grünen Handtuch zugedeckt. Sie sieht ihren Hinterkopf, den Rock ihres dunkelblauen Wollkleids und die elliptischen Fußsohlen.

Da ist irgendetwas mit meinem Körper, denkt sie. Etwas, das ich nicht sehe.

* * *

Das schwache Unbehagen, das sie verspürt, bringt sie zu einem Samstag zurück. Im Spätsommer. Beim Frühstück. Sie saßen auf ihrer Küchenbank, als er grinsend etwas zu ihr hinschubste. Eine kleine blaue Schachtel. Als sie den Samt fühlte, merkte sie, wie ihr Magen erst einen Satz machte und dann absackte. Die Textur verriet schon alles: weich, seidig, fast antik. Sie warf kaum einen Blick auf den prominenten Saphir, den drei eingelegte Diamanten in einer Art-déco-Fassung flankierten, bevor sie das Schächtelchen neben seine Müslischüssel schob. So beiläufig, als wäre es ein Glas Wasser. Er musterte sie und schien hinter ihre oberflächliche Reaktion blicken zu wollen. Sie suchte seinen Blick.

»Wir könnten lange verlobt sein.«

Ihr Lächeln begann zu zittern. Sie liebte ihn und fürchtete deshalb, Ja zu sagen. Wie sie empfand, das machte ihr Angst. Es war so enorm. Täglich hob und senkte sie sich auf diesem Gefühl wie ein Floß auf einer Flutwelle.

»Ich liebe dich«, sagte sie, »aber lass uns diese Unterhaltung jetzt noch nicht führen.«

Davids Augen waren auf ihre gerichtet. »Ich bin gern verheiratet, gehöre gern zu jemand. Und ich will zu dir gehören, mit dir verheiratet sein. Was uns beide verbindet, ist selten.«

Gewärmt von der Glut seiner abwartenden braunen Augen dachte sie *Ja*. Dann fiel ihr die weise Erkenntnis der Verhaltenspsychologin Dorothy Tennov zum Thema Verliebtheit ein: Das, was sie jetzt fühlte, würde wahrscheinlich zwei Jahre anhalten. Ebenso das, was er fühlte.

»Ich weiß«, sagte sie. »Aber ich war grundsätzlich noch nie wild aufs Heiraten.«

Daves Telefon vibrierte und meldete den Eingang einer Nachricht. Er ignorierte es. Dann drehte er die Ringschachtel, sodass sie zu einem verschwommenen blauen Fleck wurde. »Dann werde ich dich dazu inspirieren.«

»Okay.« Sie grinste. »Lass mich dich kennenlernen, dich wirklich kennenlernen, und dann machen wir es.«

Zum ersten Mal schaute er böse. Sie spürte die Dünung sich ändern.

»Okay.« Mit geschäftsmäßiger Lässigkeit steckte er den Ring in seine Tasche. Absurderweise war sie sogleich enttäuscht, dass er schon aufgab. Sie sah ihm zu, wie er seine Nachricht las und sein Gesicht einen gleichgültigen Ausdruck annahm. »Ich muss in die Kanzlei«, sagte er.

»So viel zu unserem Spaziergang.«

Sie schenkte ihm ein hübsches Lächeln, während sie die Müslischalen auswusch, aber er rührte sich nicht. Dann hüstelte er. Ein offizielles, unnatürliches Geräusch. Das und der schmerzliche Ausdruck in seinem Gesicht ließen sie über der Spülmaschine innehalten.

»Bevor ich gehe, wäre da noch eine Sache …«

Elle fühlte sich auf der Stelle seekrank. »Oh?«

»Ich habe eine Stieftochter, Amelia. Sie ist zwölf.«

Sie zögerte, fasste sich sogleich wieder. »Eine Ex-Stieftochter?«

»Genau.«

Die Welle trug Elle wieder in die Höhe. Eine Ex-Stieftochter? Das war nicht so schlimm. Sie versuchte, sich zu erinnern, wie lange er verheiratet gewesen war – sieben Jahre? Also hatte er das Mädchen mit großgezogen. Sie spürte, wie sie die Stirn runzelte, und versuchte, es zu unterbinden. Sie schloss die Spülmaschine.

Seine Hand strich über die Steinbank. »Sie war das Beste an dieser Ehe. Manchmal sehe ich sie. Nicht oft genug. Sie fehlt mir ganz schrecklich.«

»Okay, wow.« Elle suchte nach Halt und lehnte sich ans Spülbecken. Die Existenz eines Kindes an sich bekümmerte sie nicht. »Warum hast du mir nicht schon früher davon erzählt?«

David zuckte mit den Schultern. »Ich wusste nicht, wie du darauf reagieren würdest.«

Elle wusste es auch nicht und wischte um ihn herum die Bank ab. Es war ein ereignisreicher Morgen gewesen, und sie trug immer noch ihren Pyjama. Der Mann, den sie liebte, hatte sie gebeten, ihn zu heiraten. Und jetzt hatte er auch noch eine Ex-Stieftochter. Was bedeutete das? Bedeutete es überhaupt irgendetwas? Sie spülte den Lappen aus und schaute dabei verstohlen zu David hinüber. Er wartete auf eine Reaktion und sah dabei so müde, so bedürftig aus. Trotz eines beunruhigenden, nervösen Gefühls in ihrem Bauch, hatte sie das Bedürfnis, ihn zu massieren. Sie trat zu ihm und schob die noch nassen Hände unter sein T-Shirt. Spürbar ließ die Verspannung in seinen Schultern nach. Sie fühlte sich ihm so nah wie schon seit Tagen nicht mehr. Er wollte sie nicht nur heiraten, sondern hatte ihr auch seine berührende Anhänglichkeit gegenüber Amelia gestanden. Zweifellos erklärte das etwas von seiner latenten Traurigkeit. Indem er es ihr erzählte, hatte er schon getan, worum sie gebeten hatte. Obwohl diese Nähe neue Fragen aufwarf, frische Zweifel, beschloss sie, diese zu ignorieren.

An jenem Abend genoss sie, nackt in ihrem Bett, seinen Antrag. Hoffentlich würde er alsbald noch einmal fragen. Auch wenn sie nicht allzu scharf aufs Heiraten war, freute sie sich darauf, Mutter zu werden. Und für sie war das eine untrennbar mit dem anderen verbunden. Mit vierunddreißig sah sie in nicht allzu ferner Zukunft Kinder. Mit braunen Augen und ein bisschen altklug. Sie strich mit den Lippen über seine Schulter.

»Wir müssen doch nicht … jeden Abend, oder?«, flüsterte er. »Das war eine lange Woche.«

Ein Hupen auf der Straße gab ihr Gelegenheit, einen gleichmütigen Ton anzuschlagen. »Nein, natürlich nicht.«

Aber als sie sich an ihn schmiegte, die Hitze seiner Haut und seine erstaunliche Weichheit spürte, da war es mehr, als sie ertragen konnte. David drehte sich um, küsste sie auf die Nasenspitze und rollte dann wieder zurück, streckte die Arme auf der Matratze aus und war Sekunden später eingeschlafen. Seufzend betrachtete sie sein widerspenstiges Haar, seine wohlgeformten Beine und männlichen Arme, die sich von ihr wegstreckten – wieder einmal. Seit ihr Ellbogen wieder geheilt war, hatte sie die Rolle der Initiatorin ihrer sexuellen Intimität übernehmen müssen. Sie füllte die Lücke zwischen ihnen, die sein fehlendes Verlangen hinterlassen hatte. Das Verlangen, das er anscheinend verloren hatte. Sie hatte es übernommen. Für sie beide. Frühere Lover waren unersättlich gewesen: hatten sie sich über die Schulter geworfen, hatten jede Pore an ihrem Körper geleckt. Weil sie bislang nur kurzlebige Beziehungen kannte, waren ihr die Komplikationen der Libido nicht vertraut. Oder vielleicht hatte sich damals das Ungleichgewicht immer zu ihren Gunsten ausgewirkt. Aber an jenem Abend war ihr Verlangen ebenso groß wie seine Apathie. Sie spürte Besorgnis wie einen Stich. Neue Verletzlichkeit.

Sie beugte sich über ihn, küsste seine Stirn – mit einem langen, feuchten Kuss, wie um sich ihrer selbst zu versichern, doch er rührte sich nicht. Sie strich mit den Fingern über seine gewölbten Schultern. Dann sagte sie sich, dass er schließlich kein Jugendlicher mehr war, den nur der Jagdtrieb erregte. Er war viel weiter entwickelt – ein Mann, kein Junge. Eines

Tages würde sie dafür vielleicht dankbar sein. Doch während sie ihn liebkoste, spürte sie intuitiv, dass irgendwo in seinem Inneren ein zeitweiliger Fehler zu verzeichnen war, der seinen Schaltkreis herunterfuhr. Auch seine Stimmung. In letzter Zeit konnte er an einem Tag verspielt und aufmerksam sein, am nächsten schweigsam und introvertiert. Sie war geneigt, das auf seine fordernden Mandanten zu schieben. Während sie ihn so musterte, beschlich sie jedoch die vage Angst, dass, was immer es sein mochte, dieser zeitweilige Fehler systemisch werden könnte. Als sie zusah, wie seine warme Brust sich hob und senkte, sagte sie sich selbst, dass sie gut daran täte, diesen Fehler zu finden und zu beheben.

Sie schlief unruhig bis vier Uhr morgens, als sie sich bewegte und seine riesige Silhouette über sich aufragen sah, während seine Lippen ihre küssten. Sie richtete sich ein wenig auf und widerstand dem Verlangen zu sprechen, um ihn nicht abzulenken. Er bewegte sich mit halb geschlossenen Augen, seine Zunge war sehr beschäftigt. Sie fuhr mit den Fingerspitzen die Umrisse seiner Schultern nach und spürte die Kühle seiner Haut. Seine Hände lagen auf ihren Brüsten, und als er sich in ihr versenkte, überraschte es sie selbst, dass sie nichts empfand. Eigentlich war es das, was sie gewollt hatte, aber ein Teil von ihr war nicht überzeugt. Vielleicht weil es zu spät war oder ungebeten. Sie fragte sich, ob er es bemerken würde.

Doch er bewegte sich ausdruckslos auf ihr, während er von den Lippen zu ihrem Bauch hinunterwanderte. Sie sehnte sich danach, dass er etwas sagte. Irgendetwas. Sie hatten den ganzen Abend über kaum miteinander gesprochen. Jeder hatte sich zurückgezogen, um am Laptop zu arbeiten. Als es Schlafenszeit war, hatte er beim Ausziehen so erledigt ausgesehen.

Die Augen gerötet, der Atem bitter. Also hatte sie entschieden, nicht auf einer Unterhaltung zu bestehen. Als sie zuließ, dass er mit der Zunge in sie eindrang, wurde ihr seine Abwesenheit bewusst. Er flüsterte nichts, stöhnte nicht mal. Er lauschte auch nicht auf sie, sondern vergrub sich eher.

Zum ersten Mal würden keine Handtücher nötig sein. Diese Erkenntnis war eine selbsterfüllende Prophezeiung. Muskeln spannten sich an, als die Gezeiten ihres Körpers sich änderten. Doch er hörte nicht auf, merkte nichts. Sie beobachtete ihn – seine Arme mündeten in seine Schultern, in seinen Kopf. In sie. Es fühlte sich an, als hätte sie Sex mit einer Muschel, einer seidigen, alles umhüllenden Muschel. Gerne hätte sie an sein Brustbein geklopft, um auf das Echo zu lauschen, oder ihn auf den Rücken gerollt und geschüttelt, um zu sehen, ob er klapperte. *Warum bist du nicht hier bei mir? Wohin bist du verschwunden?*

Obwohl ihr Unbehagen wuchs, kam es ihr nicht in den Sinn, etwas zu sagen. Oder ihn aufzuhalten.

Kaum war er wieder eingeschlafen, schlüpfte sie aus dem Bett. Und schrieb.

Die schwungvolle Musik verstummt und hinterlässt absolute Stille in ihrem Haus. Draußen haben sich die Schatten nicht bewegt. Wenn sie an ihr Intimleben zurückdenkt, staunt sie darüber, wie vielsagend es war. Das Werben und der Rückzug, die an diesen Szenen abzulesen sind, beschämen sie. *Unsere Unsicherheiten waren so ähnlich*, denkt sie. Wenn sie das doch nur damals begriffen und die Defizite erkannt hätte. Oder das verbreitete reflexartige Bedürfnis nach Distanz … Wenn sie sich doch bloß selbst treu geblieben wäre.

Aber jetzt ist nichts mehr zu holen, denkt sie und betrauert ihr fehlendes Vermögen zur Differenzierung. *Oder ist da noch etwas?*

Kapitel 9

Die siebenundsechzig Kilometer nach Geelong sind eine flache, langweilige Strecke. Mira versucht, nicht zu rasen, obwohl es vielleicht gar keine Rolle spielen würde. Normalerweise ist der Princes Highway an einem Freitagabend dicht mit Pendlern und Leuten, die übers Wochenende nach Geelong, auf die Bellarine Peninsula oder zur Surf Coast wollen. Heute Abend wirkt es, als habe eine göttliche Macht den gesamten Verkehr bis auf ihren alten Saab beseitigt. Wundersamerweise schlafen ihre beiden Jungs und lassen die Köpfe wie zwei Sonnenblumen hängen. Als sie einen Blick auf sie wirft, erinnern Jesses überlange Wimpern Mira an Elle. *Wo auch immer du bist*, denkt sie, *halte durch.*

Während sie einen Kilometer nach dem anderen hinter sich bringt, hält sie sich vor Augen, was sie weiß. Dieser Mann, von dem sie glaubte, er sei weg, ist wieder da. Und obwohl Elle kein Verlangen nach Versöhnung erwähnte, hat es die ja schon gegeben. Wie oft, drei Mal? Mira zuckt zusammen. Trotz ihrer laienhaften Kenntnisse in Psychologie zum Thema misshandelte Frauen und den Wechselfällen von Verliebtheit ist sie ratlos. Ihre eigene Erfahrung mit Schlussmachen ist so ganz anders. Sobald Jude Nolans jugendliche Schauspielkarriere sich offensichtlich unrettbar entwickelte, wusste sie, dass sich etwas ändern musste. Als er weder zum Programmieren zurückkehrte noch sich eine andere Fähigkeit aneignete noch nüchtern wurde, flog er raus. Sie hatte zwei kleine Kinder und eine eigene Karriere. Da konnte sie sich einen arbeitslosen Träumer nicht leisten, egal wie liebenswert er sein möchte, wenn er mal nüchtern war. Man musste Elle zugutehalten, dass sie den Mann in ihrem Leben ebenfalls abserviert hatte. Nur dass es eben nicht funktioniert hatte.

Als sie mit hundertzwanzig deutlich zu schnell fährt, verringert Mira ihre Geschwindigkeit, schaltet den Tempomat ein und versucht, sich zu beruhigen. Einmal hatte sie Elle gefragt, warum sie David Forrester so liebe. Anders als Mira es erwartet hätte, zählte Elle daraufhin keine Reihe von Eigenschaften auf. Elle wusste nur, tief in ihrem Inneren, dass sie zueinander passten. Nicht wegen seiner Liebe zum Film, wegen seines tollen Aussehens oder seines scharfen Intellekts. Nicht mal wegen seines Cary-Grant-artigen Mercedes-Benz-Coupés. Der Mann an sich, das komplexe Gesamtpaket, war *es* einfach. Eine Haltung, denkt Mira, gegen die man kaum argumentieren kann, weil sie sich jedem konkreten Beweis entzieht. Sie erschauert, sodass ihre Haut unter dem Pyjama und dem dünnen Trenchcoat kribbelt. Sie stellt die Heizung höher und tröstet sich: Elle kehrte zwar zu ihm zurück, ja, aber am Ende hat sie ihn doch verlassen.

Es war am Tag nach seinem ersten Antrag. Elle genoss die heiße Sonne auf dem Rasenfleck im Garten hinter ihrem Haus. Mira saß mit Hut unter dem Zitronenbaum. Sie bemühte sich, ihre Erleichterung zu verbergen, als sie die Details erfuhr. »Du siehst also keine Zukunft mit ihm?«, erkundigte sie sich leichthin.

»Doch, tue ich.« Elle schloss die Augen gegen die Sonne.

Mira sah, wie sich ein Schweißfilm auf der Stirn ihrer Freundin bildete. »Was war es dann?«, fragte sie.

»Es sind erst knapp sechs Monate …« Elle blinzelte in ihre Richtung. »Ich dachte, zu diesem Zeitpunkt müsste ich hin und weg sein und es müsste wie von selbst laufen.«

»Inwiefern läuft es denn nicht wie von selbst?« Miras Stimme klang bemerkenswert neutral. »Hier.« Sie bot ihr den Stroh-Fedora an.

»Wie wir alle – tja«, sagte Elle, »schätze ich mal, kann er gleichgültig sein. Reizbar.« Mit ihrer Linken ließ sie den Hut kreisen. »Er ist auch nicht besonders gesellig und mag meine Freunde nicht kennenlernen.«

Durch diese Ablehnung ermutigt, musterte Mira das fransige geflochtene Stroh. »Das ist dann sein Pech, nicht wahr?«

Elle zuckte verlegen mit den Achseln.

»Elle, es müsste doch *leicht* sein. Ihr seid noch in der Honeymoon-Phase. Schau dir Troy und mich an.«

»Aber Troy ist dauerhaft nicht-verliebt«, sagte Elle und hörte auf, mit dem Hut zu spielen. »Das sagt er doch selbst. Du kannst das nicht vergleichen.«

Mira lachte. »Doch. Kann ich. Und es funktioniert. Weil er zuhören kann und genau das tut, was er ankündigt. Er weiß, wer er ist, und er tut uns gut. Wir lachen zusammen.« Sie schwieg kurz. »Man will doch eigentlich nicht umgehauen werden. Du hast ja gesehen, was nach Jude los war. Am Ende war ich total auf mich gestellt.«

Elle schlug einen defensiven Ton an. »Es endet ja nicht jede als alleinerziehende Mutter.« Sie warf den Hut ins gelbliche Gras.

»Nein.«

»Tut mir leid, Mira.« Elle tätschelte Miras Bein. »Aber die Sache ist die … ich war so nah dran, Ja zu sagen.«

Elles Zeigefinger und Daumen waren nur einen Millimeter voneinander entfernt. Ihr Blick war leidenschaftlich und konfus. Mira sah in ihren Augen die schreckliche Wahrheit von Elles Worten. Sie sah aber auch eine ungewohnte Spur von Selbstzweifel. Oder Furcht.

»Also, ich bin jedenfalls froh, dass du's nicht getan hast.«

* * *

Während sie im Rückspiegel auf den leeren Highway starrt, weiß Mira, dass ihr Missfallen offensichtlich war. In dem Moment, als sie David kennenlernte, konnte sie ihm ansehen, dass er geschädigt oder zumindest unfertig war. Sie war schon früher komplexen Männern mit Hang zur Kontrolle begegnet. Und an der Sechs-Monats-Markierung wies sein Verhalten bereits darauf hin, dass seine Zuneigung schwand. Bei einem Mann wie ihm verhieß das Ärger. Seine Reizbarkeit würde sich nur noch verschlimmern. Wahnsinnig frustrierend war nur, dass ihre wunderschöne, intelligente Freundin das nicht erkennen konnte. Wie Romeo war sie zu sehr verliebt in die Liebe.

Mira schaltet die warme Lüftung herunter und fährt weiter. Sie nähert sich Werribee und seiner tief liegenden stinkenden Kläranlage. Da sie noch fünfundsiebzig Kilometer vor sich hat, weiß sie, dass sie – ob es ihr passt oder nicht – diese Beziehung auf dem Weg zur Surf Coast noch mal durchleben wird. Dieser Mann hat von allem, was ihr lieb ist, seinen Tribut gefordert. Von ihrer Freundschaft mit Elle, ihrer wachsenden Familie, ihrem Film. Ihrem gloriosen und nervenaufreibenden Film.

Sie hat sich das angewöhnt: über den Verlauf ihres zweiten Films zu grübeln – von der Drehbuchentwicklung bis zur Post-Production – und sich dabei zu fragen, was sie hätte anders machen können. Eine frustrierende Gewohnheit, die sie aufgeben sollte. Aber es bereitet ihr auch ein perverses Vergnügen, diese Talfahrt Revue passieren zu lassen. Vielleicht weil sie so hübsch synchron mit seiner verlief.

Eines morgens, wenige Wochen nach dem Antrag, erhielt Mira die Nachricht, auf die sie schon gewartet hatte. Sogleich rief sie Elle an, um ihr mitzuteilen, dass sie ihre Finanzierung hatten. »Das ist fantastisch«, sagte Elle leise. In Miras Bauch bildete sich eine Blase des Schreckens. Im gleichen Stadium von *Daisy* waren sie und Elle losgestürmt, um sich zu treffen und die Korken knallen zu lassen.

Eine halbe Stunde nach diesem Telefonat nippten sie schweigend jede an einem Latte macchiato. Im Feedback Cafe in der Ballarat Street, einem für die Gegend typischen Lokal mit unprätentiösem, aber sorgsam zubereitetem Kaffee, war viel los. An diesem Morgen hatten die Gäste sich über den ganzen Gehsteig ausgebreitet, und sie saßen direkt neben dem Bordstein. Neben ihrem Tisch, auf der anderen Seite des Zauns aus Segeltuch, warteten Autos, um von der Ballarat Street in die Anderson zu biegen. In Yarraville Village zwangen diese beiden sich kreuzenden schmalen Hauptstraßen den Verkehr zu chaotischen Schlangen. Manchmal standen sogar Fahrzeuge auf dem Bahnübergang. Es wurde viel gehupt. Normalerweise mochten die Frauen den Wirbel im

Village, aber an diesem Morgen starrte Elle finster auf den Verkehr.

Mira zog ein Skript aus der Tasche und ließ ein tapferes Lächeln aufblitzen. »Was soll das denn?«

Elle rutschte auf ihrem Stuhl herum. »Gefällt's dir nicht?«

»Müssen Menschen sich *immer* entlieben?«, fragte Mira und verzog den Mund zu einem Schmollen.

»Mir kam es auf diese Weise frischer vor. Und nicht so übertrieben.« Elle runzelte die Stirn und knabberte an einem Hautfetzchen auf ihrer Lippe.

»Aber wir brauchen das nicht.« Mira fürchtete, ihre Worte könnten einstudiert klingen. »Alle lieben die Fassung, die wir ihnen gegeben haben.«

»Aber mir gefällt die hier besser. Denke ich.«

»Diese Fassung ist ein Rückschritt …« Mira schwieg und hatte Mühe, ihren Frust in den Griff zu kriegen. »Und zwar ein großer.«

Elle sah sie so konzentriert an, als müsse sie von ihren Lippen lesen.

Mira seufzte. Sie hatte schon enorm viel Mühe in diesen Film investiert und von staatlichen Stellen zur Finanzierung über lokale Verleiher bis hin zu internationalen Agenten und anderen Financiers Kontakt zu zahllosen Institutionen aufgenommen, um das Budget zusammenzukriegen. Und was für ein Budget: doppelt so viel wie für den bescheidenen *Daisy*. In den Dimensionen von Millionen zu denken, das war für Elle immer noch surreal, aber nicht für Mira: Sie wusste genau, wo jeder Cent hingehen und wem man was zurückzahlen würde. Und sie war wild entschlossen, all das zu realisieren.

»Damit wären wir wieder zurück beim Ausgangspunkt«,

sagte Mira. »Die Investoren werden das nicht akzeptieren.« Sie tippte auf die Blätter.

In dem quirligen Café verfiel Elles Gesicht wie in Zeitlupe. Mira sah, wie Elles Blick schließlich an dem Miniaturspiegelbild von sich selbst in dem Serviettenspender aus Edelstahl hängenblieb.

»Elle, was passiert hier gerade?«

Elle zuckte mit den Achseln. »Dieses ganze Überarbeiten nervt mich.«

Mira erinnerte sich daran, wie Elle *Daisy* geschrieben hatte. Es hatte drei Monate gedauert. Und es schien wohlgeformt aus ihr zu kommen, wie ein Gedicht oder ein Lied, in einem beständigen Fluss. Dann bedurfte es nur noch geringfügiger Korrekturen im Zuge der Überarbeitungen. Auch fast alle anderen Arbeiten Elles an der Filmhochschule waren so leichte Geburten gewesen. Dieses Drehbuch hatte sie um den Filmstart von *Daisy* herum und kurz nach dem Auftauchen von David geschrieben.

Mira verzog das Gesicht. »Dann lass es doch.« Sie setzte sich aufrecht hin. »Das ist nicht nötig.«

Elle schien sich in dem Serviettenspender verloren zu haben. »Findest du Freddie nicht zu schrill?«, fragte sie leise.

»Oh, vielleicht ist sie das ein bisschen.« Mira nahm sich zurück. »Wie wär's, wenn wir, sobald es dann so weit ist, den finalen Durchgang für das Skript, nach dem gedreht wird, gemeinsam machen?«

Als Elle den Blick wieder zu Mira hob, sprach eine Flut von Gefühlen aus ihren Augen. Oberflächlich konnte Mira Enttauschung und Unglauben sehen, in tieferen Lagen meinte sie jedoch auch Erleichterung zu erkennen.

»Und wir müssen den Titel ändern«, sagte Mira. »Die Leute kapieren nicht, was er bedeutet.«

Elle öffnete den Mund, doch es kam kein Ton heraus. Mira wusste, dass Elle ihrem Instinkt blind vertraute. Einige der besten Sätze in Daisy waren im Entwicklungsprozess des Skripts entstanden – und stammten von Mira, die schreiben konnte. Vor den Kindern hatte sie eine Handvoll ziemlich erfolgreicher Kurzfilme geschrieben und produziert.

Mira ergriff Elles Hand. »Elle?«

Elle lächelte zaghaft. »Es steht jetzt so viel auf dem Spiel, nicht? Beim letzten Mal hatten wir noch keine Karrieren. Jetzt kann ich nicht aufhören zu denken, ist das besser als *Daisy*? Was werden die Kritiker denken? Was wirst du denken? Was David?«

»David?«

Ein Auto hupte, und Elle fuhr zusammen. Das Auto war so nah, dass der Fahrer praktisch mit an ihrem Tisch saß. Mira winkte dem Kellner. Auf der Ballarat Street machten sich zwei Autos aus entgegengesetzten Richtungen den Platz streitig. Der eine Fahrer hupte wieder.

»Lass das gefälligst«, sagte Elle ins offene Autofenster hinein.

Der Mann zeigte ihr den Mittelfinger, und sie tat es ihm gleich. Er war um die vierzig, in Jeansjacke und mit Glatze. Sie wirkten wie zornige Standbilder, die sich grüßten.

»Elle?«, flüsterte Mira. »Lass es gut sein.«

Jetzt hupte ein anderes Fahrzeug.

»Verpiss dich, ja?«, schrie Elle. »Verpiss dich gefälligst!«

Köpfe drehten sich, als Elle vom Tisch aufstand. Zu Miras Erleichterung stolzierte Elle zwischen den Autos durch, ohne sich noch einmal umzudrehen. Mira erhob sich verstohlen, sammelte ihre Taschen zusammen und hinterließ ein Trinkgeld auf dem Tisch. Als sie sie auf dem Gehsteig eingeholt hatte, schob Mira ihren Arm unter Elles und versuchte, sich ihre Besorgnis nicht anmerken zu lassen.

Kapitel 10

Ein bitterer Geruch durchdringt die kleine Waschküche jetzt. Elle kann ihn wahrnehmen, obwohl sie technisch gesehen über keine Nase verfügt. Ansonsten, also körperlich, spürt sie nichts. Schmerz, Müdigkeit, Unbehagen – alles verflogen. Selbst die Unpässlichkeiten ihres Körpers sind irgendwie durch die Erinnerungen überblendet. Sie fühlt sich auf seltsame Weise energiegeladen, während sie all das aufnimmt. Die wehmütigen Entscheidungen, das Verlangen, die Hoffnung. Seit Jahren hat sie sich selbst nicht mehr so gut verstanden und ihn auch. Das ist wie Treibstoff, wie Sauerstoff. Ach, die Geschichten, die sie jetzt schreiben könnte.

Sie sieht sich selbst an einem denkwürdigen Herbsttag. In Anbetracht der Dinge empfindet sie Stolz. Es war ihr erster und einziger Einkaufsbummel.

Am Samstagmorgen ballten sich dicke Wolken an einem marmorierten Himmel. Am Vorabend war David um elf aus dem Büro gekommen und hatte bis nach Mitternacht Anrufe entgegengenommen. Irgendetwas war bei Freeman & Milne im Busch. Als er gegen eins ins Bett kam, schlief er nicht. Sie ebenso wenig. Aber sie ließ ihn sich herumwälzen, denn sie war selbst zu erschöpft, um Interesse an seinen juristischen Scharmützeln vorzutäuschen. Wie ein mürrischer Pendler ging er am Morgen Richtung Seddon Station, mit hängenden

Schultern und leichtem Missmut im Gesicht. Elle plauderte neben ihm über die für die Jahreszeit unübliche Feuchtigkeit und über einen von ihr geschätzten, wenn auch düsteren französischen Film, den er für ihren gemeinsamen Abend ausgesucht hatte – Claude Sautets *Ein Herz im Winter*. Das stimmte ihn etwas munterer. Doch bis sie an der Southern Cross Station mitten in Melbourne wieder nach draußen traten, ballten sich die Wolken und schienen jeden Moment bersten zu wollen. Seine Miene hatte sich weiter verfinstert.

Er führte sie durch das Gedränge der Passanten in Melbourne, und sein Büroturm ragte drohend über ihnen auf. Ohne seine Schritte zu verlangsamen, ignorierte er ihn. Genauso ignorierte er die anderen Büroblocks und die Versuchung der großen Läden und mehrstöckigen Malls. Er überquerte die Collins Street, auf der auch Straßenbahnen und Radfahrer unterwegs waren. Dabei lief er vor ihr her, und der Abstand zwischen ihnen betrug bald mehrere Meter. Schließlich bog er nach rechts in die William Street, dann links in die Flinders Lane, bevor er in einem Laden für Herrenbekleidung verschwand.

Allein auf dem Gehsteig, brauchte Elle einen Moment, bevor sie ihn in der Boutique entdeckte. Irritiert trat sie in die teure Stille. Dort begrüßte David bereits eine Verkäuferin herzlich und fragte nach Hosen: schwarz, Größe 34, klassischer Schnitt. Danach verschwand er hinter rotem Samt. Auf einem hoch gepolsterten Hocker sitzend, versuchte Elle verwirrt, die Ursache für den Stimmungsumschwung zu ergründen. War es etwas, das sie getan hatte? Oder hatte er Amelia getroffen? Manchmal merkte sie es ihm an, wenn er mit seiner Ex gesprochen oder deren Tochter getroffen hatte: Er war dann abgelenkt und kurz angebunden. Vielleicht auch traurig. In letzter Zeit war sie dazu übergegangen, ihn nicht mehr darauf anzusprechen. Aber nein. Angesichts ihrer schlaflosen Nacht konnte sie sich denken, woran es lag. An seiner Arbeit. Seiner unablässigen, seelenlosen Arbeit.

Als er wieder erschien, stellte er sich vor einen dreiteiligen Spiegel und schaute flüchtig auf seine sechs schwarzen Beine. Er drehte sich seitlich, zog den Bauch ein und wackelte mit den Knien, als wolle er etwas aus dem Hosenbein schütteln. Die Verkäuferin hatte sich einem anderen Kunden zugewandt und machte sich auf die Suche nach grünen Seidenkrawatten.

Obwohl er genau vor dem Spiegel stand, wich Davids Blick ihm aus. »Was meinst du?«

Sie zuckte mit den Schultern. »Die sieht gut aus.«

David schaute zu der sich nähernden Verkäuferin. Sie war circa Anfang fünfzig und trug eine silberne rechteckige Brille und diskreten Schmuck zu ihrem anthrazitfarbenen Hosenanzug. Ihr Haar wirkte wie ein silberner Helm und schimmerte, wenn sie sich bewegte. Sie strahlte so viel Autorität aus, als gehöre ihr der Laden. Elle lächelte und kam sich einfältig vor, als die Frau nichts sagte. Ihr eigenes Äußeres wurde ihr deutlich bewusst: ein cremefarbenes Etuikleid, abgestoßene taupefarbene Ballerinas und nackte stoppelige Beine.

Behutsam erklärte die Verkäuferin David, dass die Hose zwar gut sitze, aber vielleicht sei doch ein anderer Schnitt besser? Nickend zog er sich mit zwei schwarzen Alternativen in die Umkleide zurück.

Als er zurückkam, um sich wieder vor den Spiegel zu stellen, musterte David Elle und die Verkäuferin: schlank und großgewachsen im Vergleich zu klein und silbern. Sie versuchte, sich zu konzentrieren. Dieser Schnitt, fand sie, war auch gut. In ihren Augen waren schwarze Hosen allerdings so wie schwarze T-Shirts – etwas, das man schnell und leicht kaufte. Abgesehen davon hatte er selbst eindeutig auch ein gutes Auge.

David wandte sich vom Spiegel ab und beugte sich so dicht zu ihr, dass sie ein wenig zurückwich. »Was ist mit der hier?«

»Die sieht auch gut aus«, sagte sie nervös. »Schwarz steht dir.«

Mit einem Knurren kehrte David in die Umkleide zurück. Elle richtete ihren Blick auf einen Ständer mit gestreiften Hemden neben sich und bemühte sich, ihr Gleichgewicht wiederzufinden. Dieser Mann an ihrer Seite würde sein Leben lang gestreifte Businesshemden tragen. Und wozu? Sie spähte zur Umkleide und ließ die Augen über Hemden und Jacketts schweifen. Die zahllosen Variationen der Kanzleiuniform.

Als er ihren Namen rief, zuckte sie zusammen. Er hatte so etwas Seltsames im Blick.

»Was gefällt dir, das gerade geschnittene Bein oder das unten schmale?«

Stirnrunzelnd sah sie an seinen Beinen hinunter. »Welche hast du jetzt an?«

David schnalzte mit der Zunge und verschwand. Als er wiederkam, hatte er ein drittes Paar angezogen und kümmerte sich nicht um den Spiegel.

»Was ist mit der hier?«

Sie musterte wieder seine Beine und bemühte sich, Interesse zu heucheln. Die Hose war schwarz, nicht zu lang, nicht zu kurz, nicht eng und vermutlich gerade bis zum Knöchel. Sie überlegte fieberhaft, was sie sagen sollte, um sich nicht selbst zu entlarven. Seine Reizbarkeit in letzter Zeit war zwar hartnäckig gewesen, aber noch nie so. Abrupt änderte sich Davids Miene: Seine Stirn wurde glatt, und seine Falten verschwanden. Er sah aus, als trüge er eine Schlammpackung. Eine Packung, wie ihre Mutter sie gern trug.

»Nun?«, sagte er.

Elle versuchte erneut, den Unterschied zwischen dieser schwarzen Hose und den vorherigen zu erkennen. »Mir gefällt die Falte vorne nicht.«

»Die haben sie doch alle«, erwiderte er barsch.

Sie versuchte zu lächeln. »Ansonsten sehen sie alle gut aus.«

»Aber welcher Schnitt gefällt dir?« Davids schmale Augen feuerten die Frage wie Nadeln auf sie ab.

»Um ganz ehrlich zu sein«, sagte sie und war es leid, sich zu verstellen, »kann ich gar keinen Unterschied sehen.«

»Die hier hat einen Röhrenschnitt.« David schaute zu der Verkäuferin, als wäre sie eine Verbündete. Dann trat er wieder auf Elle zu und kam ihrem Gesicht mit seinem viel zu nahe. Elle spürte die Hitze, die sein Körper in Wellen auszustrahlen schien.

»Bist du blöd, oder was?«

Sie zuckte zusammen, als hätte er ihr ins Gesicht gespuckt. Das Blut stieg ihr wie eine brennende Welle an Hals und Wangen hinauf bis zu den Ohren. Dann presste sie noch ein »Nein!« hervor, bevor sie den Blick abwandte. Die Verkäuferin hatte sich verstohlen hinter ihr postiert. Mit entschiedener Stimme unterhielt sie sich mit David über Elles Kopf hinweg – aber nicht, um sie zu verteidigen, sondern eher so, als habe Elle ihr Existenzrecht verwirkt.

Sie nahmen den nächsten Zug zurück nach Seddon. Am Ende des Waggons fand Elle einen Platz am Fenster, und zu ihrer Überraschung setzte David sich neben sie. Gegenüber alberte eine Gruppe Jugendlicher in Baggy Pants herum. Sie ignorierte sie. David drehte ihnen und den Jugendlichen den Rücken zu und starrte aus dem gegenüberliegenden Fenster. Der Zug glitt in Dunkelheit und Helligkeit, bremste und beschleunigte, aber es gab nicht genügend Raum oder Regelmäßigkeit, als dass Elle einen Rhythmus gefunden hätte. Ihr verstimmtes Schweigen war zwischen ihnen beiden etwas praktisch Unbekanntes. Das Seil zwischen ihnen war straff gespannt, und diesmal hatte sie allen Spielraum beansprucht. Es war also an ihm, sich auf sie zuzubewegen. Aber er saß nur da und ließ den Blick über die Landschaft gleiten. Seine Züge waren wieder so glatt wie unter einer Schlammpackung. Als die Gleise Kurs nach Westen nahmen, sehnte sie sich danach, allein zu sein.

Sie versuchte, sich im Anblick der rostigen roten, blauen und weißen Container im Hafen von Melbourne zu verlieren. Ihre Augen streiften die skelettartigen Kräne und riesigen Lastwagen, dann die weißen, plumpen Tanks von Coode Island, der zentralen Lagerstätte für Chemikalien im Staat. Im Vorbeifahren musste sie an die Cottages der Arbeiter in Yarraville denken, die nur einen Kilometer von der sogenannten Insel entfernt lagen. Ihr fiel die Wolke über Coode Island im Herzen von Melbourne damals 1991 ein. An jenem Tag waren, anscheinend wegen eines Blitzeinschlags, Millionen Liter von Chemikalien verbrannt. Gute zwanzig Jahre danach bildeten diese Insel und die Reihen der Arbeiterhäuschen immer noch keine ideale Nachbarschaft. Alles fühlte sich überall zu nah an.

Davids Handy klingelte. Er schaltete es aus und murmelte irgendetwas. Sie wappnete sich für den Rest der Fahrt. Dabei wurde ihr bewusst, wie sehr seine Gesellschaft sie ermüdete und wie viel Mühe sie in letzter Zeit aufgewendet hatte, um seine Launen zu dechiffrieren oder zu ignorieren. Mühe, die sie – insbesondere nach seinem heutigen Verhalten – besser auf anderes verwendet hätte. Zorn erfasste sie, und im Zuge dessen traf sie eine Entscheidung.

Als der Zug sich Footscray Station näherte, sah sie ihn an. Wieder murmelte er etwas. Diesmal schnappte sie ein Schimpfwort auf. Laut fragte sie nach: »Was hast du gesagt?«

David richtete den Blick auf ihre Augen. »Ich habe gesagt, dass er hier drin verdammt noch mal stinkt. Bist du etwa bescheuert *und* taub?«

Sie stand auf und drehte sich zu ihm. »Bist du ein unverschämter Scheißkerl?«

Der Bahnsteig wurde sichtbar, und der Zug verlangsamte sein Tempo. Der Moment der Reglosigkeit schien unendlich. Um sie herum waren die Jugendlichen in den Baggy Pants verstummt, und andere Passagiere, die aussteigen wollten und die Spannung in der Atmosphäre spürten, flohen zu den Türen.

Abrupt lachte David auf wie ein ertapptes Kind. Als hätte sie einen besseren Trick abgezogen als er. »Ja, anscheinend bin ich das.«

Die Türen öffneten sich zischend, aber ihre Stimme war lauter. »Red nie wieder so mit mir.«

»Okay, okay.« Er nickte, aber seine Gesten waren sparsam. Erst jetzt schien er sich ihres verbliebenen abwartenden Publikums bewusst zu sein.

»Ich meine das ernst«, sagte sie und marschierte los.

»Okay.« Überrascht machte er Anstalten aufzustehen. »Was hast du vor?«

»Ich gehe zu Fuß«, sagte sie und stieg auch schon aus. »Und wenn ich nach Hause komme, will ich, dass du weg bist.«

Ein hässlicher Ausdruck ging über Davids Gesicht, allerdings so rasch, dass sie sich fragte, ob sie ihn sich nur eingebildet hatte. Als der Zug wieder anfuhr, hatte er die Augen weit aufgerissen und lachte. Sie vermutete, dass das für ihn etwas Neues war – etwas, das ihn auf dem falschen Fuß erwischte, verwirrte und fast reizte.

Als sie in der Tennyson Street eintraf, war ihr Haus leer. Seine Kleider und sein Auto waren weg. Sie spürte nur Erleichterung.

* * *

Am Nachmittag brach dann das Gewitter los. Schrecklicher Donner, krachende Blitze, strömender Regen. Das Wasser sickerte in die Erde, die Beete in ihrem Garten und das gelbliche Gras. Sie setzte sich an ihren Schreibtisch und beobachtete von dort aus, wie alles durchweichte. Wind peitschte ihre Magnolien und riss die dicken weißen Blüten herunter. Auf ihrer Terrasse bildeten sich Pfützen und liefen unter dem Holztisch zu einem kleinen See zusammen. Beim Zusehen fühlte sich ihre Haut wie neu belebt an. Als es vorbei und das Wasser abgeflossen war, fühlte sie sich gereinigt. Die Welt glitzerte, strahlend und klar. Als sie sich wieder ihrem Drehbuch zuwandte, las sie jede Version mit frischem Blick.

Kapitel 11

Weil sie an diesem Abend bei Mira die Kinder hütete, war Elle mitten in einer häufig unterbrochenen Unterhaltung über David. Die Jungs waren in der Badewanne, und es herrschte fröhliche Anarchie. Sie lief im Wohnzimmer auf und ab, während Mira zwischen Waschküche, Küche und Badezimmer hin und her flitzte. Außerdem liefen die Sieben-Uhr-Nachrichten. In Thomastown hatte man eine Leiche entdeckt – ein weiteres Opfer im Krieg der Biker-Banden. Sie verspürte die übliche Erleichterung: Es war einer von denen gewesen, nicht einer von uns. Eine vermisste Frau war bewusstlos im Wagen eines Liebhabers gefunden worden. Da empfand sie das Gleiche. Ein Vater aus Victoria, den man wegen Mord verurteilt hatte, nachdem er seine drei kleinen Söhne in einen Stausee gefahren hatte, stand erneut vor Gericht. Sie ertrug es nicht, ihn anzusehen. Diese Geschichte traf sie immer noch ins Herz. Sie musste an die beständige Trauer der Familie, die Ohnmacht der Mutter, die Todesopfer der Scheidung denken … Dann goss sie sich ein sehr großes Glas vom trockenen Weißwein ein, schnappte sich die Pyjamas ihrer Neffen und machte sich bereit für das übliche Spektakel nach dem Baden. Danach hoffte sie, Mira ihre Geschichte zu Ende erzählen zu können. Und dann nach vorne zu schauen.

Sie schloss die Fenster und setzte sich wieder, um zu warten. Jetzt ging es um In-vitro-Befruchtung und darum, dass diese bei lesbischen Paaren auf zunehmendes Interesse stieß. Sie nippte am gekühlten Wein und ließ ihre Gedanken schweifen. Vor Unfruchtbarkeit hatte sie sich schon immer gefürchtet. An der Uni war sie Risiken eingegangen, was eigentlich nicht zu ihr passte, und ungestraft davongekommen. Über ein Jahrzehnt später schwebte ein Fragezeichen über ihrer Gebärmutter und leuchtete mit ihrem zunehmenden Alter neongrell. Vielleicht würde die Frage jetzt, ohne David, leider hypothetisch bleiben. Als der Fernsehbeitrag mit einem kurzen Verweis auf die »soziale Unfruchtbarkeit« endete, verschluckte sie sich. Mit Mitte dreißig, kinderlos und als Single erfüllte sie die Kriterien ganz automatisch. Getroffen musste sie an die mit diesem Etikett verbundenen negativen Vorstellungen denken – die implizite Inkompetenz. Auf all die jungenhaften Männer ihres Alters oder auch auf ältere, die für Kinder »noch nicht bereit« oder in der Lage waren, traf das natürlich nicht zu. Wie auch für David. Je länger sie darüber nachsann, desto wütender wurde sie.

Als Mira wieder erschien, stellte sie sich gerade Jane Austen und die Brontë-Schwestern vor, wie sie um Samenspenden anstanden… Hätten sie das gewollt? Wollte sie es? Und wann? Die Wahrheit war, dass sie sich nicht sicher war, ob sie das Zeug zur alleinerziehenden Mutter hatte. Sie drehte und wendete die Frage noch, als Mira vor ihr in die Hocke ging.

»Wir schauen uns im Sun den neuesten Film der Coen-Brüder an und sind gegen elf wieder da. Hast du meine Schlüssel gesehen?« Mira kroch über den Teppich und warf Schuhe und Bilderbücher hinter sich. Eine Küchenschabe floh.

Die kurze Verfinsterung in Elles Gedanken war vorüber. »Mira, lass mich dir, bevor du gehst, noch …«

»Im Kühlschrank. Der blaue Becher ist jetzt Jesses, der gelbe Max'. Aber vielleicht mag Jesse nicht so viel Milch, weil er grad eine Erkältung kriegt.«

»Ja, okay …«

»Und nur drei Bücher. Sonst setzt du zu hohe Maßstäbe.«

»Verstanden.« Als sie Miras in die Couch gerutschten Schlüsselbund fand, warf sie ihn in die Luft. Mira fing ihn, und Elle sagte: »Mira, hör zu, zwei Dinge …«

Jesse kam mit Getöse reingestürmt, das Gesicht gerötet und strahlend, sein bronzefarbenes Haar an den Spitzen nass. Er umschlang Elles Beine und grinste sie aus riesigen blauen Augen von unten an.

»Jetzt geh mal«, sagte er.

Elle zerzauste ihm das Haar und kitzelte den lilienweißen Bauch. Er knickte ein wie ein Blatt Papier und kicherte, doch aus dem Kichern wurde ein Hustenanfall, und sein gekrümmter Körper verspannte sich. Sie strich ihm über den Rücken, und das Husten ließ nach.

Dann tauchte auch Max auf, tropfnass und singend: »Auntie Elle, Auntie Elle.«

Bevor Elle sich versah, war Mira schon fast zur Tür hinaus und rief ihr Danke und Auf Wiedersehen zu.

»Mira«, rief sie, »wegen des Drehbuchs …« Miras Schritte verlangsamten sich, dann näherte sie sich noch mal dem Wohnzimmer. »Ich habe beide Versionen gelesen, *gründlich*, und du hast recht. Natürlich.« Elle lächelte reumütig. »Wie wär's, wenn du den letzten Durchgang machst? Und ich gebe danach das Okay.«

Miras großer Mund verzog sich zu einem Lächeln. »Brillant.«

»Unter einer Bedingung: Wir behalten den Titel.«

Mira knirschte mit den Zähnen.

»Das ist eine kleine, ein Wort umfassende Bedingung.« Elle richtete sich zu ihrer vollen Größe auf. »Und *Catch-22* oder *Generation X* kannte früher auch keiner ...«

Sie waren Kontrahenten bei einem stummen Tauziehen.

»In unserem Vertrag steht doch was bezüglich des Titels, nicht wahr?«, sagte Elle leichthin.

»Unser Vertrag ist im Moment nicht das Vordringlichste«, sagte Mira.

»Nein.«

Elle konnte sehen, dass Mira sich fragte, ob sie stärker ziehen oder nachgeben sollte.

»Titel sind wichtig«, sagte Mira, was einem leichten Zug entsprach.

»Ja, das sind sie.«

»Okay«, sagte Mira.

Elle grinste. »Noch eine Sache, bevor du gehst: Ich habe mich von David getrennt. Im Zug. Es ist vorbei.«

»Warum hast du das nicht gleich gesagt? Halleluja!« Lachend klatschte Mira dreimal in die Hände, bevor sie Elle in die Arme schloss. »Du bist frei! Erzähl mir die Einzelheiten morgen, okay?«

»Okay.«

Als sie Mira beschwingt hinausgehen sah, verspürte Elle eine Spur Unzufriedenheit. Aus irgendeinem Grund hatte sie weniger Jubel und vielleicht mehr Mitgefühl erwartet. Ihre erste und einzige Liebe war zu Ende.

Vier Bücher und eine Kissenschlacht später lagen die Jungs im Bett, und in dem schmalen Cottage herrschte wieder Ruhe. Elles Selbstsicherheit war inzwischen einer vagen, schwebenden Enttäuschung gewichen. Sie schaltete Lichter aus, sammelte Badetücher ein und kehrte noch mal ins Zimmer ihrer Neffen zurück. In dem warmen, dämmrigen Raum schliefen die Jungs auf dem Rücken, die Arme über den Köpfen liegend. Sie konnte nicht anders, als über jedem Kind zu lauschen, bis sie es leise atmen hörte. Der Mund des vierjährigen Max stand offen, und seine Schneidezähne standen ein bisschen vor, prominent und mit einer Lücke dazwischen. Selbst als Milchzähne waren das ihre Zähne, Judes Zähne – die ihres Vaters. Der Nolan'sche Überbiss. Verblüffend, wie die Gene sich über Generationen bemerkbar machten. Der drei Jahre alte Jesse dagegen besaß bereits so gleichmäßige Zähne, als hätte ein Experte sie verlegt. Sie befand ganz unvoreingenommen, dass beide Jungen bildschön waren. Sie verweilte noch ein bisschen in der Stille ihres Atems. Auch wenn sie es bedauerte, dass ihr Bruder solchen Schmerz verursacht hatte – ohne ihn würde es diese wundervollen Jungs nicht geben. Dann wäre auch ihre Welt vollkommen kinderlos. Ihr war klar geworden, dass der Verlust ihres Bruders für sie ein Gewinn war.

Sie schob den alten Freund, den sie sich mitgebracht hatte, in Miras Player. *Ein Herz im Winter* konnte warten. In letzter Zeit hatte David genug von romantischen Komödien gehabt, vor allem von denen in Schwarz-Weiß. Doch ihr hatten sie gefehlt. Als *Die Nacht vor der Hochzeit* begann, fiel ihr ein Zitat ein, das man seiner Hauptdarstellerin zuschrieb: »Man kann sich nicht aussuchen, wen man liebt.« Spencer Tracys Hang zu Alkohol und Düsterkeit waren bekannt gewesen, doch die

Hepburn hatte ihn trotzdem geliebt. *Allerdings*, dachte Elle, *kann man sich aussuchen, wen man verlässt.*

Es war schon nach elf, als Elle lautes, heftiges Husten aus dem Kinderzimmer hörte. Bis sie im Flur war, eskalierte es schon und klang sehr hartnäckig: verzweifelt. Als sie in dem zugigen Zimmer kniete, war Jesse schon blass und verzog das Gesicht. Unter seinen Augen hatten sich dunkle Ringe gebildet, sodass er fast wie ein Waschbär im Pyjama aussah. Seine Brust hob und senkte sich, während er sich mühte, nicht ein-, sondern auszuatmen. Zwischen dem Luftschnappen weinte er auch noch.

Max war ebenfalls wach und beobachtete ihn besorgt aus verschlafenen Augen.

»Hat er inzwischen einen Asthma-Inhalator?«

Max schüttelte den Kopf. »Nee, aber Billy im Kindergarten, der hat auch Asthma und …«

Elle schaute wieder auf ihren verzweifelten Neffen. Seine Lippen bewegten sich, aber er brachte kein Wort heraus. »Es wird alles gut, Jess«, sagte sie und half ihm beim Aufsetzen. »Versuch mal, durch die Nase ein- und durch den Mund auszuatmen. Und ich rufe Mummy an.«

Sie sprintete so schnell den Flur runter, wie sie in den letzten zwanzig Jahren nicht mehr gerannt war.

Später, als Mira Jesse in die Ambulanz des Western Hospital begleitete, sah Elle Max beim Schlafen zu und weinte stumm. Sie wusste nicht, was schlimmer gewesen war, der Ausdruck in Miras Gesicht oder Jesses violette Lippen, bevor sie ihm die Nebulisator-Maske aufsetzten. Während sie zusah, wie Max' Brust sich gleichmäßig hob und senkte, tröstete sie sich mit dem Gedanken, dass es von Yarraville aus praktisch überallhin nah war.

Als sie um drei Uhr morgens nach Hause zurückkehrte, fühlte sie sich so leer wie ihr lebloses Haus. Sie überlegte, Jude anzurufen, denn sie wusste, Mira würde es nicht tun. Aber trotz seiner Abwesenheit und seines Schweigens bedeuteten seine Söhne ihrem Bruder doch sicher etwas, oder? Sie wählte die Nummer, die sie auswendig kannte, aber der Anschluss existierte nicht mehr. Die Nolan-Verbindung war eindeutig gestört. Sie war vaterlos, und ihre Neffen waren es auch. Wenigstens hatten sie Troy. Sie schlenderte von Raum zu Raum und sehnte sich danach, ihre quälenden Gedanken mit jemand zu teilen. Sie versuchte es noch bei ihrer Mutter, der ebenso abwesenden Großmutter. Dort hinterließ sie eine Nachricht.

Als Elle in ihr Bett fiel, kam ihr die Matratze riesig vor. Ihre Träume sprangen von Sirenen zu pfeifendem Atem. Troys eindringliche Frage an Mira, als die beiden eintrafen, hallte in ihrem Kopf wider: »Was soll ich für dich tun?« Die Fürsorge und Besorgnis in seinem Gesicht waren unbeschreiblich anrührend gewesen.

Sobald sie wieder wach war, rief sie Mira an. Der Zustand ihres jüngsten Neffen war stabil, seine Atmung normal. Aber seine Zerbrechlichkeit ließ sie nicht los. Genau wie ihre eigene, vor allem jetzt, wo sie die Absicht hatte, wieder allein zu leben.

Weil sie keine Ruhe fand, setzte sie sich im Pyjama an ihren Schreibtisch und ließ die Nacht noch einmal Revue passieren. Wenn sie doch nur die Kissenschlacht hätten bleiben lassen. Oder vielleicht das Kitzeln. Sie versuchte, sich abzulenken, indem sie über Asthmaanfälle recherchierte. Sie überflog einen Artikel über die Zunahme der Single-Haushalte, als sie es klopfen hörte. Es war acht Uhr morgens. Mira, das wusste sie, kuschelte noch mit ihren Jungs im Bett und würde sie vermutlich noch tagelang nicht aus den Augen lassen. Doris döste wahrscheinlich noch, während sie ihr Hefegebäck frühstückte. Seufzend erhob sie sich. Es gab nur einen Menschen, der das sein konnte. Wenigstens hatte sie vorausschauend die Tür zweimal abgeschlossen. Sie wappnete sich innerlich und wünschte sich, sie hätte schon etwas gegessen, geduscht oder sich die Zähne geputzt.

Durch den Türspion sah sie ihn in verschwitzten Jogging-Klamotten auf ihrer Veranda stehen. Sie beobachtete, wie er erneut klopfte. Ihre Entschlossenheit geriet beim Anblick seiner breiten Schultern und seiner attraktiven Gesichtszüge ins Wanken. Da stand dieser verführerische Mann vor ihrer Tür, gut gebaut, quicklebendig, wie für sie gemacht. Sie entriegelte das Schloss, öffnete die Tür jedoch nicht ganz. Die Sicherheitskette hatte fünfzehn Zentimeter Spielraum. Sie merkte, dass er das Stück ihres blau gestreiften Flanellpyjama-Oberteils und ihrer Beine in den pinkfarbenen Leggings musterte.

»Was soll das?«, fragte er und tippte auf die Kette. Seine langen Finger schwebten in der Lücke zwischen ihnen. Als sie nichts antwortete, fügte er noch hinzu: »Süße, ich habe mein Telefon in der Küche vergessen.«

Sie holte es und ließ es durch den Türspalt in seine Hand fallen. Beide starrten auf das leere Display.

»Ich hätte so gern ein Glas Wasser«, sagte er und lehnte sich gegen den Türrahmen.

Sie rieb sich den Schlaf aus den Augen. Er war zu nahe,

seine Stimme zu sanft. Sie war unvorbereitet, hatte nur Jesse im Kopf.

David blickte an sich herunter. »Joggen scheint mir nicht so gut zu bekommen. Aber immer noch besser als traurig rumhängen.«

Sie schaffte es zwar, seinen ironischen Ton zu ignorieren, aber seiner Körperlichkeit entkam sie nicht. Was er über das Joggen gesagt hatte, stimmte so nicht. Er war zwar schweißnass, und sein Gesicht glänzte, aber die Erschöpfung stand ihm. Von seiner rosigen Haut hob sich das Weiß seiner Augen strahlend ab, und seine Augenfarbe war eine umwerfende Mischung aus Bernstein und Rotbraun. Sie löste die Kette.

In der Küche stürzte er zwei Gläser rostiges Wasser aus ihrem Wasserhahn hinunter. Sie machte sich nicht die Mühe, ihn an die Filterkanne im Kühlschrank zu erinnern. Aber nachdem er sich auf ihrer Küchenbank niedergelassen hatte und sie ansah, nahm sie seine Aufmerksamkeit wie Luft, Wasser und Nahrung auf. Darauf war sie definitiv nicht gefasst, und es fühlte sich an, als würde ihr Blut moussieren.

Er strich sich mit zitternder Hand die Haare aus der Stirn. »Ich weiß, dass ich mich gestern schlecht benommen habe, aber war ich wirklich so schlimm?«

»Ja.«

»Mit mir einzukaufen, das war schon immer schauerlich«, sagte er. »Ich mache das seit meinem zehnten Lebensjahr allein. Mum weigerte sich, noch mal mitzukommen. Aber ich bin ein erstklassiger Geschenke-Shopper – das hat mir sogar meine Frau, meine Ex-Frau, bestätigt.« Er riss sich zusammen. »Ich werde dich nicht mehr bitten, mit mir einkaufen zu gehen.«

Elle hoffte, ihr Schweigen wäre vielsagend genug. Nach einer Pause sagte sie: »Es ist nicht nur das Einkaufen.«

David stand auf und schob sich an ihr vorbei, als wäre es ihm zu peinlich, sie anzusehen. Als er im Flur zögerte, bemerkte sie seinen fragenden Gesichtsausdruck. »Ich bin in so etwas nicht gut.« Er versuchte zu lächeln, aber sie konterte mit finsterer Miene.

»War es das?«, fragte sie.

»Ich bin erledigt«, sagte er. »Ich komme später wieder.«

Bevor sie widersprechen konnte, hob er die Hand Richtung Tür. Seine Finger strichen über das Zusatzschloss. »Du weißt doch, dass ich vorher erst eine Langzeitbeziehung hatte. Und du, meine kleine Ausreißerin, hattest bisher nur Affären …« Er gab ein trauriges Schnauben von sich. »Wir werden es schon noch lernen.«

Als er zu ihr hinsah, glühten seine rotbraunen Augen.

»Nein.« Ihre Stimme zitterte. »Ich habe das so gemeint. Wir sind fertig miteinander, David.«

»Das kann doch nicht dein Ernst sein!?« Er starrte sie an. Offen und ehrlich. Wie der helle Sonnenschein. »Süße, wir stehen doch noch ganz am Anfang.«

Obwohl sie es eigentlich besser wusste, ließ sie seine Worte auf sich wirken und vereinte sie dann auch noch mit seinem Blick. Er wirkte so ernsthaft.

»Ginger, ich hatte eine Höllenwoche«, sagte er. »Einer aus meinem Team hat sich auf eine Anhörung nicht vorbereitet. Der Scheißkerl spekulierte drauf, dass die ganze Sache sich erledigen würde. Ich hätt's dir erzählen sollen. Anstatt es an dir auszulassen.«

Elle entdeckte ein Fetzchen trockener Haut auf ihrer Lippe

und zupfte daran. Sie dachte an seine Mandanten, seine Mitarbeiter, seine Verfahren. Die Mühen der Juristerei.

»Ich bin deinen Job leid«, sagte sie. »Er zieht alles in Mitleidenschaft. Wie Gift.«

Er blinzelte, als habe ihr Hieb ihn zu hart getroffen. Oder vielleicht fehlten ihm auch nur die Worte, um ihn zu parieren.

»Wir hatten einen schlechten Tag«, sagte er. »Eigentlich bin ich besser; eigentlich sind wir beide besser. Und du machst hier gerade einen Anfängerfehler, weil du viel zu hart reagierst.«

Elle runzelte die Stirn. Vielleicht hatte er recht. Beunruhigend, wie sie sich plötzlich an ihre Mutter erinnert fühlte. Hart war das Letzte, was sie sein wollte, und auch das Letzte, was sie fühlte.

Als er die Haustür öffnete, ließ diese abrupte Bewegung sie zusammenzucken. Sie bemerkte den v-förmigen Fleck aus getrocknetem Schweiß auf seinem grauen T-Shirt und sah genau, wo sein lockiges, feuchtes Haar den Nacken berührte. Vage nahm sie noch einen anderen Geruch wahr. Hätte sie es nicht besser gewusst, hätte sie auf Alkohol getippt. Ihren Bedenken zum Trotz sehnte sie sich danach, ihn zu berühren. Von ihm im Arm gehalten zu werden.

»David?« Dann kamen ihr die Worte unwillkürlich über die Lippen: »Liebst du mich noch?«

»Ginger, hey, mehr, als du dir vorstellen kannst.«

David lächelte zaghaft. Seine Augen glitzerten, vielleicht wegen Tränen. Sie spürte es in ihrem Magen ziehen, als sie sich ausmalte, der Grund sei sein Schmerz. Als sie seine ramponierte Schönheit so von Sorge gezeichnet sah, dachte sie über die Hastigkeit und Fairness ihrer Entscheidung nach.

Während sie ihn so beobachtete, ihn spürte, erschrak sie geradezu vor der überwältigenden Wahrhaftigkeit ihrer Liebe.

Er flüsterte: »Ich werde das hinkriegen.«

Obwohl sie seit Jahrzehnten nicht mehr geweint hatte, war ihr jetzt danach. Warum, darüber war sie sich nicht sicher. »Okay«, sagte sie. »Wir können den Weg dorthin ja gemeinsam gehen. Aber es muss leichter werden.«

»Das wird es.« David sah sie von der Seite an. »Eigentlich habe ich eine ziemlich schnelle Auffassungsgabe, aber das hier habe ich nicht kommen sehen. Muss am Alter liegen.«

»Okay, also gut.« Sie seufzte und gab sich einen Ruck. »Bleib da. Ich hatte eine schreckliche Nacht und könnte jemand zum Reden brauchen.«

David betrachtete sie mit strahlenden Augen.

»Hast du Hunger?«, fügte sie noch hinzu. »Ich habe Lust auf Eier.«

»Wer kocht?«

»Du.«

David strich mit einer Hand über die Kante der offenen Haustür. »Wird mir ein Vergnügen sein.«

Er zog sie an sich, und mit ihren Körpern drückten sie die Tür zu. Die Erleichterung, die sie überkam, war schockierend. Es fühlte sich so exquisit und unumstößlich an. Sie hatte ihn vermisst, als wäre er monatelang fort gewesen.

Rückblickend bewunderte sie seine Meisterhaftigkeit. Er hatte nur so wenig gesagt, doch sie hatte so viel herausgehört. An jenem Abend kehrte er mit Anzügen, Büchern, Latino-Jazz und Wein zurück und blieb.

Kapitel 12

Auf den Stufen des Bahnhofs Flinders Street: Sie trug ein neues Kleid – asymmetrisch, stahlblau. Ein Couture-Teil aus den Siebzigern, Vintage. Nach seinem Anruf hatte sie sich rasch angezogen. Deshalb war ihr Pixie-Haarschnitt ungestylt, und sie trug kein Make-up. Zwanzig Minuten später stieg sie in einen Zug Richtung Innenstadt. Es fühlte sich erstaunlich *richtig* an. Die historischen Uhren, die die Abfahrtszeiten verschiedener Züge anzeigten, waren, wie so vieles im Leben, eine Erinnerung daran, dass man die Wahl hatte. Vergebung. Glück. Als sie ihn schnellen Schrittes kommen sah, in seinem italienischen Anzug, da konnte sie ein Lächeln nicht unterdrücken. Sie waren beide absolut pünktlich und küssten sich gute drei Minuten lang.

In den vier Tagen seit dem Wochenende, als sie miteinander gebrochen hatten, war es ihr gelungen, sich selbst zu überzeugen: davon, dass er dies hier, seine zweite Chance, nicht vertun würde. Irgendwie standen sie sich schon näher.

»Wollen wir?«, fragte er.

Sie nahm seine Hand und sagte: »Ja, du weißt wohin.«

Als er sie diesmal durch das Gewühl der Pendler und Stadtbummler Richtung Flinders Lane führte, plauderten sie. Sie plauderten sich an Restaurants vorbei und ignorierten die Boutiquen. Sie unterhielten sich über den Tag, den sie damit verbracht hatte, mit ihrer Kamerafrau durch Melbourne zu fahren und Fotos zu machen.

»Dann bist du also den ganzen Tag lang nur herumgefahren?«, fragte er.

»Mhm.«

Im Moment war sie unbeschwert, zumindest bis das Drehbuch zurückkam. Allerdings hatte sie den veränderten Stand der Dinge ihm gegenüber nicht erwähnt.

Vor der letzten Bar der Straße zögerte sie, aber er zog sie mit einem vielsagenden Blinzeln weiter. Sein Lampenfieber wuchs, genau wie ihres. Sie wollte das hier auch nicht verbocken. Ihren Neuanfang.

Seit Monaten hatte sie Alex Carras kennenlernen wollen. Seinen besten und ältesten Freund. »Er ist ziemlich verwöhnt«, hatte er sie am Telefon gewarnt. »Und er konkurriert gern.« Als sei der Finanzmann ein Monster. Oder ein Killerwal, der gern Robben herumschleudert. Manchmal vergaß David, dass sie selbst mal eine Spitzenanwältin gewesen war. Oder dass sie bei der Filmproduktion für Horden von Leuten und Tausende Fragen verantwortlich war. Und zwar tagtäglich. Aber jetzt fühlte sie sich bei der Aussicht auf einen Abend mit den Anzugträgern selbst befangen … Und es war ja auch ein Risiko, dass sie sich aus ihrem Kokon herauswagten.

Sie spazierten auf der Flinders Lane bis an den Fuß der schwarzen Marmorstufen. Ihre Augen blitzten, als sie das Schild sah: Gallery 22.

Er küsste sie auf den Nacken. »Er ist irgendwo da drinnen.«

»Ist er das?« In ihrem anderen Leben als Beschäftigte in einem Büro war sie kaum einmal mit den Kunstgalerien der

Stadt in Kontakt gekommen. Vielleicht hatte ihre eigene Unzufriedenheit sie damals betriebsblind gemacht.

Drinnen kam sogleich ein Kellner auf sie zu und rüstete sie mit jeweils einem Sektglas aus. Mit ihrer Hand in seiner eskortierte David sie durch die Galerie. Von Anfang an war sie scharf darauf gewesen, seine Freunde kennenzulernen. Und ihn im Kontext zu erleben. In situ. Intuitiv spürte sie, dass dieser Ort das wahrscheinlich eher war als seine Villa in Middle Brighton oder sein Büroturm in der Collins Street.

Die schlichte, aus vier Räumen bestehende Galerie füllte sich kontinuierlich. Die abstrakten Arbeiten von drei Künstlern hingen wie Zauberfenster an den Wänden. Fenster zu unendlichen Fantasiewelten.

»War seit Jahren nicht mehr hier«, flüsterte David, »aber die Leute haben sich nicht verändert.«

Elle registrierte die Mischung aus Anzügen und Jeans, die Familien der Künstler und die Avantgarde. David winkte verstreuten Grüppchen zu.

»Du kennst immer noch eine Menge Leute«, sagte sie.

»Ich kenne nur ein paar«, sagte er, »aber eine Menge winken zurück.«

Lachend musterte sie die Kunst und die Gesichter, als wären sie allesamt Hinweise, um ihn zu enträtseln.

»Schau dir das an.« Sie blieb stehen, um eine gewaltige blaue Mondlandschaft zu bewundern. Geheimnisvoll und leuchtend. Abrupt versperrte ihnen eine Gestalt den Blick. Die Person war etwa fünfundzwanzig, gut gebaut und trug einen kastanienbraunen Afro. Er hatte die Arme ausgebreitet. Neben ihr blinzelte David und fand sich dann in einer herzlichen Umarmung wieder.

»Hab gehört, man hat dich wieder von der Leine gelassen.«

»Ich liebe diesen Afro«, sagte David und grub seine Finger in die rotbraune Wolke.

Der junge Mann grinste, und sein Haar schwebte wie ein Heliumballon. Nachdem David sie einander vorgestellt hatte, war sie voller Erwartung. Mit seinen weit auseinanderstehenden Augen sah der junge Typ wie ein hübscher Außerirdischer aus. David deutete auf die Mondlandschaft. »Das ist von ihm.«

Elle lächelte. »Es ist außerordentlich. Gratulation.«

Alle schienen tief einzuatmen und kurz zu überlegen. Als die Männer dann grinsten, kam sie sich vor, als hätte sie eine Hürde übersprungen.

Einen Augenblick später fragte sie: »Wie habt ihr beide euch kennengelernt?«

»Ich war Servicekraft in Daves Kanzlei. Eines Morgens erwischte er mich in einem Besprechungszimmer, wo ich einen frühen Jeffrey Smart bewunderte.«

»Danach schlichen wir uns raus und rauchten zusammen eine«, sagte David.

Beeindruckt, aber nicht erstaunt warf Elle verstohlen einen Blick auf David, doch der winkte gerade einer vorbeigehenden Bedienung. Von der ließen sie sich alle nachschenken.

»Danach stellte Dave mich Alex vor. Das Nächste, woran ich mich erinnere, ist, dass ich plötzlich eine Ausstellung hatte.«

Diesmal hob Elle eine Augenbraue, und David errötete. »Diese Räume hier gehören Alex – also, Fi und Alex.«

Elle merkte, wie sich ihr Bild vervollständigte: Sowohl er wie auch Alex besaßen unerwartete Facetten. Das ergab natürlich auch Sinn, denn niemand war nur dies oder das. Sie nippte an ihrem perlenden Getränk. Aber warum diese Dinge geheim halten? Was sollte sie aus seiner Neigung, Informationen zurückzuhalten und sie nur häppchenweise an seinem Leben teilhaben zu lassen, schließen?

Weil sie ihn so durchdringend ansah, zuckte David verlegen mit den Achseln. »Alex hat auch Nat schon früh ausgestellt. Eine Zeitlang waren wir viel hier.«

»Mhm.« Der hübsche ET verdrehte verständnisvoll die Augen.

»Ich verstehe.«

Vielleicht waren seine Erinnerungen nicht alle so angenehm. Vielleicht kaschierte er seinen Schmerz. Unterm Strich fühlte sie sich geehrt, weil ihr der Zugang dorthin gewährt wurde. Tapfer grinste sie ihn an. Als er ihr über den Rücken strich, fühlte sie sich, als habe sie eine weitere Hürde genommen. Als würde sie zur Hindernisläuferin.

Da näherten sich drei eher unscheinbare andere Personen: eine Illustratorin, ein Fotograf und eine mürrische Porträtmalerin. Wangenküsse wurden ausgetauscht. Davids behutsame Fragen knüpften die Gruppe zusammen, während von Projekten und jüngsten Ausstellungen gesprochen wurde. Sie stand da, hielt seine Hand und strahlte. In dem ganzen Geplauder über Ateliers und Kommissionen fühlte sie sich wertgeschätzt. In dieser Welt besaß ihr Mann Bedeutung. Und das galt auch für sie beide.

Vielleicht würde er jetzt zu seiner eigenen Kunst zurückkehren.

Nachdem die Porträtmalerin sich wieder verabschiedet hatte, deutete David zu der auf Holzböcken errichteten Bar. »Da ist er.«

Von der anderen Seite der Galerie winkte Alex Carras. Er trug einen maßgeschneiderten schwarzen Anzug und ein weißes Hemd. Neben ihm ragte seine Frau Fi aus Schwaden grüner Seide auf. Elle hatte die Gastgeber total vergessen. Jetzt sah sie, wie Alex sich bei dem ihn umgebenden Grüppchen entschuldigte. Dann glitt er ungehindert durch die Menge.

»Willkommen zurück, Kumpel«, sagte Alex mit weit ausgebreiteten Armen.

David hatte ihr die grundlegenden Fakten über Alex erzählt. Dass er sich nicht verändert hatte – seit der Uni in den Achtzigern oder seiner Hochzeit vor zehn Jahren. Damals war er wie heute gedrungen, aber fit und sein Gesicht gebräunt. Damals war David sein Trauzeuge gewesen. Heute machte Alex' Leonidas Finance Group David zum Partner mit den höchsten Rechnungen bei Freeman & Milne. Das besagten zumindest die Gerüchte in der Kanzlei. Doch was wusste Alex Carras, wenn überhaupt, von ihr?

David entzog sich Alex' Umarmung und stellte sie ohne Umschweife vor.

Elle umarmte Alex. »Wie schön, dich kennenzulernen«, sagte sie, laut genug, um über die Meute hinweg noch hörbar zu sein.

»Und dich.« Alex hatte sich nah zu ihr gebeugt. Falls er ihre Vertrautheit unpassend fand, ließ er es sich nicht anmerken. Sie löste sich als Erste aus seinen Armen.

»Ich mochte übrigens *Daisy*«, sagte er. »Synchronizität hat mich schon immer fasziniert.«

»Mich auch. Freut mich, dass er dir gefallen hat.«

»Dieses Land ist ja berühmt dafür, unprofitable Filme zu machen.«

»Nett von dir, das zu erwähnen«, sagte Dave und funkelte Alex an. Doch Elle schob ihre Hand in seine und drückte sie.

»Hat deiner sich gerechnet?«, erkundigte sich Alex bei Elle.

»Ja, tatsächlich. Wir hatten Glück.«

Alex tat ET gegenüber erstaunt. »Sieh mal einer an!« Elle grinste ungerührt. »Ich schätze mal, für eine Frau ist das ein toughes Business.«

David blieb der Mund offen stehen. »Das kann es in der Tat sein«, sagte Elle, »aber zum Glück kennen gute Storys keine Geschlechterunterschiede.«

»Ha!« Alex kniff seine rosinenbraunen Augen zu, während der junge Maler Elle komplizenhaft anlächelte. Jetzt war es an David zu strahlen.

»Ich vermute, du bist ein Mann mit vielen Passionen?«, sagte Elle.

»Ich würde es nicht Passionen nennen. Leidenschaften ist auch so ein abgenutzter Begriff«, sagte Alex. »Alles zu emotional.«

»Welchen Begriff würdest du dann wählen?«

»Ich habe Interessen«, sagte Alex. »Und für die gebe ich alles.«

»Mehr kann man ja wohl nicht verlangen«, sagte Elle und lehnte sich gegen David. »Und irgendetwas sagt mir, dass das auch keiner tut.«

»Teufel noch mal, nein.«

Elle und Alex lachten. Dann stimmte auch der junge Künstler mit ein, aber David lachte am lautesten. Unter den hellen Lampen und mit seinem bewundernden Blick auf sich fühlte Elle sich glänzend und triumphal. Als Ausreißer-Champion.

Viele Stunden später ließen sie sich in ein Taxi fallen. Den ganzen Abend hatten sie sich unter die Leute gemischt und nur Vorspeisen gegessen. Aber das machte nichts. Nach zwanzig Minuten waren sie bei ihr zu Hause und auf einem Stuhl im Esszimmer. Die Fenster standen offen, und der Duft von Sternjasmin hing in der Luft. Als sie sich diesmal erhob und seine Schenkel nass glitzerten, fühlte sie sich wie in Ekstase. Es war wieder da.

In ihrer Waschküche ist aller Stolz dahin und sie stinksauer. Wie leicht sie sich hatte hinreißen lassen. Zum zweiten Mal! Wirklich außergewöhnlich: Wie erpicht sie darauf gewesen war, ihr Bauchgefühl zu ignorieren und ihr Herz zu verwöhnen. Wie bereit zu vergeben. Zu glauben.

Hätte sie ihn doch nur an jenem einsamen Sonntagmorgen nicht reingelassen.

Im Durchschnitt versuchen Frauen in Beziehungen wie der ihren sieben Mal Schluss zu machen, bevor es gelingt. Sie weiß das inzwischen. Aber ein Trost ist ihr das jetzt auch nicht. Sie überlegt, dass es etwas genützt hätte, wenn sie sich die wahre Natur ihrer Beziehung eingestanden hätte. Oder die dunkle Seite der Limerenz, der Verliebtheit: die halb wahnhafte Weltsicht, die Irrationalität. Stattdessen war sie im Laufe der folgenden Monate immer anhänglicher und entschlossener geworden. Sie betrachtete sie beide als starke Charaktere, die ihre unvermeidlichen Auseinandersetzungen haben. *Beziehungen sind nun mal nicht einfach*, sagte sie sich; *keiner ist perfekt; der Weg der wahren Liebe …*

Klischees und Limerenz, das wird ihr jetzt klar, ergeben eine formidable Mischung.

Kapitel 13

Dave reißt sich das Hemd herunter, sodass die Knöpfe abspringen und herumfliegen, während heißes Wasser in Regs Badewanne einläuft. Dann trommeln seine Finger auf die Keramik. Was für ein gottverdammt lahmer Patenonkel! Ein kinderloser Dilettant, der sich für Ehefrauen mit eigenen Kindern oder anderen Marotten entschied. Ein Mann, der zwei Mal geschieden ist! Den Job als Patenonkel bekam er auch nur, weil Daves Eltern keinen *Profi* auf dem Gebiet kannten. Was wusste Reg schon von jüngeren Generationen? Von Frauen? Von Nähe? Einmal hatte Reg zu ihm gesagt: »Die Liebe eines Elternteils ist unvergleichlich.« Und das von einem Mann, der, als Dave noch ein Teenager war, jeden Samstag zu Hause bei der insgeheim gewalttätigen Familie Forrester verbrachte. Was für ein verdammter Witz!

Dave steigt in die Wanne. Seine Knöchel brennen. Die Wasseroberfläche sticht wie wütende Socken. Er stellt sich vor, wie Reg im Salon sitzt und mit seinen faltigen Ohren auf das gerade laufende Band lauscht. Dave rutscht mit den Beinen ins Wasser und zuckt zusammen. *Verdammt.* Vielleicht hätte er seine Position besser erklären sollen. Mehr über die guten Sachen sagen. Dass er nicht immer in so kläglicher Verfassung war wie heute Abend. Er hat sie richtig geliebt und manchmal glücklich gemacht. Er hatte einmal einem höheren Anspruch genügt. *Fuck.*

Die Luft wird dampfig, das Wasser schwappt jetzt gegen seine Schienbeine. Er sitzt da. Überwältigt.

Er erinnert sich daran, wie sie an der Flinders Street Station unter den Uhren stand. Dort hatten sie sich vor jedem Festival getroffen, das ihm noch einfiel: Spanischer Film, Melbourne Jazz, Comedy. Und jedes Mal ihr Gesicht, ihr süßes Gesicht, das ihm zu sagen schien: »Geh du vor.« Und das tat er. Er tat sein Bestes.

Nie im Leben hatte er sich so geliebt gefühlt.

Es dauert fast drei Monate. Bis Mai konnte er jeden Abend ihr Verlangen wahrnehmen, als verbreite sie einen Duft. Er schloss die Augen und versuchte zu schlafen. Sie war ihm näher, als irgendjemand es je gewesen war. Und das hatte er doch gewollt, nicht wahr? Gemeinsam hatten sie ein Dutzend Shows in Melbourne gesehen und nicht eine einzige Vernissage bei Alex versäumt. Sie hatten ihr neues blaues Bild übers Bett gehängt. Er war sogar in den Galerien von Melbourne mit ihr ein und aus gegangen, als ihr ganz privater Führer. Und zu Hause war er ihr Leibkoch. Und er hatte das geliebt – eine Zeitlang. Als er diesmal um sie warb, war sie stärker beschäftigt. Das Stadium des Schreibens war abgeschlossen, sie war ganz im Regie-Modus mit einem Produktionsbüro oben in Footscray. Er hatte gehofft, ihre Vorproduktion würde etwas von ihrer Hitze von ihm nehmen. Aber der gegenteilige Effekt war eingetreten. Der Klingelton ihres Telefons, ihr Gerede von Erkundungen möglicher Drehorte und die endlosen Besprechungen fingen an ihn zu nerven. Offenbar musste sie sich von der Kamerafrau über den Designer bis zu den Leuten von der Maske mit jedem einzelnen treffen. Und danach quatschte sie ihn dann, total aufgedreht, damit tot! Zum Teufel damit.

An einem dieser Abende voller Geschwätz lag er in ihrem Bett, und seine Gliedmaßen fühlten sich an wie mit Blei gefüllt. Er rollte sich auf den Rücken, fand aber keine angenehme Position. Er konnte sie seufzen hören, während sie an die Decke starrte. Er ermahnte sich selbst, sich zu entspannen, seine Beine nicht zusammenzupressen und zu schlafen. Er versuchte, ein klein wenig von ihr abzurücken, sodass sie sich nirgends berührten. Aber es dauerte nicht lange, bis ihre Hand nach seinem Schenkel tastete und sich darauf legte. Als er ihre warmen Finger spürte, distanzierte er sich von seinen Beinen, als wären es die abgestorbenen Äste eines Baums.

Drei Monate, so überlegte er, das war wohl ungefähr sein Limit. Nachdem sie drei gemeinsame Monate miteinander verbracht hatten, waren seine Gefühle für sie… weg. War es Langeweile oder Furcht? Was auch immer, es war jedenfalls heftig. Er hätte am liebsten alles zertrümmert. So sehr er sich auch bemühte, er ertrug das tägliche Geplauder und das nächtliche Gerangel kaum noch. Alles, was sie tat – ihre Fragen, Massagen, ihr helles Lachen –, turnte ihn ab. Er musste sich extrem zusammennehmen, um nicht aus ihrem Bett zu springen und zu seinem verlassenen Haus zurückzusprinten, das zu verkaufen er nicht über sich brachte. Während er so in der Dunkelheit lag, begann sein Kopf zu hämmern.

Er schloss die Augen und blieb reglos wie eine Mumie.

Als er am nächsten Abend in der Collins Street mit dem Aufzug zu seinem Wagen nach unten fuhr, wurde ihm klar, dass er jetzt wie der Postbote täglich in Seddon erwartet wurde. Jede Nacht verbrachten sie zusammen, und an jedem

Morgen wachten sie ineinander verschlungen auf. Und jeden Tag versuchte sie, ihn zu verführen. Wenn er nachgab, turnten sie ihre Positionen durch: Missionarsstellung, Löffelchen, von der Seite. Meistens schweigend und zuletzt ohne Wasserspiele. Dann wieder. Das Einzige, was ihr Sexleben hervorgehoben und ihm eine Intensität verliehen hatte, die er vorher nicht gekannt hatte – vorbei. Wieder einmal. Er fluchte laut.

In der grell erleuchteten Garage begann der Boden zu schwanken, und die geparkten Autos verschwammen. Er blieb stehen und ging auf dem Betonboden in die Hocke. Er nahm den Kopf zwischen die Knie. Es dauerte einen Moment, bis er sein Handy gefunden hatte.

Und damals fing es an: die Abende, an denen er ausging, und zwar solo. Einfach, um mal auszubrechen.

Fünf Stunden später kam er an ihrem Haus an. Er war derangiert und stank ein bisschen. Im Gehen merkte er selbst, dass er nach Alkohol roch. Obwohl er den Atem anhielt, als er sie küsste, vermutete er, dass sie seine letzten zehn Zigaretten riechen konnte. Wie eine ungezogene große Maus versuchte er, ihren Flur entlangzuschleichen, aber sie verstellte ihm den Weg.

»Wo warst du?«, fragte sie. »Ich wollte schon fast im Krankenhaus anrufen.«

Vor langer Zeit hatte er bereits gelernt, dass die besten Ausreden kurz waren. Er erklärte, dass Alex ihn wegen einer Veranstaltung zugunsten streunender Hunde in Albert Park gebraucht hatte und er ihm einen Gefallen schuldete. Sie blieb sehr gerade stehen, fast Auge in Auge mit ihm. Wie wunderschön sie war und so … aufrecht. Er hatte das starke Bedürfnis loszulachen.

»Ich hätte doch mitkommen können.«

Diesen bedürftigen Ton kannte er, allerdings noch nicht von ihr.

»Das war nur für Jungs«, lallte er. Ein Grinsen entwischte ihm und glitt über sein Gesicht. Er schob sich an ihr vorbei. Zeit für einen Käsetoast. Er ging sehr vorsichtig.

»David, ich hoffe, du bist nicht mehr selbst gefahren.«

Er schnaubte lachend und drehte sich um. Mit den Händen auf ihren Schultern log er freundlich: »Nein, nein.«

Als sie nickte, hatte er den Eindruck, ihm sei vergeben.

Siehst du, sagte er zu sich selbst, *du kannst mit ihr zusammen und ruhig sein.* Unabhängig. Er hatte darüber zuvor schon mit Alex gesprochen. Auch wenn ihr die Aussicht auf den See in Albert Park und die Schnappschüsse glücklicher Hunde gefallen hätten, hatte seine allein verbrachte Zeit Wunder gewirkt. Das Sushi hatte fantastisch geschmeckt. Die Tempura ebenso. Nach seinem siebten Shot hatte er das Gefühl zu fliegen, und seine Kopfschmerzen waren weg gewesen. Er konnte sich bei Alex dafür bedanken. Die Worte seines Freundes kamen ihm in den Sinn: »Es ist normal, sich angespannt zu fühlen, Kumpel, wenn man noch mal von vorn anfängt.« Je länger er darüber nachdachte, desto größer wurde seine Erleichterung. Er war nicht abnorm oder unfähig. Er war ein geschiedener Mann. Skepsis und Unbehagen gehörten da eben dazu. »Du kannst deinen Freiraum haben. Aber du willst das doch nicht vermasseln«, hatte Alex beim Abschied gesagt. »Krieg deine Nerven in den Griff, indem du nach vorne schaust.«

Als er über Nebenstraße nach Hause gefahren war, hatte Dave erst realisiert, was für ein Genie sein Freund doch war.

Er selbst hatte aus dem Blick verloren, was er eigentlich wollte. Das, wonach er sich in all den Jahren gesehnt hatte. Und jetzt fühlte er sich … sensationell. Aber inzwischen war es Mitternacht – vielleicht kein so guter Zeitpunkt, um das zu besprechen? Als er sich an seine früheren Versuche, ihre Beziehung voranzubringen, erinnerte, zögerte er. Ihr Blick war sanft, aber irritiert. Er schaute von ihr zu ihrem Arbeitszimmer: ihr Laptop und die Entwürfe. Der Anblick traf ihn, als hätte jemand mit einer Steinschleuder auf ihn geschossen. Das ernüchterte ihn. Wenn sie in ihrer Arbeit steckte, war sie für ihn verloren. Weg. Das war der springende Punkt ihres unterschwelligen Konflikts und seine nächste Hürde. Was die Sache noch verschlimmerte, war, dass er schon seit Monaten nicht mehr in ihr Drehbuch eingeweiht war. Er wusste selbst nicht, warum. Jetzt seufzte er. Er musste nachdenken. Also küsste er sie aufs Ohr und trottete in Richtung Küche. Dieses eine Mal entschied er sich für Besonnenheit.

Vielleicht weil er stank oder schnarchte, schlief sie in dieser Nacht auf ihrer Seite. Er schlief auf seiner, ohne dass es eine fleischliche Verbindung zwischen ihnen gab. Und er war glücklich. Um ein Uhr nachts war er schmerzfrei und erinnerte sich an den Mann, der er gewesen war, als er seinen Traum das erste Mal träumte. Er war damals vierunddreißig, Single und lebte wie ein Automat. Frauen waren eine Enttäuschung, Freunde hatte er kaum, und seine Mutter war eine blöde Kuh. Er pendelte von seinem Apartment ins Büro, wo er um die achtzig Stunden pro Woche verbrachte. Sein Leben bestand darin, Bewerbungen und Zwangsvollstreckungen abzuwickeln, Schinkensandwiches am Schreibtisch und Currys vom indischen Take-away auf dem Teppich zu essen. Er hatte zwei Freunde, die beide einen Zivilprozess nach dem anderen führten und noch länger und härter als er arbeiteten. In seiner Freizeit sah er sie kaum. Als er damals eines schönen Morgens an einem Café in der Nähe von North Brighton Station vorbeigekommen war, sah er Natasha Larsen. Sie hatte rote Strähnen in ihrem schwarzen Haar und mandelförmige grüne Augen. Sie servierte ihm einen großen schwarzen Kaffee – zu schwach oder zu stark, aber das kümmerte ihn nicht – und erzählte von ihrer bevorstehenden Ausstellung, anderen Künstlern und ihrer Tochter. Ihre Leidenschaftlichkeit war ansteckend. Einen Monat später hatte er eine ihrer Keramikskulpturen, einen Pelikan, gekauft. Zwei Monate später lernte er Amelia kennen. Zum ersten Mal seit der Highschool dachte er wieder über Kunst nach. Und er spielte mit Kindern.

Als er Amelia zum ersten Mal begegnete, war sie vier. Sie besuchten zusammen den Botanischen Garten von St Kilda. Zwischen den Rosen spielten sie Fangen, und er war »es«. »Schau mal«, sagte sie, blieb abrupt stehen und lenkte mit ihren riesigen grünen Augen seinen Blick auf ihre Brust. Kurz war er von ihrer zierlichen, wohl proportionierten Schönheit abgelenkt – ihre Haut und das dunkle Haar wirkten sogar noch schöner als bei ihrer Mutter. »Schau«, sagte sie wieder. Ihre Brust hob und senkte sich schnell vom Rennen. Seine genauso. Aber auf ihrem gelben T-Shirt saß reglos ein weißer Schmetterling. Vielleicht fünf Minuten lang studierten sie vorsichtig atmend seine fast durchsichtigen Flügel und den winzigen schwarzen Kopf. Als Natasha zu einem Café in der Nähe hinüberlief, bemerkte Dave es nicht einmal. Amelia führte sie beide Richtung Ausgang, und die ganze Zeit über saß der Schmetterling wie ein Anstecker auf ihrer Brust. »Er mag mich«, sagte sie mit strahlendem Lächeln. »Oder, Dave?« Während er sie so beobachtete, spürte Dave, wie sein Herz sich öffnete. Drei Monate später heiratete er ihre Mutter. Ein Jahr später lag sein Traum von weiteren Kindern in Scherben.

Halb betrunken, halb nüchtern verspürte er jetzt Furcht wie einen Stich. Ja, seine Gefühle heute Abend hatten ihre Ursache zweifellos in seiner gescheiterten ersten Ehe. Okay, vielleicht war das normal. Aber was, wenn er noch mal eine Niete gezogen hatte?

Amelia ging in die erste Klasse, als ihm aufging, worauf er sich eingelassen hatte. Obwohl sie sich das Kind mit ihrem Künstlervater Red teilten, verbrachte Dave Stunden damit, bei ihren Jazz-Ballett-Aufführungen zu applaudieren und ihr aus Märchenbüchern vorzulesen. Er kochte ihr Porridge und brachte ihr bei, Schleifen zu binden, Fahrrad zu fahren und Tango zu tanzen. Seine Strategie war ganz einfach: Er machte das Gegenteil dessen, was seine eigenen Eltern getan hatten. Natasha war eher schludrig. Wäsche wurde selten gewaschen, und Mitteilungen der Schule gingen oft verloren. Aber Dave sprang stets ein. Es schien zu funktionieren. Amelia blühte und gedieh, kletterte auf ihm herum, lernte neben ihm lesen und rief nachts seinen Namen. Schnell schien sie ihn ins Herz geschlossen zu haben. Diese gute Phase dauerte ungefähr zwölf Monate. Ein Rekord, dachte er sich jetzt, und wahrscheinlich Amelia zu verdanken. Dann hob sich an einem kühlen Donnerstag im Juni der Vorhang, und er blickte hinter die Kulissen.

Es begann gegen 17 Uhr 45, als Natasha in seinem Büro anrief. Sie sei aufgehalten worden, erklärte sie, im Atelier ihrer Freundin in Preston. Die Betreuung nach dem Schulunterricht endete um sechs, und das würde sie nicht schaffen … Obwohl Dave selten vor sieben Uhr Schluss machte, hatte er innerhalb von zehn Minuten zwei Besprechungen verschoben und sich in den Verkehr auf der St Kilda Road gestürzt. Als er um kurz nach sechs beim Wesley College ankam, malte Amelia mit versteinerter Miene Buchstaben: als letztes noch nicht abgeholtes Kind. Als sie Dave erblickte, blitzte Schmerz in ihren Augen auf. »Mummy wird zu Hause schon auf uns warten«, tröstete er sie lahm. Seufzend griff sie nach ihrer Tasche und seiner Hand. Als sie in die Einfahrt bogen und das dunkle Haus sahen, verzog sie keine Miene. »Bestimmt muss Mummy noch einkaufen«, sagte sie. »Lass uns nach oben gehen.« In der Küche fand Dave nur ausgekeimte Zwiebeln und warmes Bier. Irritiert versuchte er, seine Frau auf dem Handy zu erreichen.

»Ist schon okay, Dave«, zwitscherte Amelia. »In meiner Pausenbrot-Box ist noch ein Apfel. Jetzt komm.«

Eine halbe Stunde später saß er auf einem Stühlchen an Amelias rotem Tisch. Zeichnungen von violetten, orangefarbenen und grünen Schmetterlingen lagen am Boden verstreut. Zu seiner freudigen Überraschung stammten die meisten von ihm. Neben ihr war ihm aufgegangen, dass es mit dem Zeichnen ungefähr so war wie mit dem Radfahren. Beides hatte er zuletzt mit siebzehn gemacht. Als er mit der Schule fertig war und es gerade noch ins Jurastudium an der Monash University geschafft hatte (was seine Eltern für kurze Zeit zufriedenstellte), sah er keinen Sinn darin, weiterhin zu zeichnen. Und niemand hatte dieser Ansicht widersprochen. Im Laufe der Jahre war er ohnehin aus der Übung gekommen. Mit der nagenden Rastlosigkeit, die er für einen Nebeneffekt des Erwachsenseins hielt, hatte er zu leben gelernt. Aber an Amelias Seite fühlte er sich, als wäre der Korken aus der Flasche gezogen. Als wäre es ihm erlaubt. Die Anspannung, die er sonst mit sich herumtrug, machte einem seltsam schönen Gefühl von Freiraum Platz. Und das Beste daran war, wie sehr seine Stieftochter alles vergötterte, was er zu Papier brachte.

Eine Stunde später war Amelias übliche Zubettgehzeit längst verstrichen, und ihre Bilder hingen mit Klebeband an den Wänden. Er trug immer noch seinen Anzug, sie die Schuluniform, als Nat, beladen mit Pizza und eingekauften Lebensmitteln, heimkam. *Wir verspäten uns doch alle mal*, dachte er und kam sich großzügig vor. Aber dann bemerkte er die riesigen Pupillen seiner frischgebackenen Ehefrau und den Geruch in ihrem Haar. Hätte er nicht noch diesen Freiraum verspürt und wäre da nicht Amelias argwöhnisches Schweigen gewesen, hätte er daraufhin irgendetwas zerschlagen.

»Süße«, sagte Natasha, »lass uns essen.«

Nach einem schnellen Blick zu Dave nickte Amelia.

An diesem Abend hatten er und Natasha noch zwei Stunden lang gestritten. Was sie in seiner Abwesenheit nahm, mit wem sie ihre Zeit verbrachte oder wann sie ihrer Tochter etwas zu essen gab, ging ihn anscheinend nichts an. Gegen Mitternacht sah er erschöpft noch einmal nach Amelia, die verkehrt herum in ihrem pinkfarbenen Bett lag. Während er sie wieder ordentlich zudeckte, wurde ihm übel bei dem Gedanken, was sie schon begriff und wie geringfügig seine Rechte als ihr Stiefvater waren.

Aber das war die Vergangenheit, sagte er sich, und von der war er inzwischen befreit. Ausgeschlossen. Der digitale Wecker zeigte 2.44 an. Er legte eine Hand auf die schlafende Frau an seiner Seite, wie um Kraft aus ihr zu ziehen. Sie war, sagte er sich, alles, was er gehofft hatte, das Nat mit seiner Hilfe werden würde. Da war er sich ganz sicher. Gesund und absolut leistungsfähig. Elle war *für ihn da*. Elternschaft, versicherte er sich selbst, würde ihre Beziehung besiegeln. Und das Beste daran: Diesmal würden es seine Kinder sein.

Kapitel 14

Beim Frühstück am darauffolgenden Montag wusste Dave, dass er nun handeln musste. Denn eines war klar: Liebe war eine seltene Sache für ihn und Elle seine letzte Chance. Egal, wie unbehaglich er sich fühlte, wenn er eine Gefährtin für sein Leben wollte, er durfte das hier nicht vermasseln. Sie war die einzige Frau, die sich die Zeit genommen hatte, ihn kennenzulernen und zu lieben. Die einzige Frau, die er je bewundert hatte: für ihre Intelligenz, ihre Leidenschaft und ihr Talent. Aber da ihr Dreh bald beginnen würde, konnte er ihre zunehmende Energie, ihr steigendes Adrenalin spüren. Bald würde sie außer Reichweite und anspruchsvoller denn je sein. Bevor er alles kaputt machte, musste etwas Größeres passieren.

Das kommende Wochenende schien ihm die letzte Möglichkeit zu sein, bevor ihr Film sie total beanspruchen würde. Deshalb schlug er ganz beiläufig vor, gemeinsam wegzufahren. Zuerst lachte sie. Das sei »unmöglich«, sagte sie. Mira würde sie umbringen. Doch als er darauf beharrte und meinte, sie bräuchten etwas ungestörte und schöne Zeit miteinander, wenigstens einmal in den nächsten sieben Wochen, da reagierte sie zögernd. Als er auf eine Übernachtung auf der Mornington Peninsula runtergegangen war und versprochen hatte, der Samstag würde ein dringend benötigter Tag der

Ruhe mit Frühstück im Bett und Massage werden, da konnte er sehen, wie sie es in Erwägung zog.

»Sag Mira, du brauchst vor dem Dreh ein bisschen Ruhe und Erholung«, sagte er.

»Ach, David.«

»Du wirst dich danach besser fühlen«, sagte er, »und wir brauchen es.«

Zu seiner und wahrscheinlich auch zu ihrer eigenen Überraschung gab sie nach. Zu den Bedingungen, dass sie das Quartier für Freitagnacht aussuchte, sie Samstagmittag wieder da wären und sie die Kosten übernahm. Innerhalb eines Tages hatte er sich genug über die Gegend von Red Hill angelesen und Masseurinnen gebucht. Bis Mittwoch hatte sie es geschafft, ein Cottage zu finden. Am Donnerstag war er nervös und fragte sich, ob er es durchziehen konnte.

Am Freitagmorgen um sechs hinterließ er dreihundert Dollar auf ihrem Nachttisch und dazu ein Post-it, auf das er gekritzelt hatte: »Besorg ein paar verlockende Sachen fürs Frühstück.« Bei Gott, sie war beschäftigt, aber sie mussten ja schließlich was essen. Als er am Abend zurückkam, sah er, dass sie seine französischen Lieblingskäse und türkisches Fladenbrot eingepackt hatte, dazu ihre Orangenschokolade und für jeden eine Tasche. Er steckte den Kopf in ihr Arbeitszimmer. Ein Lichtkreis fiel auf den Laptop, das Skript und ihren Oberkörper.

»Deine Haustür stand mal wieder sperrangelweit offen.« Er schüttelte den Kopf. »Was machst du denn hier?«

Sie stand auf, kam zu ihm und küsste seine Lippen. »Ein bisschen Frickelei in letzter Minute, nachdem heute die letzte Leseprobe war.«

Er betrachtete das im Lichtschein liegende Drehbuch. Inzwischen war es so dick wie ein fetter Schichtkuchen, mit blauen, pinkfarbenen und gelben Blättern dazwischen. »Meine Güte, wenn es jetzt nicht funktioniert, dann funktioniert's nie. Lass es gut sein.« Er merkte, dass er einen ärgerlichen Ton angeschlagen hatte. Vielleicht sogar einen verletzenden.

Sie ließ sich wieder auf ihren Stuhl fallen. »Eigentlich bin ich glücklich damit und gerade fertig.«

Er kickte seine geschnürten Halbschuhe von den Füßen und ließ sie wie Stolperfallen auf dem Holzboden liegen, bevor er ins Dunkel marschierte.

»Ist alles in Ordnung?«, fragte sie und folgte ihm.

»Oh ja, du hast mit Schauspielern geplaudert und *gefrickelt*«, sagte er, »während ich mich seit dem Frühstück mit Bankern herumgeschlagen habe.«

Schon vor einem Jahrzehnt war ihm aufgegangen, dass er Freitagabends nicht gerade in Höchstform war. Die Arbeitswoche schien an seinem Charakter zu nagen. Er dachte, sie würde die Zeichen schon zu deuten wissen, schließlich war sie selbst mal bei Freeman & Milne gewesen, und ihn in Frieden lassen. Aber nein. Er spähte über den Flur in ihr Wohnzimmer. Eigentlich war ihm danach, sich vor den Fernseher zu knallen.

»Ich stinke«, sagte er. »Ich brauche erst mal eine Dusche.«

Im Bad gleich neben dem Schlafzimmer fühlte seine Haut sich heiß und rau an. Und sie juckte. Am liebsten hätte er sie abgeworfen. Sie war immer noch hinter ihm, als er in die Dusche stieg. Dann setzte sie sich auf den Rand der Badewanne und ließ einen Fuß wippen.

Die Minuten verstrichen, und Dampf quoll aus der Dusche. Die Kacheln begannen zu schwitzen.

»Ich packe schon mal alles in den Wagen«, sagte sie und sprang auf. »Sag mir Bescheid, wenn du fertig bist.«

Sie war schon an der Tür, als er die Duschkabine aufriss und Wasser herausspritzte. »Ich bin heute Abend nicht mehr zu vielem in Stimmung.«

Sie blinzelte durch den Dampf. »Das hier war deine Idee, weißt du. Ich blase auch gern alles ab.«

»Ja, okay.« Er verspürte Genugtuung, als er ihr enttäuschtes Gesicht sah. Sie wirkte ehrlich betroffen.

»Mira glaubt, Mum sei übers Wochenende hier. Ich habe einen Freibrief für achtzehn Stunden. Eine Massage könnte ich schon vertragen.«

David rieb das Shampoo in seine Haare, dass der Schaum nur so herumflog. »Okay, wenn du drauf bestehst. Aber ich will nicht fahren.«

»Das ist gut, weil ich fahren will.« Sie schwieg kurz. »Hast du dich mit Alex zum Mittagessen getroffen?«

Trotz ihres dichten Terminplans hatte sie seine Sachen sogar besser im Kopf als er. »Sein Vorstand will Ärger machen. Es kursiert das Gerücht, dass wir vielleicht eine Ausschreibung für Leonidas machen müssen.«

»Aber das ist was Neues, oder? Was steckt dahinter?«, fragte sie.

Trotz des Seifenwassers bleckte er die Zähne zu einem kurzen Lächeln. »Die meinen, wir wären zu teuer. Aber keine Sorge, Alex hält mir den Rücken frei. Wahrscheinlich wird es gar nicht dazu kommen.« Er konnte die nächste Frage schon kommen sehen. »Ich will da jetzt nicht ins Detail gehen.«

»Oh, okay.« Sie bemühte sich um ein fröhliches Lächeln.

Aber in ihrem Gesicht war jetzt Verwirrung sichtbar. Als er das sah, fühlte er sich besser.

Zwanzig Minuten später hatte er sich bequemere Sachen angezogen: einen roten Windbreaker, Ugg Boots und eine alte Jeans. Er ging mit leeren Händen zum Wagen und spürte ihren Blick auf seinem Hinterteil. Ihr Verlangen ließ wohl nie nach.

»Das sieht so viel besser aus«, sagte sie.

»Ja, schon gut.«

Sie nahm auf dem Fahrersitz Platz. Er öffnete den Kofferraum und erstarrte. »Was hast du denn da gemacht?«

»Ich war in Eile.«

Auf einem Haufen lagen da ihre Taschen, die Kühlbox fürs Auto, ein Picknickkorb, ihre verdammten DVDs, Massageöl, Kerzen, die Schachtel mit dem Scrabble und Lebensmittel. An die Seite hatte sie noch ihren Laptop und Schreibblöcke gequetscht. Obendrauf entdeckte er eine Schachtel Kohlestifte und eine Papierrolle.

Sie tauchte neben ihm auf. »Oh, das sollte eigentlich eine Überraschung sein.«

Er starrte wütend auf das Durcheinander, die blöde Schachtel mit Kohlestiften.

»Was ist denn?«, fragte sie.

»So fahren wir nicht.«

Er riss Sachen aus dem Kofferraum wie ein Hund, der ein Loch gräbt, und stapelte sie hinter sich auf der Tennyson Street. Er nahm eine Kamera, ihr Drehbuch und die Entwürfe für ihr Storyboard raus und sah sie an. Sie hielt seinem Blick stand, sagte aber nichts. Er nahm auch noch ihren Laptop, die Notizblöcke und die Schachtel mit den Kohlestiften und brachte sie ins Haus. Er brauchte zwanzig Minuten, um das Auto neu zu packen. Dabei kämpfte er mit alldem, das er hinter sich lassen wollte.

Die Straße war wie ein Tunnel in der Dunkelheit der ländlichen Umgebung. Eukalyptusbäume säumten beide Seiten der unbefestigten Straße und berührten sich in etlichen Metern Höhe über ihr. Wenn die Bäume sich öffneten, dann nur an Kreuzungen mit anderen schmalen Tunneln. Er hielt das Gesicht auf die Scheibe gerichtet, die Schulter von ihr abgewandt. Erfolglos hatte er versucht, sich ein wenig auszuruhen. Aber jedes Mal, wenn er die Augen schloss, dachte er daran, was er geplant hatte ihr zu sagen, und fragte sich, wie sie darauf reagieren würde. Wann sie wohl eine Familie gründen könnte? Er kam sich vor wie ein Netz voller Vögel und war noch dazu verdammt sauer.

Obwohl sie vorsichtig mit fünfundneunzig Stundenkilometern fuhr, konnte er rotbraunen Staub wie eine Rauchfahne hinter seinem Wagen aufsteigen sehen. Red Hill sollte eigentlich nur siebzig Autominuten von Melbourne entfernt sein, aber sie waren jetzt schon neunzig unterwegs. Sie hatten nicht miteinander gesprochen, abgesehen vom Geplänkel über die Route. Er war dafür zuständig, obwohl sie beide ziemlich schnell erkannt hatten, dass sie im Kartenlesen besser war. Gemäß seiner letzten Anweisung hatten sie diese Abkürzung über eine unbefestigte Straße genommen und fuhren auf dieser gerade wieder zurück.

Sein Handy klingelte und war in der Stille ziemlich laut. Er riss es an sein Ohr. »Was?«

Elle drehte sich ruckartig zu ihm.

»Nein.« Er legte auf und warf das Telefon in den Fußraum. Als er ihre Betroffenheit bemerkte, bereute er seine Schroffheit.

»Nicht schon wieder die Arbeit, oder?«

»Nein«, sagte er. »Natasha.«

»Was will sie?«

»Das Übliche: Geld. Und sie ist zugedröhnt.«

Er konnte ihr Erstaunen sehen und die Fragen, die sie sich stellte. Ihr Wunsch, seine Exfrau und Stieftochter kennenzulernen, war eine Qual, aber heute Abend würde sie das Thema nicht anschneiden. Die beiden waren so unterschiedlich wie Öl und Wasser, aber das brauchte keine von ihnen zu wissen. Er rieb sich die Stirn.

»Alles in Ordnung mit dir?«

»Ich habe Kopfschmerzen.«

»Schon wieder?«

»Ja.«

Dann herrschte wieder dieses unangenehme Schweigen. Vor ihnen stand neben mehreren von Bäumen umgebenen Koppeln ein Hotel mit Blechdach. Elle verlangsamte das Tempo und wartete auf seine Ansage, bis sie vor dem gekiesten Parkplatz zum Stehen kamen. In dem Moment quollen Männer wie große Ameisen aus einem Nest aus dem Pub und auf den Parkplatz. Pick-ups wurden mit viel Gas angelassen, Scheinwerfer aufgeblendet. Dave starrte planlos in die Straßenkarte auf seinem iPhone. Neben ihm kontrollierte Elle im Rückspiegel, ob jemand von hinten kam. Als der Pick-up, der ihnen am nächsten war, hupte, schrak Dave zusammen. Als er hinaussah, stellte er fest, dass sein Mercedes die Ausfahrt des Parkplatzes blockierte. Er sah auch, wie der Fahrer des ersten Wagens wütend seine große Faust schüttelte.

»Immer mit der Ruhe, Kumpel«, sagte David.

Da schleuderte der Fahrer mit dunkelrosa Gesicht eine Bierdose auf Daves babyblaues Coupé.

»Fahr«, sagte Dave und rutschte auf seinem Sitz tiefer. »Rechts.«

Verwirrt gab Elle Gas und bog ab.

Ungehindert schleuderten die Pick-ups vom Parkplatz auf die Straße und folgten ihnen allesamt. Die Dunkelheit hinter dem Heck des Mercedes war jetzt von zahlreichen Lichtern durchbrochen. Außerdem hupten sie dauernd. Dave wurde der Hals eng, und er kickte die Ugg Boots von seinen Füßen. Bald fuhren sie wieder mit fünfundneunzig dahin.

»Ist schon gut«, sagte sie. »Das sind nur Jungs.« Sie starrte in den Eukalyptustunnel vor ihnen.

»Es ist nicht gut«, giftete er zurück. »Wir sind hier mitten im verdammten Nirgendwo.«

Sie lachte. Aus Nervosität, vermutete er, war aber trotzdem wütend darüber. Sie runzelte die Stirn und schaute in den Spiegel. In jedem der Autos saßen zwei oder drei Männer. Sie waren so nah, dass Dave sogar ihre Biermarke erkennen konnte: XXXX. Trotzdem behielt sie ärgerlicherweise das vorgeschriebene Tempo bei. Plötzlich scherte einer der Wagen neben ihnen aus.

»*Fuck!*«, sagte Dave. Tief in seinem Sitz bemühte er sich, den Hohn zu ignorieren. Anscheinend waren diese Rowdys angepisst, als sie eine Frau am Steuer sahen. »Fahr schon«, herrschte er Elle an. »Los!« Dave spürte, wie der Mercedes-Oldtimer auf der schmalen Straße schlingerte. Vor ihnen ragte schon der nächste Hügel auf. »Elle!«

Elle warf einen Blick auf den Tacho, dann schaute sie in den

Rückspiegel auf die vier Wagen hinter ihnen. Endlich bewegte sich die Tachonadel. *Gott sei Dank*. Der Wagen beschleunigte. Der Pick-up quälte sich sichtlich, als die Straße anstieg, und scherte schließlich wieder in ihre Spur ein.

Dave spürte seinen Puls im Kopf hämmern. Er schaute abwechselnd in den Seitenspiegel und auf den Tacho. Ein Pick-up war immer noch direkt hinter ihnen, und die Insassen ahmten Elles korrekte aufrechte Haltung mit beiden Händen am Steuer nach. Aber sie verringerte ihr Tempo nicht. Und sein alter Wagen schaffte es. Bald hatten sie mit hundertvierzig Stundenkilometern die Hügelkuppe erreicht. Die Dunkelheit vor ihnen wurde von den Scheinwerfern eines näherkommenden Sedans geteilt. Dieser harmlose Sedan brach irgendwie den Bann. Dave beobachtete, wie der Abstand zwischen dem Konvoi und ihrem Mercedes immer größer wurde. Elle gab weiterhin Vollgas, auch wenn die Pick-ups einer nach dem anderen abbogen.

»Vollidioten«, murmelte er.

Er richtete sich auf dem quietschenden Ledersitz auf und zog seine Jeans zurecht. Ein letztes Mal blickte er in den Außenspiegel. Die Straße hinter ihnen lag in beruhigender Dunkelheit. Seine Kopfschmerzen ließen nach. Elle drosselte das Tempo, und Dave spürte, wie er rot wurde. Möglicherweise hatte er überreagiert. Er spürte ihren Blick auf sich. »Nein«, sagte sie, »das war echt schrecklich. Tut mir leid, dass ich gelacht habe.«

Da sah er sie, vielleicht zum ersten Mal an diesem Abend, genau an. Sie hatte sich die Mühe gemacht, seine Art, die vielen so fremd war, zu verstehen und zu akzeptieren. Er spürte es und sie auch. Zum ersten Mal seit Tagen war ihm danach, sie zu küssen. Er lehnte sich über die Lücke zwischen ihren Sitzen, aber sein Gurt hielt ihn zurück, sodass ihre Lippen sich nicht berührten. Sie drehte sich abrupt weg, als die Straße in eine weitere T-Kreuzung neben einer Koppel mündete. Ihr Cottage musste in der Nähe sein. Die Eukalyptusbäume standen in rechtwinkeligen Reihen. Elle schaute auf die Wegbeschreibung, die sie auf einen Briefumschlag gekritzelt hatte.

Es stellte sich heraus, dass ihr Wochenendhaus sich nur vierhundert Meter südlich von hier befand. Elle blieb vor einem Drahtgitter-Tor stehen, stieg aus und kletterte vorsichtig darüber, als sie feststellte, dass es mit einem Vorhängeschloss abgeschlossen war. Im Sicherungskasten fand sie, wie angekündigt, einen Schlüsselbund. Dave taxierte das Haus vom Wagen aus. Ein rechteckiger Bau aus den Sechzigerjahren mit Klinkerfassade und dem Charme einer Adilette. Es erinnerte ihn an das Haus seiner Eltern im Vorort Moorabbin. Dabei befanden sie sich auf einem Weingut, vier Kilometer außerhalb von Red Hill. Auf den ersten Blick wusste Dave, dass das hier ein Fehler gewesen war. Ihre Abneigung gegen Luxus überraschte ihn. Sie hatte zwar einen Blick für Schönheit, aber kein Interesse daran, sie zu erwerben. Er musste sich zwingen, überhaupt aus dem Wagen zu steigen.

Nach den monströsen Vorhängen zu schließen, erstreckten sich große Fenster an der Längsseite des offenen Wohn-/Ess-Bereichs. Er spähte hinter den orange-braunen Stoff, konnte aber rein gar nichts sehen: nur eine Weide und Schmeißfliegen auf der Fensterbank. Die Küche und das Wohnzimmer schienen in den Achtzigern renoviert und danach vergessen worden zu sein. Die Bank mit beigefarbenem Laminat war zerkratzt, die Hocker an der Theke sahen aus wie antikes Ikea. Alles wirkte vertraut, aber überhaupt nicht so, wie er es sich erhofft hatte.

Mit zitternden Fingern stellte er seine Reisetasche und einen Karton auf den schwarz-weißen Küchenboden, der Fliesen imitieren sollte. Er streifte durch die großen Räume mit ihren hohen Decken und versuchte, sich zurechtzufinden. »Nicht genug Luft hier drin«, murmelte er, »unangenehme Lage.« Während sie Bettwäsche, Wein und Toilettenartikel auspackte, verriegelte er alle Türen: die doppelten Schiebetüren aus Glas, Fliegengitter-, Holzfaser- und Sicherheitstür. Sobald das Auto leer war, richtete sie Teller mit Antipasti her, die sie schweigend aßen. Danach machte sie das Doppelbett, und er fühlte sich noch schlechter. Er versuchte, das zurückgeschlagene Laken zu ignorieren, und beschäftigte sich erneut mit den Doppelschlössern, Vorlegeketten und Riegeln. Als das Bett längst fertig war, machte er sich immer noch daran zu schaffen. Er hörte sie einmal nach ihm rufen. Nicht sehr eindringlich, sondern eher so, wie normale Paare eben miteinander kommunizierten. Er hörte sie noch einmal rufen. Als er antwortete, klang seine Stimme kläglich: »Ich lese noch auf der Couch.«

»Oh, okay. Ich gehe jetzt schlafen.«

Dave ließ sich auf die braune Samtcouch fallen. In einem hässlichen Haus inmitten einer Koppel verließ ihn der Mut. Ihm wurde klar, dass sich nichts geändert hatte.

Gegen sechs wurde er auf dem Sofa wach. Orientierungslos und frierend. Er stützte sich auf einen Ellbogen, als irgendwo in der Nähe etwas muhte. Er kratzte sich am Kopf. Was für ein Höllentrip. Aber es hätte wohl noch schlimmer kommen können. Wenn man sie zum Anhalten gezwungen hätte. Er rieb sich übers Gesicht, um diesen Gedanken zu vertreiben, aber zu spät. Er sah sich am Straßenrand, wie er blind auf diese Rowdys eindrosch.

Er wartete bis sieben, bevor er auf Zehenspitzen das Schlafzimmer betrat. In den Händen hielt er eine Glasschüssel mit rohen Eiern. Im Türrahmen blieb er stehen. »Auf mit dir, Schlafmütze.«

Sie lag bäuchlings quer auf dem Bett. Ihre Haare standen zu Berge, der rechte Arm war auf seine Seite der Matratze ausgestreckt.

»Ist schon alles fertig«, beeilte er sich zu sagen. »Hopp, hopp.«

Elle drehte sich um und gähnte mit geschlossenen Augen. »Wo warst du denn?«

Obwohl er wusste, dass sie die Nacht meinte, sagte er: »Beim Kochen.« Seit sechs hatte er gehofft, sie würde ihn suchen kommen. So hätte er verlorenen Boden gutmachen können. Als sie das anscheinend nicht tat, hatte er trotz Kopfschmerzen beschlossen, sich an die Arbeit zu machen. Eine halbe Stunde lang hatte er in der Küche geschnippelt und sich danach besser gefühlt. Die fette Klinge des Messers hatte sich geschmeidig führen lassen. Er schnitt mit der breitesten Stelle, so wie sie es ihn gelehrt hatte. So hatte er die Pilze zu Halbkreisen geschnitten, die Frühlingszwiebeln in Ringe und die Kirschtomaten zu niedlichen kleinen Kappen. Ermutigt hatte er alles betrachtet, bis schließlich die letzte Zutat für sein Omelett an der Reihe war.

Er wusste, wie sehr sie das seltene Ausschlafen genoss und was sie von rohen Eiern hielt. Sie fand das zäh-klebrige, durchsichtige Eiweiß widerlich. Als sie sich tiefer einkuschelte, wusste er, dass er etwas tun musste.

»Oh nein! Das machst du nicht«, sagte er.

Er kam mit großen Schritten auf sie zu. Sein Penis hüpfte im Rhythmus seines Gelächters. Die Schüssel mit den Eiern streckte er vor sich aus.

»Die hier warten darauf, dass du sie verquirlst, mein Schatz. Also steh auf.«

Lächelnd schlug sie die Augen auf. »Tu das weg. Du verschüttest sonst noch was.« Er empfand den Klang ihrer Stimme als Erleichterung.

Dann sprang er aufs Bett und stellte sich über sie. Von einem Bein aufs andere schwankend, ließ er die Eier rotieren. Unter der Decke hervor beobachtete sie angewidert, wie ein Dotter platzte.

»Geh da runter«, sagte sie.

Mit einer Hand die Schüssel hochhaltend, versuchte er, sie mit der anderen zu kitzeln. Sie kroch unter der Decke und zwischen seinen Beinen hervor und rannte im T-Shirt ins Wohnzimmer. Er jagte ihr mit den Eiern nach.

»Das ist doch nichts, wovor man sich fürchten muss«, rief er. »Es sind bloß sechs. Mit einer Feder und zwei Klümpchen Blut.«

Grinsend versteckte sie sich hinter dem uralten Fernseher. Der drehte sich auf seinem Fuß, als er auf sie zukam, und sie bewegte sich mit. Er machte einen Satz, die Eier schwappten und verquirlten sich quasi von selbst. Er kicherte kindisch. Sie stieß den Fernseher fest an und rannte über den Schieferboden. Er versperrte ihr mit einem Sprung den Weg. Jetzt standen sie sich von Angesicht zu Angesicht gegenüber, wobei er die Schüssel über sie hielt. In ihren Augen war ein teuflisches Glitzern zu sehen.

Sie schlang die Arme um seine Taille. »Zwing mich nicht dazu«, sagte sie.

Draußen vor dem Haus weideten schwarz-weiße Kühe. Die Sonne strahlte. Elles Hand wanderte zu seinem Schritt und drückte zu. Er lachte, versuchte sich loszumachen, hing aber zwischen ihren Fingern fest. Er hatte fürs Frühstück eine kleine Ansprache vorbereitet, aber das hier musste der richtige Augenblick sein.

»Vorsicht«, sagte er, »das brauchen wir noch.«

Der Blick, mit dem sie ihn bedachte, war verlegen. »Ach ja?«

In seiner Brust explodierte ein Knallfrosch. »Aber sicher.«

Sie sah ihm in die Augen, und er bemühte sich um einen ernsten Ausdruck.

»Wie meinst du das?«, sagte sie und ließ ihn los.

»Tja, findest du nicht, wir sollten anfangen, es zu probieren? Ich will ein neues Haus kaufen. Eins ohne Türmchen. In Albert Park oder Hampton. Und es dann mit Hunden und Kindern füllen.«

Er lachte erleichtert. Endlich war es ausgesprochen.

Ihre Miene war ausdruckslos. »Jetzt sofort?«

In seiner Brust war noch eine Spur Helligkeit, dann wurde es stockdunkel. »Klar. Ich werde nächstes Jahr vierundvierzig.«

Elle umarmte sich selbst. »Ist es nicht noch ein bisschen früh am Tag, um über Nachwuchs zu sprechen?«

»Nein.« Seine Stimme klang jetzt hart, vielleicht zu hart. Sie blickte um sich, als sei sie gerade erst aufgewacht. Er versuchte es erneut. »Du möchtest doch auch Kinder, Ginger, oder?«

Langsam ließ er die Eier in der Schüssel kreisen. Sie betrachtete den orangefarbenen Strudel. Einen Augenblick später griff sie nach der Schüssel und stellte sie auf den Fernseher. Dann schaute sie zu den Kühen, als suche sie moralische Unterstützung.

»Tja, schon. Aber ich finde das verwirrend. Die Hälfte der Zeit fühlt es sich an, als wolltest du mich gar nicht um dich haben. So wie gestern Abend.«

»Ach. Manchmal bin ich eben … launisch«, sagte er. »Nimm das nicht so persönlich.«

»Es ist schwer, das nicht zu tun«, sagte sie. »Aber ich glaube, du bist depressiv. Und das Mindeste wäre, dass du mal mit jemand redest und es nicht an mir auslässt.«

Da haben wir's, dachte er. Sie hielt ihn für unglücklich. Allerdings näherte sie sich dem Thema, indem sie seine Probleme pathologisierte. Vielleicht hatte sie sogar recht. Aber er bevorzugte seine Lösung.

»Kinder zu haben, das würde mich sehr glücklich machen.«

Elle fuhr sich durch ihre ungekämmten Haare. Während er ihr zusah, fragte er sich, wie weit sie in diesem Spiel vorausschauen konnte.

»Vielleicht ist es dir bis jetzt entgangen, aber ich bin dabei, einen Spielfilm zu drehen. In meinem Kopf ist daher im Moment kein Platz für Kinder.«

»Tja, so sollte es aber sein! Mein Gott, ihr seid derart egoistisch! Alle so verdammt mit sich selbst beschäftigt!«

Sie lachte ihr überlegenes Lachen. »Was soll das denn bitteschön heißen?«

Er war sich sicher, dass haufenweise Schauspieler, Maler und Autoren ihre Familien im Stich gelassen hatten. Nur fiel ihm gerade kein Name ein. Chaplin? Picasso? Aber das waren eben keine Frauen. Aber das spielte sowieso keine Rolle. Er war sich langsam ziemlich sicher, dass Künstlerinnen lausige Mütter abgaben.

»Vergiss es.« Er starrte auf die mittlerweile leere Wiese. »Ich verstehe nicht, wie du einem Film Vorrang vor einer Familie einräumen kannst.«

Elle reckte ihre Schultern und schien jetzt hellwach zu sein. »Lass meinen Film aus dem Spiel!«, sagte sie. »Wir sind noch nicht mal ein Jahr zusammen! Drei Jahre wären wohl am besten – drei glückliche, *stabile* Jahre.«

»Das ist doch lächerlich! Du bist fünfunddreißig!« Er schnappte sich die Schüssel vom Fernseher und stapfte in die Küche.

»Hier geht's weder um meine Fruchtbarkeit noch um meinen Film!«, rief sie ihm mit brechender Stimme nach. »Hier geht's um dich. Du musst irgendwas tun! Red mit jemand. Zeichne ein Bild! Mal was! Mach irgendwas anderes, als du jetzt tust!«

»Hör mal, ich bin nicht wie du!«, sagte er. »Ich habe nicht so viel Glück!«

»Nein«, erwiderte sie schnippisch. »Du bist ein Feigling!«

Er drehte sich mit wutverzerrtem Gesicht um. »*Fuck you!*«, brüllte er. »Fuck you!« Dann schleuderte er die Schüssel nach ihr. Sie flog durchs Wohnzimmer, und zu seinem Erstaunen wich sie ihr aus. Dann zersprang sie auf dem Schieferboden in hundert klebrige Stücke. Als sie ihn ansah, war ihre Haut fleckig und rot. Furcht und Missbilligung sprachen aus ihren großen Augen.

»Du glaubst wohl, du weißt auf alles eine verdammte Antwort«, zischte er.

Er packte seine Kleider von der Couch, zog sich wütend die Turnschuhe an und floh.

Kapitel 15

Da ist ein leuchtend roter Handabdruck an der weißen Wand der Waschküche. Groß und mit langen Fingern. Der Abdruck ist in der Nähe des Türrahmens und auf mittlerer Höhe; der Daumen zeigt nach oben. Wie konnte sie den übersehen? Sie bemerkt auch eine verschmierte Spur auf den dunklen Bodenfliesen. Und eine Blutlache, die unter dem grünen Handtuch hervorschaut. Dieses Blut ist nicht hellrot wie der Handabdruck. Es sieht in der Dunkelheit schwarz und ölig aus. Die Lache ist glatt und unbewegt. Es beunruhigt sie. Er war vorher schon zweimal gewalttätig. Das hatte sie zwar schockiert, war aber mit dem hier gar nicht zu vergleichen gewesen.

Was war nur passiert, bevor sie das Bewusstsein verlor? Was hatte er getan? Das quält sie, diese fehlende Information. Sie kommt ihr zunehmend wichtig vor.

* * *

Das Bad in dem Cottage in Red Hill war in Beige und Grün gehalten. Seit den Sechzigerjahren unverändert und irgendwie vertraut. Unter anderen Umständen hätte Elle sich über die großen apfelgrünen Fliesen und den Spiegel mit dem einen Strahler gefreut. Da sie nun allein war, versuchte sie, sich intensiv damit zu befassen und daraus irgendwie Trost zu gewinnen. Unter dem großen Duschkopf senkte sie den Kopf und ließ das Wasser auf ihre Haare prasseln. Doch in ihrem Kopf war nur Platz dafür, was sie getan hatte: Zeit vergeudet und, was noch schlimmer war, so kurz vor Drehbeginn ihren Seelenfrieden riskiert. Sie war sich nicht sicher, was sie mehr entsetzte: die dämliche Entscheidung wegzufahren oder alles, was sie seit dem Vorabend über David erfahren hatte. Seine Verletzlichkeit und Paranoia, seine Kopfschmerzen und Missstimmungen. Dass er unglücklich war, hatte sie schon gewusst, aber ihr war das Ausmaß dieses Zustands nicht bewusst gewesen. Und auch nicht, wie sehr er sie verletzen konnte. Sie sah die auf sie zufliegende Schüssel vor sich. Er hatte damit auf sie gezielt. Sie schauderte.

Sie kannte die Ursachen seines Unglücklichseins oder meinte zumindest, sie zu kennen. Sie lagen im Chaos seiner Kindheit. Die ein eigenartiges Echo ihrer eigenen zu sein schien. Und natürlich lagen sie in seiner lukrativen, aber hohlen Karriere. Sie wusste also, dass sein Verhalten nichts Persönliches war, dass es da nicht um sie ging, aber furchterregend war es trotzdem. Seine Reaktionen waren derart fremd und gewaltig. Sie stellte das Wasser etwas kühler ein und überlegte weiter. Innerhalb einer einzigen Unterhaltung hatte sie sich erst geschmeichelt, dann abgestoßen und schließlich verängstigt gefühlt. Ja, er war bei Weitem zerbrechlicher, als sie gedacht hatte. Und bei Weitem sprunghafter. Sie schloss die Augen und hielt das Gesicht unter den Wasserstrahl. Sie wollte nach Hause. Sie musste zu Hause sein.

Als sie drei Minuten später das Wasser gerade abstellen wollte, öffnete sich die wackelige Tür der Dusche, und David schlüpfte herein. Sie sah und spürte ihn gleichzeitig. Er war feucht verschwitzt, als wäre er gelaufen. Da sie den Kopf gesenkt hielt, konnte er ihr Gesicht nicht sehen, und darüber war sie froh. Sonst hätte er die Verwirrung in ihrem Blick bemerkt. Wachsamkeit. Aber dass sie die Schultern sinken ließ, interpretierte er richtig als Zustimmung. Wortlos trat er hinter sie, als warte er darauf, dass sie handelte. Während dieses kurzen Innehaltens wurde ihr klar, was sie sich am meisten wünschte: die gute Version von ihm. Sie wollte die Scherben ihrer Beziehung wieder zusammengesetzt haben, um noch einmal neu anzufangen. Retten, was zu retten war. Langsam bewegte sie sich auf ihn zu. Er flüsterte ihren Namen und legte die Hände auf ihre Brüste. Als er sich sanft an sie drückte, gab sie ein Murmeln von sich, und das war das Signal. Er drehte ihr Gesicht zu sich und suchte ihren Mund. Er hatte die Augen geschlossen, wofür sie dankbar war. Seine Lippen bewegen sich zärtlich, knabberten an ihren und neckten sie. Seine Hände hatten es eilig und erregten sie. Kurz war sie noch hin- und hergerissen, wich ein wenig zurück. Doch er bemühte sich zu sehr und machte es zu gut, sodass sie nachgab. Diese Verbindung, wenn auch fragil, hielt immerhin noch.

Es dauerte nicht lang, da drang er in sie ein. Tief und von hinten. Als er sich bewegte, lehnte sie die Ellbogen gegen das Milchglas der Duschkabine und entspannte sich bewusst. Sie hatte ihn schon die ganze Woche über gewollt, wenn auch natürlich nicht so. in seinen Armen und dem heißen Dampf versuchte sie, sich zu konzentrieren. Auf sie beide, auf das Hier und Jetzt. So konnten sie die Stimmung vielleicht herumreißen, sodass sie irgendwie durchkamen. Oder sie gewann dadurch wenigstens Zeit zum Nachdenken. Doch bei seinem nächsten Stoß ballte sie die Fäuste und bildete mit den Lippen das Wort *Stopp*. Vielleicht hatte er sie wegen der rauschenden

Dusche nicht gehört, denn er machte weiter und drang tiefer ein, auf ihre Lieblingsstelle zu. Sie beschloss, ihn gewähren zu lassen, denn sie wusste, bald würden sie im selben Rhythmus atmen. Aber er stieß noch tiefer in sie hinein, und sie schnappte nach Luft. Sie spürte, wie er zögerte, aber er zog sich nicht zurück.

»Es fühlt sich eigenartig an.« Sie sprach gegen das trübe Glas. Als er nicht antwortete, fügte sie mit bebender Stimme hinzu: »Aber gut, mach weiter. Vorsichtig.«

Er nahm seine Bewegung zurückhaltender wieder auf. Sie schloss die Augen und bewegte sich mit. Jedem von ihnen schien jetzt bewusst zu sein, wie labil selbst diese Verbindung war. Er schob sich tiefer, und sie verspürte einen stechenden Schmerz. Ihre Muskeln spannten sich an, und ihr ganzer Körper streckte sich. Er zog sich rasch zurück. Mit den Händen auf dem Bauch trat sie zurück unter den Wasserstrahl. Von der Wärmequelle verdrängt, beobachtete er sie, während seine Erektion schrumpfte wie eine erschrockene Schnecke.

»Was ist los?«

Sie zuckte mit den Schultern und suchte nach Worten. Von Anfang an hatte sie vermutet, dass er mehr über ihren Körper wusste als sie selbst, aber jetzt tappten sie beide im Dunkeln. Als sie den Blick zu ihm hob, sah sie Verwirrung und noch etwas anderes: eine neue Emotion, die sie nicht verstand. War es Scham? Sie fand keine Worte. Je länger sie sich darum bemühte, desto eindringlicher wurde die Frage, was sie da eigentlich tat. Sie dachte an ihren morgendlichen Zusammenstoß. Ihren Körper. Und seinen bedrohlichen Versuch, ihn für sich zu reklamieren.

Zitternd stellte sie das Wasser aus.

Als mit dem Wasserstrahl auch das Rauschen endete, verschränkte sie die Arme vor der Brust und knabberte an ihrer Oberlippe. Je länger sie schwieg, desto beharrlicher wurde sein Blick. Ihr wurde klar, dass sie auf eine Entschuldigung wartete. Oder zumindest auf das Eingeständnis seines Fehlverhaltens.

Mit einem tiefen Seufzer stieg sie aus der Duschkabine und griff nach ihrem Handtuch. Wie bei einem durchnässten Kind legte sie es um ihre eigenen Schultern. Es fühlte sich an, als befänden sie sich in einem fremden Raum, an einem völlig anderen Ort als noch zwei Minuten zuvor. David stieg tropfend auf die Badematte. Er machte keine Anstalten, sich zu verhüllen, und sie gab ihm auch kein Handtuch. Sein Penis hing jetzt wie ein unschuldiger Zuschauer zwischen ihnen, und sie ignorierte ihn. Zu ihrem Erstaunen machte er eine Geste in die Luft, als hätte er irgendetwas versucht, und ging hinaus.

Die Landschaft um Red Hill war samtig grün. Dave betrachtete sie von einem durchgesessenen Liegestuhl aus. Tannen markierten die Grenzen zwischen den Anwesen, und in der Ferne glitzerte das Meer. Die Aussicht war sensationell, das musste er zugeben. Er seufzte. Große Stücke dieses Teils der Halbinsel Mornington waren im Besitz von Anwaltskollegen und anderen: Chirurgen und Besitzern von Einzelhandelsketten, Bauunternehmern und Promis – altes und neues Geld. Die kamen an den Wochenenden alle her, um auf ihren Pferden zu reiten oder mit den Kindern surfen zu gehen. Warum um alles in der Welt hatte er diesen Fleck ausgesucht? Um seine Defizite zu unterstreichen? Um seine Träume lächerlich zu machen?

Er vermutete, dass es an der Zeit war, diesen Punkt abzuschreiben.

Seine liebste Elends-Biografie, *Überleben*, die Geschichte einer in den Anden abgestürzten Rugby-Mannschaft, die sich nur durch Kannibalismus zu helfen weiß, lag aufgeschlagen in seinem Schoß. Er versuchte, darin etwas über die Geheimnisse des Überlebens zu lesen. Aber er vermutete, dass Elle schluchzend irgendwo in diesem braunen Klinkerkasten hockte.

Als seine Mutter anrief, war er ehrlich erfreut, ihre Stimme zu hören. Ungefähr drei Minuten lang. Sie erzählte ihm alles über Clarendon House (das teure Altersheim, das er in Brighton Beach gefunden hatte) und über ihre Spitzenplätze im Fußballtoto. Sie erinnerte ihn auch an den Geburtstag seines Vaters, der eben erst gewesen war. Dave sagte nicht viel, und sie stellte keine Fragen. Als sie nach zwanzig Minuten auflegte, fühlte er sich einsamer denn je.

Dann kletterte Elle von einer nahen Tanne. In der Hand hatte sie einen Zeichenblock, dazu Tannennadeln in den Haaren und Rindenstückchen an ihrer Jeans. Sie hatte also die ganze Zeit über zeichnend auf einem Ast gehockt. Du meine Güte, was für eine Frau war sie bloß?

Sie kam mit gesenktem Blick näher. »Ich muss zurück«, sagte sie. »Jetzt. Der Wagen ist schon gepackt.«

Er ließ den Blick noch mal über ihr trostloses Anwesen schweifen. Er hätte sich denken können, dass sie flüchten wollte.

»Ich habe Hunger«, sagte er. »Lass uns vorher noch in der Stadt was essen.«

Sie machte den Mund auf, schloss ihn aber gleich wieder.

Auf der Fahrt sprachen sie nicht über die zerschlagene Schüssel, über die Scherben, die sie weggeputzt hatte, oder den Abbruch der gemeinsamen Dusche. Er navigierte trotz der zwei falschen Abbiegungen wieder. Als sie das Zentrum von Red Hill erreichten, sagte sie: »Wir haben unsere Massagen verpasst.«

»Kein großer Verlust.«

Sie seufzte laut und melodramatisch.

Während sie nach einem Parkplatz Ausschau hielt, drehte er ihr praktisch den Rücken zu und ließ ihren Morgen Revue passieren. Die Sache mit der Schüssel war zwar ein Fehler gewesen, aber ansonsten hatte er nichts falsch gemacht. Während sie an Familien vorbeifuhren, die plaudernd flanierten, spürte er seinen Zorn wieder aufflammen. Was war denn so schlecht an dem, was der wollte? Ohne Kinder gäbe es keine Zukunft für sie. Was sollte das Ganze sonst? Eigene Kinder zu haben, das war seine wahrscheinlichste Chance, um glücklich zu werden. Vorausgesetzt, er verdarb sie nicht. Aber dass er seinen Wunsch vorgebracht hatte, konnte man ihm schließlich nicht vorwerfen.

Sein glühendes Schweigen schien ihr Bedürfnis, reinen Tisch zu machen oder sich zu verteidigen, zum Schmelzen gebracht zu haben. Als sie endlich einen Parkplatz gefunden hatte, sah sie ihn an, als hinge über seinem Kopf ein Thermometer. Er saß reglos wie ein Fels.

»Jetzt bin ich auch total ausgehungert«, sagte sie.

Er grunzte nur. Da würde sie sich schon mehr anstrengen müssen.

Auf dem Weg zu einem Café verschwand er heimlich in einem Krimskramsladen und duckte sich hinter einer Schaufensterpuppe. Er sah, wie sie sich auf dem Gehsteig umdrehte und feststellte, dass er weg war. In ihrem Gesicht spiegelte sich Sorge und Verletzlichkeit. Auch ein Anflug von Verärgerung, und das war neu. Er lächelte. Einen Augenblick später kam er hinter der Puppe hervor, ohne sie zu beachten. Er freute sich über ihre sichtliche Erleichterung, die sie allerdings zu verbergen suchte. Sie schaute auf ihre Armbanduhr. In dem muffigen Laden schob er sich zwischen alten Karten und Teetassen hindurch, wie ein Kind, das Verstecken spielt. Er verbarg sich in einem Raum, der nur so groß war wie ein Schrank, und wartete, bis sie daran vorbeigegangen war. Er trödelte zwischen silbernen Kerzen, Perlmuttvasen und irgendwelchen alten Orden herum. Die ganze Zeit über wartete sie, schien aber zunehmend irritiert. Einen Moment lang war sie von der Art-déco-Figur abgelenkt, die zugleich eine Lampe war. Sie wartete, bis sie es irgendwann nicht mehr aushielt.

»Lass uns fahren. Jetzt«, sagte sie.

Absichtlich musterte er noch einen antiken Zigarettenanzünder eingehend. Und sie rührte sich nicht. Er war erstaunt. Solche Hartnäckigkeit hatte er noch nie erlebt.

Er verließ den Laden, und sie versuchte es noch einmal, indem sie ihm seine Autoschlüssel zuwarf. Als ob sie ihn überraschen, ihn kitzeln und auf diese Weise ins Leben zurückholen könnte. Ein händchenhaltendes Paar mittleren Alters in der Nähe beobachtete ihre Bemühungen. Sie lächelten und sahen die Schlüssel von ihm abprallen und auf den Gehsteig fallen. Sie lächelten immer noch, bis ihnen klar wurde, dass er weder die Schlüssel noch ihre Werferin oder die beiden Beobachter zur Kenntnis nehmen würde.

Er hörte sie nach Luft schnappen, als sie sich nach den Schlüsseln bückte. Unbekümmert spazierte er ins nächste Café. Er hatte sich bereits gesetzt und mehrmals der kessen Kellnerin zugelächelt, als ihm aufging, dass er allein war. Aus dem Augenwinkel sah er sein Auto wegfahren. *Diese falsche Schlampe*, dachte er, *sie hat es wieder getan*.

Sofort fühlte er sich besser, als sei die Temperatur von heiß auf gemäßigt gefallen. Die Empfindung war bittersüß. Und kurz.

Kapitel 16

Elle fuhr so schnell, wie es gerade noch erlaubt war. Dabei stopfte sie sich mit Orangenschokolade voll. Die malerische, von Bäumen gesäumte Strecke kam ihr ohne ihn erstaunlich kurz vor. Anfangs war sie mit schlechtem Gewissen unterwegs, doch als der Mornington Peninsula Freeway mehr Platz bot, verflüchtigte sich dieses Gefühl. Zwanzig Minuten später fädelte sie sich in den Verkehr auf dem EastLink ein und hörte ihr Handy piepen, während Reue sie wie ein fieses Trugbild überfiel. Sie musste verrückt gewesen sein, als sie sich auf eine Übernachtung außer Haus eingelassen hatte. Geradezu fahrlässig. Niemals hätte sie dieses Risiko eingehen sollen. Mira wäre außer sich, sollte sie jemals die Wahrheit erfahren! Tolle Erholung und Entspannung! Elle mampfte noch zwei Stückchen Schokolade. Als sie mehrere Vans mit Familien darin überholte, wurde aus Reue Enttäuschung – es hätte so entspannend und romantisch sein können! Und dann kam die Wut. Wie konnte er es wagen, sie auf diese Weise zu behandeln! Sie war fertig mit ihm.

Bei der Fahrt durch Chadstone zeichnete sie in ihrem Kopf zwei Spalten und nahm eine Kosten-Nutzen-Analyse vor.

Pro	Kontra
– Chemie	– Widersprüchlichkeit
– Tolle Zeiten (v. a. im Zshg. mit Kunst)	– Schreckliche Zeiten: eskalierend?
– Gutes Herz	– Schlecht, was Nähe angeht: Liebt er mich überhaupt?
– Aufrichtigkeit (v. a. i. Bezug auf schlimme Kindheit)	– Depressiv/verstockt; unsicher/wütend
– Möchte Kinder	– Eignet er sich als Vater?
– Bessert sich/will sich ändern	– Nicht genug; braucht definitiv prof. Hilfe
– Ich liebe ihn	– Ich habe einen Film zu drehen

Je näher sie der Stadt kam, desto dichter wurde der Verkehr. Und die Antwort wurde immer klarer, je länger sie ihre Angaben analysierte. Ja, sie liebte ihn. Weil sie ihn intuitiv verstand. Auf eine Art und Weise, wie sie noch nie einen Mann verstanden hatte. Sie verstand ihn jetzt sogar noch besser, nachdem sie gefolgert hatte, dass Verunsicherung wohl der Grund für seinen Zorn war, mit dem er nicht zurechtkam. Aber sie würde es trotzdem nicht schaffen. Ihre Verantwortung, ihr Film stach die gemeinsame Beziehung aus. Sie hatte für so etwas keine Zeit. Er war einfach zu kaputt. Sie konnte es sich nicht erlauben, ihn zu tragen oder sich mit seiner Launenhaftigkeit zu arrangieren. Sie wusste auch gar nicht wie und hatte keine Lust, es zu lernen.

Als sie in den Burnley Tunnel hineinsteuerte, wurde es ihr mit einem Mal klar. Der Fehler in ihrer Tabelle mit Pro und Kontra. Während die Straße steil abwärtsführte, musste sie erkennen, was er getan hatte. In ihrem toten Winkel fuhr ein Lkw mit hohem Tempo. Sie fuhr langsamer, um ihn vorbeizulassen. Der Laster donnerte bergab, und ihr wurde klar, dass er *vielleicht* nicht wirklich *vorgehabt* hatte, sie zu verletzen, aber dass sie nicht mit dieser lauernden Gefahr leben wollte. Mit der Aussicht auf Gewalt. Als die Straße wieder gerade wurde, strich sie ihre Tabelle mit einem fetten roten Kreuz durch. Mit angehaltenem Atem fuhr sie noch einige Kilometer unterirdisch. Ein weiterer Sattelschlepper, der genauso aussah wie der von vorhin, überholte sie. Bewusst versuchte sie, nicht an Zusammenstöße von Pkws und Lastwagen zu denken, an Tunnel-Infernos … Ohne Radioempfang blieb ihr nur, vor sich hin zu summen. Nach ein paar Minuten tauchte sie aus dem Tunnel auf, öffnete das Fenster und beschleunigte in Richtung Sonne und Himmel.

Es war schon Nachmittag, als sie sein schönes Auto, vollgestopft mit Büchern, Anzügen und Schuhen, in seiner Einfahrt in Middle Brighton abstellte. Die Schlüssel deponierte sie auf dem rechten Vorderrad, einen Zettel unter der Fußmatte: *Es funktioniert nicht. Ruf nicht an.*

Den Rest des Wochenendes verbrachte sie am Telefon und hatte mit fehlenden Requisiten und panischen Assistenten zu kämpfen, während sie ihre Storyboards und Drehlisten mehrfach durchging. Bei einer schnellen Tasse Kaffee bekam Mira eine gekürzte Fassung ihrer Trennung von David zu hören. »Eine gute Art, faule Eier loszuwerden!«, lautete der pointierte Kommentar ihrer besten Freundin.

Als sie am Montag früh am Set erschien, fühlte Elle sich fast so erschöpft wie am Ende eines Drehs. Dabei war es Tag eins ihres Nachfolge-Films. Ein entscheidender Tag nach zweijähriger Vorbereitung. Dank Miras letztem Schliff war das Drehbuch bereit zur Realisation. Die Stimmung am Set wirkte gehoben, was zweifellos Lucy zu verdanken war. Es wurden noch letzte Abstimmungen am Licht vorgenommen, und jede Menge Leute umschwirrten Elle mit Fragen in letzter Minute. Sie antwortete mit gespielter Gelassenheit. Alles an diesem Shooting hatte sie überdacht, von den Einstellungen bis zu den zitronengelben Handtüchern. Insgesamt würde es randvolle fünfunddreißig Tage dauern. Und alles hing von ihr, ihrer Crew und ihren Schauspielern ab. Von den Entscheidungen, die sie heute traf. Und morgen. Als sie einen Moment allein war, gönnte sie sich einen tiefen, zentrierenden Atemzug.

Die erste Szene, die gedreht werden sollte, war eine Sexszene. Die wollte sie früh im Kasten haben, für den Fall, dass die Chemie zwischen ihren Stars im Laufe der Zeit nachließ. Sie beobachtete die beiden, deren Make-up gerade den letzten Schliff bekam. Jay Morehu, mit seiner Statur eines Rugbyspielers und dem guten Aussehen der Pazifikinselbewohner, scherzte mit der Maskenbildnerin. Eine Sekunde lang empfand Elle echte Dankbarkeit für seine guten Gene. Neben dem Badezimmer musterte Lucy, in zitronengelben Frottee gehüllt, ihren Co-Star, und vielleicht bewunderte sie ihn auch. Die beiden so unterschiedlichen Hauptfiguren sahen ganz und gar richtig aus: wie ein Paar von der Arche, ausgewählt, um den Fortbestand der Spezies zu sichern.

Deshalb war Elle auch anfangs so begeistert gewesen, als sie die beiden während der Proben zusammen erlebt hatte.

Doch als die Tage vergingen, bemerkte sie eine Veränderung. Vielleicht weil Lucys Freddie sich manchmal als Spielverderberin erwies. Die Schauspielerin schien die schrille Figur zu verkörpern, die Elle geschrieben hatte, nicht Miras etwas nuanciertere Version. Freddie stahl dem armen Mike ganz schön die Schau. Bei den Neckereien war Lucy wunderbar, aber bei den Proben musste Elle ihren Star zweimal beiseitenehmen und sie bitten, sich etwas zurückzunehmen. Das gab Lucys Darstellung hinterher richtig Auftrieb, und Jay sprach auch darauf an, aber … Als sie den Blick durch das Lagerhaus in Footscray schweifen ließ, das jetzt Freddies shabby-schickes Zuhause war – komplett mit asiatischer Kunst, Möbeln im Fünfzigerjahre-Stil und welkenden Pflanzen –, da konnte Elle nicht anders, als sich zu fragen, ob ihre Hauptfiguren die erforderliche Hitze hinkriegen würden. Konnten sie erzeugen, was im echten Leben so schwer aufrechtzuerhalten war? Nervosität sprang in ihrem Magen Trampolin. Es nützte auch nichts, dass die erste Szene in einem limettengrünen Bad im Sechzigerjahre-Stil stattfand. Als ihr Blick auf die beschlagene Duschkabine fiel, verzog sie das Gesicht. Ihre Kunst spiegelte im Moment ihr Leben wider und nicht umgekehrt. Das war kein gutes Omen.

Die erste Szene würde eine lange sein. Die Figuren sollten sich eine ganze Weile unterhalten, bevor sie sich im Bad küssten. Während die Crew ihr Equipment optimierte, agierten die Schauspieler in gedrosseltem Tempo, um den Rhythmus zu verinnerlichen und die Bedeutung dieser Sequenz zu begreifen. Alle schienen diese Szene zu lieben, Elle eingeschlossen. Es war eine der wenigen, die Mira komplett geschrieben hatte. Und sie war so hoffnungsvoll. Darin findet sich die idealistische Freddie damit ab, dass Verliebtsein nichts Statisches ist, und entscheidet sich für den treu ergebenen, aber nicht unfehlbaren Mike. Danach betreiben die Figuren im nächsten Schritt das, was Psychologen »affektives Bonding« nennen, und gehen eine *stabile*, fürsorgliche Verbindung ein. Ein erwachsenes Happy End.

Wahrscheinlich war es die anspruchsvollste Szene des Drehs, weil Lucy sich vertraglich »keine Brustwarzen« ausbedungen hatte.

Elle wurde weiter mit Fragen bombardiert und bemühte sich, die am wenigsten falschen Antworten zu geben. »Wie verschwitzt möchtest du sie?« – »Leicht schimmernd, bitte.« Die ganze Zeit über beäugte Lucy den scherzenden Jay. Als sie auf ihre Schauspieler zuging, konnte Elle den Gesichtsausdruck ihrer Hauptdarstellerin nicht deuten. Sie flüsterte Lucy ins Ohr: »Denk dran – hier trifft sie eine Entscheidung.«

Nickend wandte Lucy sich an Jay. Er grinste sie an und reckte einen Daumen hoch. Die Wärme seines Ausdrucks war so intim, dass Lucy rot wurde. Elle fühlte sich ermutigt. Der Funke glühte wieder.

Als sie sich wieder neben der Kamera einfand, waren die Fragen abgeebbt. Sie genoss das organisierte Chaos von zwei Dutzend Menschen in Aktion: die heißen Scheinwerfer, angelehnte Mikrofone, Kabel, die sich wie Adern schlängelten, und die omnipräsente Kamera. Julia Carter, ihre Kamerafrau, war fast fertig für den Two-Shot, die Aufnahme von zwei Figuren. Die kräftig gebaute Frau mit den kastanienbraunen Locken hatte, wie der Rest der größtenteils weiblichen Crew, schon bei *Daisy* mitgearbeitet. Julia boxte Elle freundschaftlich auf den Arm, und Elle spürte wie verzögert die Aufregung erst mit diesem Schlag. Ja, das hier war genau das, was sie konnte und was sie ausmachte. Dabei verflüchtigte Zeit sich, Tage verschwanden, und sie konnte fliegen. Sie holte erneut tief Luft. Alle waren bereit loszulegen.

Im Kopf ging sie den Dialog der Szene erneut durch. Als sie zu Freddies Offenbarung kam, besaßen die Worte plötzlich einen neuen Klang. Sie hörte Davids beharrliche Anträge und ihre eigene mehrfache Ablehnung. Ihre Zurückhaltung und seinen Frust... Sie versuchte, sich der unvermeidlichen Frage zu entziehen. Gescheitert. Waren ihre Schwierigkeiten genauso ihre Schuld wie seine? Schockartig im Leben zurück, holte die Nervosität in ihrem Magen erneut Schwung und flog.

Es ertönte der Ruf, das Set freizumachen. Überzählige Körper verschwanden, und die Atmosphäre lud sich noch weiter auf. Als die Schauspieler ihre Bademäntel fallen ließen und das Badezimmer betraten, war Elles Bewusstsein plötzlich leer. Sie hörte, wie die Regieassistentin um Ruhe bat, um Ton und die Kamera. Die Filmklappe wurde zugeschlagen. Sekunden tickten, Dollars verbrannten... Sie spürte, wie ihr jemand auf die Schulter tippte. Aber sie war fort. Wieder in der Duschkabine mit David hinter ihr, der die Hände über ihre Brüste legte. Ihr Puls tanzte. Hitze kroch ihr den Hals hinauf.

»Elle?« Ihre erste Regieassistentin machte ein besorgtes Gesicht.

Eine stundenlange Sekunde verstrich. Elle schluckte, und ihre Wangen flammten auf. Sie schaffte ein Nicken. Dann brachte sie sich noch dazu, »Action« zu krächzen. Und dann ging es los. Zu ihrer Erleichterung konnte sie den Gedanken an David bis zur Mittagspause von sich fernhalten.

Am Donnerstag spürte sie keinerlei Schmerz. Oder Nervosität. Sie konnte sich nicht erinnern, wie lange sie gedreht hatte. Sie konnte sich auch nicht mehr erinnern, je etwas anderes als diesen Film gemacht zu haben. Die Woche endete damit, dass alle geplanten Szenen fertig waren, und zwar mit minimal vielen Überstunden. Die da oben waren glücklich. Mira war glücklich. Und sie selbst war es auch. Je weiter der Dreh fortschritt, desto besser, fand sie, arbeitete sie mit den Schauspielern zusammen. Lucy übte sich in Zurückhaltung, und Jay war außerordentlich: sinnlich, geerdet, witzig. Elle fühlte sich ermutigt. Es war inzwischen über drei Jahre her, dass sie die Regie zu *Daisy* geführt hatte, aber es gab Momente, in denen sie wieder diese brillante Regisseurin war. Indem sie sich daran erinnerte, bezog sie Kraft aus dieser Version ihrer selbst.

Als sie schließlich am Freitagabend um zwanzig nach zehn in ihrem Bett lag und den Tag Revue passieren ließ, rief er an. Und sie redeten. Zwanzig Minuten später hörte sie ihn ins Haus kommen und auf Zehenspitzen über den Holzfußboden gehen. Sie trennte ihre Gedanken zwischen der Arbeit und ihm. Zwar hatte die Arbeitswoche sie komplett ausgefüllt, aber wenn sie nach Hause kam, spürte sie seine Abwesenheit wie einen reibenden Schmerz. Die Küche und das Bett kamen ihr ohne ihn überflüssig vor. Als er ins Halbdunkel des Schlafzimmers trat, trennte sich auch ein Teil von ihr, wie der Dotter vom Eiweiß. Er trug einen neuen Winteranzug und hatte sich die Haare schneiden lassen. Diese Veränderungen machten ihre Trennung irgendwie greifbar und sie traurig.

»Wie ist Tag fünf gelaufen?«, fragte er.

»Es läuft gut.« Sie konnte ihre eigene Skepsis hören.

»Wie schön für dich«, sagte er leise.

Sie setzte sich auf und suchte in seinem Gesicht nach Anzeichen von Leid. Innerhalb der Woche, die sie jetzt getrennt waren, hatten sich die grauen Stellen an seinen Schläfen wie Unkraut ausgebreitet, und er hatte dunkle Ringe unter den Augen. Irgendwie war sein Gesicht durch den Kummer aber ansprechender. Er sah so attraktiv und harmlos aus, so anders als der Mann, den sie in Red Hill zurückgelassen hatte.

Ohne es zu wollen, dachte sie daran, ihm die Schultern zu massieren. Sie stellte sich seine Haut auf ihrer vor. Sie wollte ihm von ihrer Woche erzählen, alles mit ihm teilen.

»Hier«, sagte er. »Das habe ich entdeckt. Ich glaube nicht, dass du es hast.«

Hinter seinem Rücken holte er ein Buch hervor. Weich und vergilbt. *Himmel und Hölle* von Alice Munro.

Als sie es aus seinem zaghaften Griff nahm, fiel ihr wieder ein, wie sehr er sich getäuscht und dass sie eine Entscheidung getroffen hatte. Traurig legte sie es auf den Boden.

»Nein. Danke.«

Einen Moment später kniete er mit erwartungsvoller Miene neben ihrem Bett. Sie sprach die einzigen unmissverständlichen Gedanken aus, die ihr durch den Kopf gingen.

»Das letzte Wochenende war genau das, was ich nicht gebraucht habe. Aber am schlimmsten war, dass du mir echt Angst gemacht hast.«

Sie sah, dass er ihre Worte wie einen physischen Schlag einsteckte.

»Ich weiß, Elle. Und ich war schon bei einer Therapeutin. Zwei Mal diese Woche. Eine Frau in Albert Park. Sie ist ziemlich klug.«

Schreck und Erleichterung spiegelten sich in ihren Zügen. Sie schlug sich eine Hand vor den Mund.

»Ich will nicht mehr so sein«, sagte er. »Bitte gib mich nicht auf.«

Seine Augen glänzten feucht.

Sie hatte also, während er weiter neben ihr kniete, ihre Beziehung in der Hand – wieder einmal. Diesmal spürte sie ihr Gewicht: fast zwölf Monate, ungefähr zweihundert Nächte und vierhundert Telefonate. Sie war klein, aber schwer. Beschwerlich, aber warm. Eine Beziehung, die quasi noch in den Kinderschuhen steckte. Genährt von gemeinsamen Erlebnissen, guten und schlechten. Sie hatte Extremitäten entwickelt, ihre eigene Sprache gelernt und war gewachsen. Ja, es hatte Fehltritte gegeben, aber da war noch Leben. Und dieses eine Mal war es wundersamerweise ihre eigene.

Während sie in sein schmerzvolles, sanftes Gesicht blickte, spürte sie, wie sie schwankte.

»Mach du deinen Film. Unsere Kinder können noch ein bisschen warten«, sagte er. Danach brauchte es nur noch ein Zittern ihrer Augenbrauen. David hob die Decke an, als wäre sie ein Stück Haut, und kletterte neben ihr ins Bett. Er lag so reglos wie ein Stück Holz, und sie schmiegte sich an ihn.

»Elle«, flüsterte er, »du hast meine schlechteste Seite erlebt, lass mich dir meine beste zeigen.«

Als sie so in der Dunkelheit seinen Atem an ihrem Ohr und seine Hüfte an ihrem Bauch spürte, fiel etwas von ihr ab. Der Teil, der sich getrennt hatte, verschwand. Und damit schrumpfte sie. Instinktiv wusste sie, dass sie diese Entwicklung oder ihre neue Gestalt nicht näher untersuchen durfte. Sonst wäre ihre kleine Chance als Paar dahin gewesen.

An einem Abend der darauffolgenden Woche kam sie gegen elf nach Hause, nachdem sie stundenlang das Material vom Vortag im Schnittraum gesichtet hatte. Sie wollte nur noch schlafen, aber er hatte auf sie gewartet. Er war wieder bei seiner Psychologin Marion gewesen. Jetzt schenkte er ihr ein Glas Rotwein ein, und sie ließ sich auf die Couch fallen. Ganz ruhig erklärte er ihr dann, welche Gefühle ihre Reaktion auf sein Haus damals bei ihm ausgelöst hatte. Kränkung, Trauer und Frustration. Sie schaffte es, ruhig zu bleiben, ihn nicht zu unterbrechen und nicht einzuschlafen. Er führte weiter aus, dass ihr Widerwille, die Beziehung weiter voranzubringen, ihn demoralisiert hatte. Ihn irritiert und nervös gemacht hatte. Zufrieden sah sie ihm zu. Als er fertig war, sagte sie: »Danke, dass du mir das erzählt hast« und »Ich wollte dich nicht verletzen.« Danach hatten sie zum ersten Mal seit sechs Tage wieder Sex.

Eine Woche später reduzierte er sein Arbeitspensum und schrieb sich für einen Zeichenkurs ein. Er kaufte für sie beide ein und schmiss den Haushalt, während sie den rasenden Zug ihres Films lenkte. Ihre gemeinsame Welt fand ins Lot. Als er ihr an einem Samstagmorgen erneut einen Antrag machte, erlaubte sie sich kein Zögern. Ja, er war nicht ohne Fehler und sein Verhalten eine Herausforderung, aber er gehörte ihr. Im Grunde genommen war er ein anständiger, intelligenter Mensch, der ihr Herz berührte. Und sie wollte ihn nah bei sich. Für immer. Sie wusste, dass das keine rationale Entscheidung war.

David wollte, dass sie heirateten, sobald ihre Dreharbeiten abgeschlossen waren. Und so taten sie es an einem taufrischen Morgen im September. Elle empfand es als erstaunlich einfach. Ein paar Formulare, einen Termin und das Standesamt aussuchen. Und schon war es zwanglos erledigt. Einfacher als ein Hauskauf und weitaus einfacher als ein Spielfilmdreh. Schwerer war es gewesen, Mira die Neuigkeit mitzuteilen, aber sie hatte es geschafft – nicht zuletzt deshalb, weil Mira vor Entsetzen sprachlos gewesen war. Es ihrem Bruder zu sagen war auch schwierig, nachdem sie ihn bei einer IT-Firma aufgestöbert hatte. Ihr Telefonat enthielt lange Pausen, aber am Ende willigte Jude ein zu kommen.

Am Hochzeitstag selbst war Mira als Trauzeugin eher gedämpft, aber das spielte keine Rolle. Braut und Bräutigam waren begeistert, und Jesse und Max erwiesen sich mit ihrem Jasmin als herrliche Blumenjungen. Nach der Zeremonie am Standesamt, die Elle organisiert hatte, versammelten sich alle zum Picknick unter Weidenbäumen im Botanischen Garten. Elle trug ein hellblaues, ärmelloses, knielanges Kleid etwa aus dem Jahr 1954, das sie in einem Vintage-Laden in Brunswick entdeckt hatte. Sie schwor, dass sie es, designt von Givenchy, schon mal an Audrey Hepburn gesehen hatte. Im Haar hatte sie eine Menge Jasmin. David hatte seine Locken mit Haarwachs gebändigt und trug ein weißes Smokinghemd, das sie in einem Secondhandladen in Coburg für ihn gefunden hatte. Er überraschte sie mit einem Geschenk: einer Lampe. Eine elegante, schmale Frauengestalt hielt eine Kugel über ihren Kopf. Art déco. Elle war erstaunt und entzückt. Außerdem entzückte es sie, dass die Feier Menschen aus ihrer beider Welten zusammenbrachte: eine Truppe Kollegen von ihm, eine Handvoll Künstler und seine makellos zurechtgemachte Mutter, Lillian Forrester. Der junge Maler und seine Freundin, die wie eine Obdachlose wirkte, waren auch da. Dazu natürlich noch der unnachahmliche Alex Carras als sein Trauzeuge mit charmanter Ehefrau Fi. Von Elles Seite waren ihre gesellige Komponistin Jody Tan und die Schauspielerfreundin Kate Collins anwesend. Außerdem der Großteil ihrer Darsteller und der Crew, darunter der liebenswürdige Jay Morehu, der die Standesbeamtin total gefesselt hatte.

Es gab einige wenige bemerkenswerte Abwesende. Lucy hatte liebenswürdig abgesagt, weil sie in Frankfurt sein musste. Davids alter Patenonkel hatte versehentlich bei zwei Festivitäten zugesagt. Und Elles Mutter war wegen einer Nebenhöhlenentzündung nicht aus Darwin weggekommen – sie war nur in Form einer telefonischen Nachricht präsent. (»Ich bin stolz auf dich, Elle«, besagte diese, »das hätte ich dir nicht zugetraut.«) Die Abwesenheit ihrer Mutter enttäuschte Elle mehr, als sie erwartet hätte, auch wenn dadurch ein kompliziertes Aufeinandertreffen mit Mira praktischerweise verhindert wurde. Anscheinend wurde es wieder wichtiger für sie, eine Mutter zu haben. Und ihren Vater vermisste sie ganz schrecklich. Aber sobald sie mit dem Feiern begonnen hatten, stellte sie erfreut fest, dass ihr jüngerer Bruder sich alle Mühe gab, ihre Familie zu vertreten. In den drei Jahren, die sie keinen Kontakt zueinander gehabt hatten, war eine Veränderung mit Jude vor sich gegangen. Obwohl er immer noch ironisch lächelte und sein Look nach wie vor Secondhand-gammelig war. Das kastanienbraune Haar trug er kürzer, und er wirkte gelassener, untersetzter. »Dad trinkt jetzt kein Bier mehr«, erzählte Max, als Elle ihren älteren Neffen dabei erwischte, wie er unter der Krone einer Weide pieselte. »Und er will mit mir und Jess die Dinosaurier anschauen gehen.«

»Wie gut für ihn«, sagte sie und meinte es auch so.

Da tauchte Jude unter der Weide auf. Als er so im Schatten mit seinen großen weißen Zähnen lächelte, hätte er ihr Vater sein können. Sie sahen einander an.

»Bitte versteh das jetzt nicht falsch«, flüsterte er, »aber als ich dich das letzte Mal gesehen habe, Elle, da warst du so hart wie Asphalt...« Seine blauen Augen wurden feucht. »Und jetzt...« Sie nickte, und die spitze Bemerkung glitt schmerzlos durch sie hindurch. »Glückwunsch«, sagte er.

Sie umarmte ihn, und es war, als sei etwas wiederhergestellt. Als sei sie jetzt Expertin in Sachen Vergebung.

»Du ziehst hier eine erstklassige Show ab, Schwesterchen«, sagte er später, bevor er ging.

Insgesamt fand Elle den Tag bezaubernd. Das Beste daran war, David in Gesellschaft zu sehen: jedem gegenüber unwiderstehlich, zuvorkommend, lebendig. Er stellte sie jedem vor, als sei sie eine seltene Entdeckung, die er ganz allein gemacht hatte, und wich kaum von ihrer Seite. Ihre Freunde mischten sich gut, und alle behielten ihr Erstaunen über den schnellen Entschluss für sich. – Alle bis auf Mira, die, vielleicht weil sie Judes Veränderung auf dem falschen Fuß erwischte, mit ihm und Troy zankte und ihre Kinder angiftete. Die größte Überraschung war allerdings Elles eigene, stumme Tränenflut. Sie begann während der Trauungszeremonie und ließ erst eine Weile nach dem Kuss nach. Sie tupfte die Tränen weg und gab sich – wie auch der Bräutigam – alle Mühe, sie zu ignorieren. Als der offizielle Teil vorüber war, zog er sie an sich, und sie roch seinen Melonenduft. »Süße, du wirst es nicht bereuen«, sagte er, bevor er sie noch mal zärtlich auf den Mund küsste. Und sie glaubte ihm aus ganzem Herzen, während die kleine Festgesellschaft applaudierte.

Als Elle eine Woche nach der Hochzeit wieder auf die Erde zurückschwebte, erlitt sie einen hässlichen Schock. Sie musste feststellen, dass ihr Film im Wesentlichen mangelhaft war. Schon früh hatte ihre Cutterin darauf hingewiesen, dass es ein Problem geben könnte. Doch Elle hatte, einem winzigen nagenden Zweifel zum Trotz, auf ihr Material vertraut. Anfangs hatte sie sich von ihrer ursprünglichen Vorstellung der Freddie nicht völlig verabschieden wollen, aber jetzt erkannte sie, wie mit neuen Augen, die ganze Wahrheit. Lucys Leistung war in der Tat unrund. Manchmal gelang es ihr einfach nicht zu überzeugen, insbesondere bei den zärtlicheren Szenen mit Jay. Das war verblüffend. Verblüffend, dass es hatte passieren können. Verblüffend, dass Elle es nicht schon früher bemerkt hatte, beim Dreh oder beim Betrachten des Rohmaterials. Die anderen, die beim Dreh gewesen waren oder das Material gesehen hatten, und auch Mira schienen weiterhin optimistisch, aber das tröstete sie nicht.

Weil er ihre Stimmung registrierte, schlug David am Samstagmorgen einen Ausflug vor. In Fairhaven war das Meer so grün wie Pfefferminze. Rüstige Rentner und kleine Kinder bevölkerten den Strand. Auf der Fahrt hierher hatte er versucht, sie aufzuheitern, obwohl sie ihre Probleme nur vage angedeutet hatte. Ihm gefiel die Vorstellung von einer vollkommenen Filmemacherin. Und ihr natürlich auch. Nachdem er die Great Ocean Road Richtung Westen verlassen und einen Parkplatz gefunden hatte, sang David vor sich hin, und sie fühlte sich besser. Das hier war der gute David. Der Mann, der sie in die Liebe eingeführt hatte und sie erregte, der Mann, der sein Leben mit ihr teilen wollte und sich Kinder mit ihr wünschte. Der Mann, der er eigentlich in seinem

Inneren war und der er, mit Marions Hilfe, dauerhaft werden würde.

Auf dem nassen Strand merkte sie, wie sie in ihrer Jeans und einer dünnen Strickjacke Gänsehaut bekam. Während sie ungeduldig auf mehr Sonne wartete, kehrten ihre Gedanken zum Film zurück. Warum war diesmal alles so schwierig? Sie versuchte, sich auf den Sand und die Geräusche des Wassers zu konzentrieren, und starrte auf die verschwommenen, leuchtend orangefarbenen Klippen und die Gischt in der Ferne. Weiter vorn an der Great Ocean Road befanden sich, umgeben vom Meer, berühmte Felsformationen: die Zwölf Apostel und der London Arch. Als Mädchen hatte sie es faszinierend gefunden, als ein Teil des Felsens, den man bis dahin London Bridge nannte, abgebrochen war. Sie hatte Stunden damit verbracht, sich hart und weich, beständig und vergänglich vorzustellen. Auch stellte sie ihr bisheriges Verständnis von Fels in Frage. Sie malte sich die dreißig Meter geschichtetes Gestein als Fleisch aus, dessen verletzliche Unterseite vom gefräßigen Meer verzehrt worden war. Aber das Quälendste an der Geschichte war, dass ein Paar sechs Stunden lang auf dem stehengebliebenen Felspfeiler festsaß. Ein Mann und eine Frau: gestrandet und allein im peitschenden Wasser. Als romantischen Teenager hatte es sie fasziniert, wie die beiden dorthin gekommen, was sie zueinander gesagt und wie sie sich gefürchtet haben mochten. Und wer hatte sie schließlich gesehen? Wer hatte sie gerettet? Sie schaute zu David, der gerade sein Auto abschloss und sich die Schuhe auszog. Wie fand er wohl diese Geschichte? Erinnerte er sich noch daran? Sie überlegte, sie zu erwähnen, doch irgendetwas hielt sie davon ab: ein vage Skepsis vielleicht, wie er auf diese Schrulligkeit von ihr reagieren würde.

Unruhig marschierte sie den Strand entlang, und er folgte ihr, wobei er wie ein Tourist die Fersen in den Sand bohrte. Nah am Wasser riss sie sich spontan ihre Jeans und die Strickjacke vom Leib. Darunter kam ein schwarzer Einteiler im Stil der Vierzigerjahre zum Vorschein. Die milde Frühlingsluft und seine Blicke streichelten ihre Haut. Sie war jetzt dünner als je zuvor.

»Kommst du mit rein?« Ihre Stimme klang eine Spur defensiv.

»Bist du verrückt?«, fragte er ungläubig.

Sie hatte das Schwimmen nicht geplant: Der Badeanzug war eher als Erinnerung an den Sommer auf ihrer Haut gedacht gewesen. Aber jetzt fühlte sie sich zu einem kurzen Bad verpflichtet. Sie beobachtete die Brandung, die in großen, durchsichtigen Schüben an den Strand rollte. Es war einer dieser Tage, die Surfer bejubeln, weil auf geradezu geheimnisvolle Weise einfach alles stimmt – ablandiger Wind, kopfhohe Wellen, milde Temperaturen. Das entschädigte für die Tage, an denen es frühmorgens zu viel Wind oder zu wenig Wellen gibt. Es war die Sorte Tag, die einem Kraft gab und die man als Belohnung empfand. Sie merkte, dass er etwas in ihr veränderte. Erst packte sie ihn bei der Hand, dann zog sie ihn in Richtung Wasser. Zu ihrer Erleichterung ließ er sich von ihr zwingen, bis sie am äußersten Rand standen, wo die Gischt den trockenen Sand berührte.

Sanft löste er sich aus ihrem Griff und zog seine Hose in die Höhe. »Für mich ist das viel zu kalt.«

Eine Welle leckte an ihren Füßen, und David guckte, als erwarte er, jeden Moment von einer achtarmigen Kreatur unter Wasser gezogen zu werden. Die nächste Welle rollte heran, und sie machte einen Schritt von ihm weg. Das eisige Wasser umspielte ihre Knöchel. Ihr Vater und davor dessen Vater waren Männer mit bronzefarbenen Schultern und ausdauernder Muskulatur, wie der Sunbaker auf Max Dupains berühmter gleichnamiger Fotografie. Nachdem ihre Mutter sie verlassen hatte, war ihr Vater einer der Iceberger in Brighton Baths geworden, die das ganze Jahr hindurch im Morgengrauen zum Schwimmen gehen. Ihr wurde bewusst, dass sie blasse, bibbernde Männer, die zögerlich am Ufer standen, nicht gewohnt war. Sie drehte sich zu David um, der allein im seichten Wasser stand. Seine hochgerollte Jeans und der rote Wollpullover wirkten so deplatziert, dass sie sich fragte, wie sie damals, in ihrer Küche, diese intensive blaue Flamme in ihm hatte sehen können. Ihr Ehemann … Und trotz allem lachte sie. Er war so kompliziert, so verletzlich und so schön.

Als sie sich in das eiskalte Wasser stürzte, traf sie eine Entscheidung. Egal, was er ihr zumutete, sie würde damit zurechtkommen. Weil sie stark war. Stärker als er.

Kapitel 17

Eine Küchenschabe kriecht aus einem Spalt im Boden der Waschküche. Sie ist dunkelbraun, länglich und fett. In der absoluten Dunkelheit krabbelt sie auf die schwarzlila Pfütze zu. Entsetzt beobachtet Elle, wie das Tier die nasse Stelle umgeht und flink auf das feuchte Handtuch klettert.

Die Schabe läuft mit ihren wackelnden langen Fühlern die ganze Länge ihres Rumpfs ab. Dabei lässt sie sich Zeit und verschwindet zwischendurch in Falten des Stoffs. Kurz fürchtet Elle, sie würde in sie reinkrabbeln, in die Wunden, die sie nicht sehen oder an die sie sich nicht erinnern kann.

Sie meint, ihren Körper beschützen zu müssen, als würde er noch fühlen und sei bewohnt.

* * *

Ich bin kein schlechter Mensch, denkt Dave.

Er sitzt zusammengequetscht in Regs tiefer, kurzer Badewanne. Das Wasser ist inzwischen lauwarm, er hat Gänsehaut und einen trockenen Mund. Er ist sehr durstig. Hätte er einen besseren Ort gewusst, wo er hinkönnte, dann wäre er jetzt dort. Jeden Moment wird Reg angeschlurft kommen oder die Polizei rufen. Je länger die Geschworenen brauchen, desto weniger vorhersehbar ist das Ergebnis. Er vermutet, dass das auch für Gewaltverbrecher gilt, je länger sie auf der Flucht sind.

Aus dem Flur ruft Reg nach ihm. Irgendwas wie: »Du bist da jetzt schon eine halbe Stunde drin, Sohn!« Aber Dave wird zu Brei. Muss an der Wanne liegen. Seit seiner Kindheit hat er nur vielleicht ein halbes Dutzend Mal gebadet. Und jetzt weiß er auch, warum. Im Wasser kann man sich nirgends verstecken und kann nirgendwo hinsehen, außer auf sich selbst. Seine Haut – faltig, haarig und fahl – ist zerkratzt, und an Schienbeinen und Oberschenkeln bilden sich wütende pinkfarbene Blutergüsse. In ihm drin sieht es noch schlimmer aus. Faulig. Er senkt den Mund auf Höhe des Wassers und nimmt einen Schluck, um auszuspülen. Es funktioniert nicht.

Ich bin kein schlechter Mensch, denkt er wieder. *Das bin ich nicht.*

Die letzte halbe Stunde lang hat Dave mit sich gerungen. Trotzdem ist die Stimme, die er in seinem Kopf hört, die seines Vaters: »Was hast du jetzt wieder angestellt?« Der alte Scheißkerl. Ihm wird bewusst, dass er froh ist, seinen Dad tot zu wissen. Wenigstens erspart ihm das Barts hitzige Reaktion auf das hier. Er streckt ein Bein aus dem Wasser und drückt damit gegen die Wand. Endlich hat er etwas getan, das den Zorn seines Vaters verdienen würde. Etwas, das die Scham rechtfertigt, die seine Eltern ihm eingeimpft haben. Er schluchzt auf. In ihrem Zuhause war er wie ein unwillkommener Streuner, und heute Abend ist er diesem Klischee gerecht geworden. Ein alter Straßenköter, den man einmal zu oft misshandelt hat.

Dave nimmt auch das andere Bein aus dem Wasser, rutscht mit dem Körper tiefer und taucht unter. Sein Herz vibriert. Er versucht, unter Wasser zu bleiben. Schafft es nicht. Als er auftaucht, sieht er vor seinem inneren Auge sich selbst, grau und gezeichnet, eine ältere Version seines Dads, wie er das Gefängnis verlässt, neu anfängt. Sein Selbstmitleid ist jetzt mit Panik vermischt. Wer wird auf ihn warten? Ihn verstehen? Alex? Natasha? Amelia? Sicher nicht. Sie werden angewidert sein. Dieser blinde Fleck ist bedrohlich. Er kann ihn fast sehen. Sein Atem geht unregelmäßig. Er sitzt rittlings auf Elle, den rechten Arm in der Luft.

»Hallo, da drinnen?«, sagt Reg. »Das war jetzt lange genug.«

Dave setzt sich auf. Er betrachtet das Badezimmer. Es ist lang und schmal, die Pflegeartikel stehen ordentlich aufgereiht. Die Wand gegenüber ist zur Hälfte verspiegelt; die andere Hälfte bildet eine Fensterfront, die man nicht öffnen kann. Dave ignoriert sein Spiegelbild und zieht das Fenster in Erwägung, als Reg an die Tür klopft.

»Ich komme jetzt rein.«

Die Tür geht auf, und Dave beeilt sich aufzustehen. Wasser fließt an ihm herab, und er zittert am ganzen Leib. Nach Regs Miene zu schließen, sieht Dave nicht gut aus. Ärger baut sich zwischen ihnen auf und wächst. Dave grapscht nach einem Handtuch und klettert aus der Wanne. In dem schmalen Raum bemühen beide sich um respektvollen Abstand. Dave stellt schockiert fest, wie winzig Reg ist: Er reicht ihm kaum bis an die Brust. Schwankend hält Reg sich mit einer Hand an der Handtuchstange fest. Dave beeilt sich mit dem Abtrocknen.

»Wir müssen uns noch mal unterhalten«, sagt Reg. Er klingt atemlos – vor Sorge oder vielleicht vor Erschöpfung. »Aber zuerst«, schnaubt er, »rufst du innerhalb der nächsten fünf Minuten Sheila an. Sonst tu ich es.«

Dave schüttelt den Kopf, murmelt irgendwas und bindet sich das Handtuch um die Hüften.

»Du musst was tun, Junge.«

»Ich habe nichts zu sagen.«

Reg hebt den Arm, als wolle er Dave tätscheln oder festhalten, doch der wehrt ihn mit ausgestreckter Handfläche ab. Reg verzieht schmerzlich und irgendwie auch mitschuldig das Gesicht.

»Es tut mir leid«, sagt er. »Wir haben dich im Stich gelassen.«

Was auch immer Reg empfinden mag, es kommt gute dreißig Jahre zu spät. Dave stößt ihn weg. Der Stoß, auch wenn er gar nicht fest war, lässt Reg über die Fliesen stürzen, schnell. Dave sieht das alles und hört es mit einer Sekunde Verzögerung. Es passiert so geordnet, als wäre es choreografiert: das Fallen, der Aufprall des Schädels auf Porzellan, das Platschen.

* * *

Daves Herz hämmert, während er Luft in den Mund des alten Mannes bläst. Er hält inne. Regs klapprige alte Brust hebt sich nicht von selbst. *Verdammt.* Zu schnell verpasst er ihm noch mal ein paar Atemstöße und macht Herzmassage. Dann pausiert er wieder. Wie lange macht er das jetzt schon? Er lässt den Blick durchs Badezimmer schweifen und sucht eine Uhr, aber er sieht nur den Spiegel und seine große Gestalt, die über Regs nassem Körper kniet. Er probiert noch zwei Durchgänge und hört dann auf. Der alte Knabe ist eindeutig regungslos. Dave wartet und murmelt dabei »Fuck, fuck, fuck«. Er wartet vielleicht dreißig Sekunden lang. Dann noch mal fünfzehn. Er weiß nicht, was er sonst noch tun soll. Also hebt er Reg vom Boden auf und legt ihn zurück ins Wasser.

Mit den Tränen kämpfend kriecht er auf der Suche nach seinen Knöpfen über die Fliesen. Er schnappt nach Luft, als er einen Bademantel an einem Haken entdeckt, und schlüpft hinein. Danach läuft er wie irr durchs Haus. Er macht den Abwasch, schnappt sich sein Diktafon und Regs Notizen und flieht. In seinem Kopf ist dieses Bild von Reg, der mit dem Gesicht nach unten in seiner Badewanne treibt. Er wird es nicht los. Die grauen Haare, die sich im Wasser bewegen, ein faltiger Fuß, der aus der Wanne ragt. *Oh Reg, du armer Scheißer*, denkt er. *Mir tut es auch leid.*

Minuten später rast er an der Mündung des Yarra entlang. Ihm ist kaum bewusst, was er tut oder wo er sich befindet. Er versucht zu begreifen, wie er sich fühlt und was das bedeutet. Dieser Hinrichtungsaufschub. Er nimmt die Kurve an der Douglas Parade, als er in der Ferne eine weitere Straßensperre erkennt. Ihm wird klar, dass sein einziger Ausweg die Strecke ist, die er hier heraus genommen hat. Er reißt das Lenkrad herum, und der Wagen wendet unter der Brücke. Neben der Straßenbegrenzung kommt er schleudernd zum Stehen. Er ist so nah dran, dass er die Gedenktafel lesen kann, die an den Tod der fünfunddreißig Arbeiter erinnert, als die Brücke einstürzte. Er steigt aus dem Wagen und läuft bis an den Rand des Sumpfgebiets. Seine Brust hebt sich keuchend, und Kopfschmerz sprengt ihm fast den Schädel. Gut möglich, dass er sich noch mal übergeben muss. Er bleibt am nassen Rand stehen. Nichts passiert.

Dann sieht er es. Jenseits des Yarra, flussabwärts, rauchend und dramatisch im Herzen des Hafens: ein Inferno, dreißig Meter hoch. Die Flamme ist von einem Lichtermeer umgeben – rot, gelb, blau. Atemlos starrt er auf das grelle Orange und das Grau, das daraus hervorquillt. Die Luft ist toxisch. *Jesus*. Schuldgefühle überwältigen ihn, als wäre das sein Fehler. Alles andere war es, also das hier wahrscheinlich auch.

Er sieht lange zu. So lange, dass seine Schuldgefühle nachlassen und sein Körper voller Mitgefühl mit dem tobenden Feuer pulsiert. Er denkt über Fehler nach. Und über Reaktionen. Über Desaster. Und auch über Glück. Was er heute Abend getan hat, ist kriminell und verwerflich, denkt er, aber nicht allein seine Schuld. Und im Verhältnis zu diesem Inferno ist es geringfügig. Er ist nicht stolz auf irgendetwas davon, aber er hat auch dämliches Pech gehabt.

Als er wieder zu seinem Wagen zurückgeht, hat er einen Plan. Der lautet ungefähr so: Jedes Jahr verschwinden über 35 000 Australier. Sie kann eine von ihnen sein. Unglücklich, seit sie ihren letzten Film gedreht und sich von ihrem Ehemann getrennt hat, ist sie eben abgehauen. Das klingt plausibel. Alles, was er braucht, bevor er sie irgendwo entsorgt – Gott weiß, wo –, ist das Messer und ein bisschen Hilfe.

Zehn Minuten später starrt er auf Nats Haus. Es sieht genauso aus wie die Nachbarhäuser: hässlich, mit symmetrischer Vorderseite, eine Schachtel aus hellen Ziegeln, gebaut in den Fünfzigerjahren. Auch wenn sie aus unterschiedlichen Jahrzehnten stammen, sind für jemand mit seinen finanziellen Möglichkeiten Newport und Seddon ein und dasselbe: zu nah an der Industrie und an der West Gate Brücke. Dass seine Exfrau und seine aktuelle Ehefrau so dicht beieinander wohnen – wohnten –, hat ihn schon immer genervt. Manchmal stellte er sich, wenn er über die Brücke fuhr, vor, er könne beide Häuser gleichzeitig sehen. Sie kommen ihm vor wie unverrückbare Mahnungen an sein Scheitern.

Heute Abend wird sich das vielleicht ändern.

Er joggt den Betonweg hinauf und spürt, wie die kühle Abendluft seine Brust kitzelt, und zieht Regs Frottee-Bademantel enger um sich. Wie erklärt er diesen Aufzug? Soll er sich überhaupt darum kümmern? Er weiß, dass Nat immer noch ein paar von seinen alten Klamotten unter ihrem Bett hat und viele einzelne Socken. Er klopft zwei Mal, wartet und klopft noch zwei Mal gegen die Scheibe in der grünen Tür aus Holz. Das ist sein Klopfen, und sie wird es erkennen.

Die Hand auf dem Lichtschalter weist roten Glitzernagellack auf. Er holt scharf Luft. *Amelia*. Die hatte er komplett vergessen. Er fürchtet, dass ihre Berührung ihn einfach zusammenbrechen lässt. Dieses herrliche Mädchen – das Kind, das nie seins war. Aber sollte sie nicht eigentlich schon im Bett sein? Es war schon deutlich später als neun. Eine Schande, dass er nicht einfach leise reinkommen und mit ihr auf der Wii Tennis spielen kann.

»Hi, Schätzchen«, sagt er durch die Tür. »Ich bin's.«

Das Gesicht des Mädchens erscheint, und sie blinzelt durch die kleine Scheibe, bis sie ihn erkennt. Da werden ihre grünen Augen rund wie Weintrauben. Auch ihre Lider glitzern. Ihr langes dunkles Haar ist offen. Sie wirkt schon wieder größer als noch vor vierzehn Tagen. Sie trägt orangefarbene Pyjamashorts und ein grünes T-Shirt, das mit Gitarren bedruckt ist. Sie hat in letzter Zeit weniger Ähnlichkeit mit einer Tänzerin, mehr mit einem Partygirl, das gerade flügge wird. Trotzdem sehnt er sich, als er sie so sieht, danach, ihre dünnen Arme um seinen Hals zu spüren. Ausgehungert nach Hautkontakt. Das hatte er nie verstanden, bis er sie, für viel zu kurze Zeit, geerbt hatte.

»Hi, Dave. Wo kommst du denn her? Hast du an mein Geburtstagsgeschenk gedacht?«

Dave flucht leise. Sie ist im Juni vierzehn geworden. Der erste Geburtstag, den er verpasst hat, und wahrscheinlich nur einer von vielen, die noch kommen werden. Bald wird sie ganz erwachsen sein, und er wird dieses letzte Übergangsstadium verpasst haben. Er kämpft um Gelassenheit, während ihre glitzernden Fingernägel sich auf die Verriegelung zubewegen. Wie er so unter der kugelförmigen Lampe steht, kommt er sich unübersehbar und albern vor. Auf der anderen Seite der Glasscheibe erscheint eine ältere Frau. Das gequälte Lächeln verschwindet von seinem Gesicht.

»Bist du das, David?« Seine Ex-Schwiegermutter ist klein, rundlich und hat dunkle Sommersprossen. Ihr Gesicht ist zerknittert wie ein zerknüllter Fetzen Zeitungspapier. Ihr Neuseeland-Akzent ist auffälliger, als er ihn in Erinnerung hatte.

»Hallo, Marjorie.« Er tritt einen Schritt von der Tür zurück und spricht wie zu seinen Füßen. »Wusste gar nicht, dass du in Australien bist.«

Sie reckt den Hals, um ihn im Schatten zu sehen. »Was willst du?«

»Kurz mit Nat reden. Wo ist sie?«

Marjorie mustert seinen Aufzug, während er gleichzeitig versucht hineinzuspähen. Er erkennt den üblichen Müll von Nats Alltag, der verstreut auf dem violetten Teppich liegt – Schmutzwäsche, plumpe Pelikan-Skulpturen, halb volle Trinkbecher. Im Fernsehen läuft irgendwas Betäubendes, süchtig Machendes: Mädchen vom Land, die Ladys werden wollen. Nichts hat sich verändert. Weder zum Guten noch zum Schlechten.

Er spürt, wie seine Angst wächst. Wie ein Wehr, wenn die Flut kommt.

»Sie ist nicht da.«

»Aber Gran, sie ist doch …«

Marjorie zieht das Mädchen von der Tür weg, als sei es ein knurrender Hund. »Lass sie zufrieden, David. Du bist hier unerwünscht.«

Dave springt auf die oberste Stufe ins volle Licht. »Da hat Nat letzte Woche aber was anderes gesagt. Komm schon, lass mich rein.«

Marjorie schüttelt stirnrunzelnd den Kopf, wie er es schon erwartet hat. Er weiß aber auch, dass diese Information sie treffen wird. Damit unterminiert er ihren Glauben an die eigene Tochter und ihre heilende Beziehung. Während er finster vor sich hin starrt, weicht sie zurück, und ein anderes Gesicht erscheint: kokett, aber wachsam. Marjorie schaut seufzend zu ihrer Tochter auf. Das kennen sie alle doch schon. Ob verheiratet oder nicht, nichts hat sich geändert.

»Ich bleibe hier direkt neben dir, Natasha«, sagt Marjorie.

Barfuß, in Jeans und einem orangefarbenen Pulli begrüßt Nat ihn und entriegelt die Tür. Ihre Fußnägel sind heute Abend blutrot. In den Ohren hat sie eine Reihe grüner Glassteine, die wie zwei Fragezeichen aussehen. Leider fällt ihm ein, wie er ihr einen davon mal rausgerissen hat. Er kann sogar die Narbe erkennen. Er selbst hat allerdings auch Narben, etwa die unter seinem rechten Auge. Die verdankt er einer Bierflasche, die ihn auf einer Tanzfläche in Brisbane traf. Dabei hatten sie an dem Abend nicht mal gestritten.

Zu seiner Überraschung macht Nat die Tür nur einen Spalt breit auf und lässt ihn draußen auf der Matte stehen. Ihre

Augen sind geschwollen. »Hey, Dave, kannst du vielleicht morgen wiederkommen? Ich bin gerade mittendrin in was.«

»Nein, kann ich nicht.« Sein gedämpfter Ton klingt unheilvoller, als er es beabsichtigt hat. »Lass mich rein.«

»Das ist jetzt nicht der richtige Zeitpunkt, Süßer«, sagt sie besänftigend. »Amelia will gerade ins Bett gehen.«

»Ich bin nicht wegen ihr hier«, sagt er, und seine Stimme bricht. »Ich muss mit dir unter vier Augen sprechen.«

»Warum siehst du mich so an?«

»Lass mich rein.«

Sie verdreht die Augen zum bewölkten Abendhimmel. »Ich kann nicht, dann flippt Mum aus.«

»Ich stehe hier in einem verdammten Bademantel.« Marjorie hustet ganz nah. »Dann komm du eben raus, mein Gott.«

»Nein. Ich finde, das sollten wir nicht tun.« Nat späht in die Dunkelheit und berührt ihr aufgedunsenes Gesicht. »Wie auch immer, jetzt passt es jedenfalls gerade schlecht. Serge hatte heute Nachmittag einen Totalschaden mit meinem Wagen …«

Er möchte so gerne schreien. Wie kann es sein, dass sie sich diese gallischen Loser aussucht? Je größer das Arschloch, desto besser? Er will sie schütteln. Das würde er auch, wenn ihre Mutter nicht hinter der Tür lauern würde. Er versucht, sich zu beruhigen. Aber sie gibt ihm immer dieses Gefühl, als hätte er zu viel Kaffee getrunken.

»Nat, ich sitze in der Klemme.« Er bremst sich, holt tief Luft. Ein Schritt nach dem anderen. »Ich brauche … ein paar Klamotten.«

Nats glattes Gesicht verzieht sich. »Du warst wieder bei Elle, stimmt's? Und ihr habt euch gestritten.«

Dave zerrt an dem dünnen Gürtel. »Nat, bitte.«

Besorgt zupft Nat jetzt an ihrem Ohr und zieht dabei das Fragezeichen aus den billigen Steinchen in die Länge. Er schaut bewusst nicht auf die Narbe über dem obersten grünen Punkt.

Seine Ex deutet mit dem Kopf nach Nordwesten. »Vergiss sie einfach, Dave. Fahr nach Hause und schlaf dich aus.«

David blinzelt entwaffnet. »Das kann ich nicht.«

Er starrt wie in sich hinein und kann ihr nicht mehr in die Augen sehen. Sein Schweigen hat etwas von Schuldbewusstsein. Sie ist zwar nicht die klügste Frau, konnte ihn aber schon immer gut durchschauen. Verschiedene Gefühle huschen über ihr Gesicht – Triumph, Staunen, Furcht. Dann glitzern ihre grünen Augen feucht. »Dave, was hast du getan?«

Gott, er hasst diese Tränen. »Sie hat mir verdammt noch mal keine Wahl gelassen!«

»Oh nein«, flüstert sie, »oh nein.« Sie weicht zurück, um die Tür zu schließen, aber er drückt dagegen. Sie starrt in sein zorniges Gesicht, als wäre es das erste Mal. Da entscheidet er sich: für Eskalation. Als er den Mund aufmacht, klingt es wie ein Ausbruch.

»Ich war heute Abend hier, Nat. Ist mir egal, was du deiner Scheißmutter sagst. Ich war ab sechs hier und bin den ganzen Abend geblieben. Und jetzt lass mich rein!«

Er lehnt in dem Spalt zwischen Tür und Türrahmen. Seine Schulter wird eingeklemmt, während Nat sich zusammen mit ihrer Mutter dagegenwirft. Sie drücken so heftig, bis er zurückspringt.

»Verdammt, Nat!«, schreit er, als er hört, wie sie das Schloss verriegelt. »*Fuck, fuck!*«

Er tritt gegen die grüne Holzverkleidung und verletzt sich dabei am Zeh. Ohne Zweifel ist Marjorie schon am Telefon und ruft die Bullen. Er kann nicht glauben, dass er es schon wieder getan hat. Alles auf ganzer Linie verbockt.

Kapitel 18

Als sie an Corio und seiner Ölraffinerie vorbeifährt, packt Mira ein gewisses Grauen. *Bitte, lass es nicht wie beim letzten Mal sein. Das halten wir sonst einfach nicht aus.* Einer Freundin einen weisen Rat zu erteilen, der dann ignoriert wird, das ist hart.

Nach einem Blick zu den Jungs in ihren Kindersitzen gelobt Mira, es mit ihnen besser zu machen und sie scheitern zu lassen, ohne dass sie selbst sie verurteilt oder beschuldigt. Kurz fragt sie sich, ob sie das durchhalten wird. Dann beschleunigt sie auf hundertdreißig und erinnert sich an den schockierenden Tag, als ihre Freundschaft implodierte.

Es war früh an einem Montagmorgen im Oktober gewesen, als Elle vor Miras Haus gehalten hatte. Die Dämmerung war kaum angebrochen, aber sie hatte trotzdem zwanzig Minuten Verspätung. Vor Elle lag ein langer Tag, doch sie hatte darauf bestanden, Mira zu helfen, die gerade kein Auto hatte. Die Jungs waren auf der Veranda, mit geschulterten Rucksäcken, ein Teddy in Jesses Arm und ein Spiderman in Max', bereit für ihren Tag in der Krippe. Mira stand hinter ihnen, blinzelte in Elles Scheinwerferlicht, und ihr Mund war eine einzige gerade Linie.

»Warum kommst du so spät?«

»Tut mir leid«, sagte Elle, »ich wurde aufgehalten.«

Elle lächelte penetrant, und Mira meinte darin die Umrisse von David auf ihrem Bett zu erkennen. Dem Ehebett. Weil sie merkte, wie sie simultan das Gesicht verzog, wandte Mira sich ab. Zwar hatte sie Elle seit der Hochzeit vor zwei Wochen nicht mehr gesehen, aber es fühlte sich immer noch an wie eine frische Fleischwunde. Seit Elle diesen Mann zurückgenommen hatte, verfolgte Mira folgende Fantasie: am helllichten Tag, draußen vor dem Sun Theatre, ohrfeigte sie Elle, um sie zur Vernunft zu bringen. Als würden sie in einer Screwball-Komödie aus den Vierzigerjahren leben. Und sie ohrfeigte immer weiter.

Mira hatte versucht, sich zu beruhigen, indem sie durch das Autofenster gestarrt und sich auf Yarraville konzentriert hatte. Entlang der gesamten Francis Street verstopften graue Sattelschlepper die Straße. Im Leerlauf standen sie da wie massige, keuchende prähistorische Bestien. Mit der Fahrt stadteinwärts, zum Hafen von Melbourne absolvierten sie ihr Morgenritual. Schnaufend, knurrend und in Bereitschaft. Elles alter Valiant war mit seinen offenen Fenstern wie eine Ameise inmitten asthmatischer Dinosaurier. Eine selbstvergessene Ameise.

»Kannst du das zumachen?« Mira warf einen Blick zu Jesse nach hinten. Geräuschlos schloss sich das Fenster, und Elle stellte die Lüftung auf Innenraumzirkulation. Zwischen den Lastern eingekeilt, bewegte sich das Auto kaum von der Stelle.

»Okay«, sagte Elle mit schwankender Stimme.

In diesem abgeschotteten Raum spürte Mira Elles Unruhe. Vielleicht war diese Fahrt zur Autowerkstatt mehr als nur eine freundliche Geste. »Wie läuft es mit Yvonne?«, fragte Mira. »Seid ihr mit dem Rohschnitt fertig?«

»Fast.«

»Gut. Dann seid ihr im Zeitplan.«

Den nächsten Satz sagte Elle wie zum Lenkrad. Er war nur ein Flüstern. »Mira, es ist nicht so, wie ich gehofft hatte.«

»Was?«

»Wir tun, was wir können. Aber du musst dich auf was gefasst machen.«

Max schaute vom Rücksitz aus besorgt und verwirrt zwischen den beiden Frauen hin und her. Dann schob er sich den Daumen in den Mund. Mira blickte neben sich auf ein riesiges stehendes Rad. Ihr wurde klar, dass sie es eigentlich hätte kommen sehen müssen. Sie hätte Elle nicht so lange allein mit Yvonne schuften lassen sollen. Bei *Daisy* hatte das wunderbar funktioniert, doch dieser Film hier erwies sich als ihr schwieriges zweites Kind. »Was stimmt denn nicht?«

»Also, vor allem Lucy.«

Mira schnaubte.

»Mira, Lucy ist toll beim Schäkern. Aber in den Liebesszenen – sie spürt es einfach nicht.«

»Bei der Durchsicht gleich nach dem Dreh wirkte sie toll.«

Elle richtete sich gerade auf. »Die Badezimmerszene funktioniert, glaube ich, aber die zarteren Szenen danach … ich frage mich schon, ob irgendwas mit Jay passiert ist.«

Mira hatte Mühe, in gleichmütigem Ton zu sprechen. »Nur damit ich dich richtig verstehe: Dir ist es beim Dreh nicht aufgefallen und nicht beim Ansehen des Materials unmittelbar im Anschluss … aber jetzt bist du dir sicher.«

»Ich hatte beim Dreh so eine leise Vorahnung, aber …« Elle verstummte. »Mira, ich würde mich liebend gern irren. Und ich versuche alles, damit es funktioniert.«

Maßlos wütend hielt Mira ihr Gesicht weiter auf das Fenster gerichtet. Sie wusste, sie hätte dieses Mitfahrangebot nicht annehmen sollen. Vor allem nicht zusammen mit den Jungs. Sie traute sich gar nicht, den Mund aufzumachen. Doch schweigend schwoll ihre Wut immer weiter an.

»Dir geht es nicht um den Film, oder?«, sagte Elle.

Mira zuckte mit den Achseln. Nein, ging es nicht. »Ich verstehe einfach nicht, was mit dir passiert ist.«

»Nichts. Ich bin bloß glücklich.«

Miras Lachen war unhöflich, aber sie konnte es sich nicht verbeißen. »In den letzten vier Monaten kommt es mir vor, als seist du einer Sekte beigetreten. Als wir das letzte Mal gesprochen, richtig miteinander gesprochen haben, da hattest du ihn verlassen.«

»Dann ist er zurückgekommen, und wir haben Dinge beigelegt. Kannst du das nicht respektieren?«

Mira drehte sich auf ihrem Sitz, als wollte sie eine Rakete aus Worten abfeuern. »Nein.« Sie sprach in Elles schockiertes Gesicht. »Ich werde in dieser Sache nicht mit dir konspirieren. Jedes Mal, wenn ich dich sehe, siehst du kaputter aus.«

»David liebt mich. Und es ist jetzt besser mit ihm. Du kennst ihn nicht so, wie ich ihn kenne.«

Mira schüttelte den Kopf, als sei jede weitere Diskussion ohnehin sinnlos.

»Weißt du, wir brauchen deinen Segen nicht.«

»Bleib hier stehen, wir sind da.«

Sobald Elle in einen vollen Parkplatz vor einem Privathaus gebogen war, sprang Mira aus dem Wagen.

»Schnell, Jungs, Mummy ist spät dran.«

Die Kinder stürmten wie mit einer Steinschleuder abgeschossen aus dem Wagen, und Mira konnte sich nicht zurückhalten: »Ich will die alte Elle zurück, denn wenn das Liebe ist, dann bist du ohne besser dran.«

Elle musste die Stimme erheben, weil die Schlange der Laster gerade geräuschvoll wieder anfährt. »Du bist, was Urteilsvermögen angeht, ja auch nicht gerade ein Vorbild!«

Wutschnaubend warf Mira einen flüchtigen Blick auf Jesses blasses Gesichtchen und packte ihn an der Hand. Sie ging einen Schritt und blieb noch mal stehen. »Kannst du dich an Hal Hartleys Worte erinnern?«, brüllte sie. »Liebe bedeutet Respekt, Bewunderung und Vertrauen!«

Gequält von schlechtem Gewissen und Verlegenheit, als sie sich daran erinnert, biegt Mira vom Princes Highway auf einen düsteren, von Bäumen gesäumten Rastplatz. Als das Auto stehen bleibt, grummelt Jesse hinten auf seinem Sitz, aber sie ignoriert ihn. Nach diesem Vorfall war die Kommunikation mit Elle zu Ende, abgesehen von Gesprächen in Bezug auf ihren Film. Aber selbst die wurden heikler, nachdem die Investoren den Rohschnitt gesehen und ihre Meinung dazu abgegeben hatten. Auch wenn Elle gelegentlich gesellschaftliche Anlässe organisierte, die Mira widerwillig besuchte, überließ sie Elle im Grunde genommen ihrem *Ehemann*. Der Preis, den sie für diese Haltung bezahlt hat, setzt ihr immer noch zu.

»Warum halten wir denn?«, fragt Jesse mit schlaftrunkener Stimme.

»Wir machen eine Pause.«

Diese letzte Funkstille war die mit Abstand längste – zwei Monate. Und Elle kam allein zurecht. Ja, Mira glaubt jetzt sogar, dass die alte Elle wieder zum Vorschein kommt, trauriger und desillusioniert, aber wiederhergestellt. Dieser Muskel, der so lange Zeit so schwach war, muss inzwischen wieder stark sein.

In der Stille klären sich Miras Gefühl wie Wolken, die sich auflösen und den Blick auf die Frage freigeben, die sie so lange vermieden hat. Wie wird er es aufnehmen, wenn Elle sich ihm kategorisch verweigert? Doris kommt ihr in den Sinn: *Wozu ist er fähig?*

Als sie Elles Verhalten durch das Prisma der diversen Körperverletzungen betrachtet, gefällt Mira nicht, was sie sieht. Hat er nicht einmal eine Schüssel nach ihr geworfen? Je länger sie darüber nachdenkt, desto größere Sorgen macht Mira der Verlauf der Geschichte: angefangen bei Elles unwahrscheinlicher Ellbogenverletzung über ihre schuldbewussten 180-Grad-Wenden bis hin zu ihrer schwachen Erscheinung. Aus heutiger Sicht sieht sie den Höhepunkt in Elles Verhalten bei der Filmpremiere. Das war auch das letzte Mal, dass Mira Elle mit David sah. An diesem einen Abend, an den sie sich nicht einmal jetzt erinnern will.

Auf dem verwaisten Rastplatz ist es in Miras Auto inzwischen kalt geworden, als sie endlich Troy anruft und sofort mit ihren Befürchtungen herausplatzt. Troy bittet sie, das Ganze noch mal zu wiederholen. Als sie ihm die Geschichte drei Mal dargelegt hat, willigt er zögernd ein, sich in ihrem Lieblingscafé für Pancakes in Geelong zu treffen, die Jungs dort abzufüttern und dann mit ihnen an den Strand von Jan Juc zu fahren.

»Wenn du dich dann besser fühlst, werde ich ihn anrufen«, sagt er. »Aber Mira, ich glaube, ihr geht's prima, wo auch immer sie gerade ist. Er mag ein Vollidiot sein, aber er ist kein Tier.«

Vierzig Minuten später sitzt Mira endlich allein im Wagen und rast nach Nordosten. Ihr Telefon klingelt, was ihr seltsam optimistisch vorkommt.

»Ja?«

»Ich hab ihn erreicht.«

»Und?«

»Er hat sie seit Juni nicht mehr gesehen.«

»*Shit.*«

»Ich konnte seiner Stimme anhören, dass das gelogen war.«

»*Fuck.*« Mira beschleunigt weiter.

Troy atmet zögerlich.

»Was?«

»Er hat mir erzählt, dass sie ihn zugrunde gerichtet hat. Er wollte wissen, ob Elle klar war, was sie anrichtete.«

»Aha.«

»Ich werde diese Beziehung nie begreifen.«

»Nein«, sagt Mira. »Das wirst du nicht.«

Troy räuspert sich. »Mira, ruf mich an, sobald du sie gefunden hast.«

Als das Gespräch zu Ende ist, kann man Miras Entschlossenheit mit Händen greifen. In noch mal vierzig Minuten wird sie wieder in Melbourne sein, und sie wird Elle heute Abend finden. Und wenn sie diesen Feigling dafür mit der Polizei im Schlepptau persönlich heimsuchen muss.

Kapitel 19

Elle hat keine Hoffnung mehr und will nicht länger hinsehen. Sie war so dumm, so leicht zu beeindrucken und so schwach. Nüchtern mustert sie ihren Körper mit allen elenden Einzelheiten. Von oben betrachtet sieht er sehr schmal und leicht aus. Ihr Haar, das sie sich noch am Morgen zu einem Bob im Stil der Zwanzigerjahre hat schneiden lassen, fällt ihr übers Gesicht und ist am Hinterkopf verklebt. Wenigstens kann sie dadurch ihre Augen und eventuelles Starren wie bei einem toten Fisch nicht sehen. Trotzdem sieht ihr Körper derart zerbrechlich und belanglos aus. Eine Hand ist über dem Kopf und vor der Waschmaschine ausgestreckt. So wie sie es oft beim Schlafen macht. Aber sie sieht nicht aus, als würde sie schlafen, nicht mit diesen wie Pfeifenputzer verbogenen Beinen und den schwärzlichen blutigen Schlieren an den Fingern.

Und es ist die ultimative Kränkung, dass die Küchenschabe jetzt am großen Zeh ihres rechten Fußes knabbert.

Vielleicht, denkt sie, *habe ich das verdient.*

* * *

Zu spät erkannte sie das Zusammenspiel dessen, was sie tat oder unterließ, und seiner Neigung: zu bestrafen.

Als Verheiratete gelangen ihnen ein paar geschätzte Höhepunkte: Picknick im Park des Heide Museum of Modern Art,

Lunch mit seiner Mutter in Brighton Beach, ein Ausflug mit Alex' Töchtern in den Zoo. Sie absolvierten sogar zwei kaum quälende Essenseinladungen mit Troy und Mira. Und David hielt seine Termine mit Marion alle zwei Wochen ein. Er hatte angefangen, sie wie ein Orakel zu zitieren. »Ich wünschte«, hatte sie offenbar gesagt, »ich bekäme einen Dollar für jedes Mal, wenn ein Patient erklärt, er sehne sich nach seiner Beziehung, wie sie zu Anfang war.« Und: »Enttäuschung gehört unvermeidlich zu jeder Langzeitbeziehung.« Und auch: »Eine sichere, liebevolle Beziehung kann sich langfristig positiv auf beide Partner auswirken.« Elle hörte sich das an und fragte sich, worüber genau die beiden wohl sprachen. Aber sie wagte es nicht, danach zu fragen, um den Prozess nicht zu stören.

Inzwischen tanzte David durchs Haus, versorgte sie mit Romanen, die er liebte, und bereitete schokoladige Desserts zu. Sein Zorn ließ nach; seine Launen hatten ihre scharfen Kanten verloren, und er benahm sich weiterhin ihren Freunden gegenüber. Vielleicht weil Mira und Troy gerade Probleme hatten, stellte sich eine unwahrscheinliche Kameradschaft zwischen David und Troy ein. Troy drängte darauf, dass sie in seinem neuen Haus in Jan Juc zusammenzogen, während Mira zögerte, ihren Planwagen schon so früh an seinen zu binden. Es stellte sich heraus, dass David Troys florale Gemälde aus der Surferszene der Siebziger kannte. Ein Treffen mit möglichen Käufern wurde erwogen.

Überhaupt schien Dave die Ehe zu bekommen: Er war jetzt fit, sein Körper trainiert, er ernährte sich ordentlich und schlief nachts gut.

Am wichtigsten war jedoch, dass sie neue Eindrücke davon gewonnen hatte, wie er sein konnte, wenn er es sich gestattete, glücklich zu sein. Sie hatte ihn in scheinbar unbeobachteten Situationen erlebt, wenn er beim Anziehen sang, nach einer Runde Jogging ganz aufgekratzt war oder am Telefon lachte. Frech, verspielt, jungenhaft. Der David, den sie liebte, der Mann, den sie geheiratet hatte. Aber trotz all der Mühe, die sie sich gab – sei es zu Hause, indem sie ihren Ärger im Schneideraum für sich behielt, sein Gefurze und nacktes Fernsehen ignorierte, sei es, dass sie sogar Interesse für seine juristischen Angelegenheiten vortäuschte –, der gute David war nicht von Dauer, und der versprochene ließ sich überhaupt nicht blicken.

Nach und nach begann er sie wieder anzuschnauzen. »Ist heute Abend nicht dein Zeichenkurs?«, fragte sie etwa. Oder: »Kann nicht jemand anderes ins Büro kommen?« Und dann keifte er zurück: »Mir doch egal« und »Nein, das kann keiner!« Sie stellte fest, dass sie daraufhin ihre Schritte zurückverfolgte und ihr Gedächtnis in Frage stellte. Sie begann, ihm weniger Fragen zu stellen. Sie schränkte ihre Gesprächigkeit ein, um seine Gereiztheit zu vermeiden. Und dann kollabierte, aus Gründen, die sie nicht ganz verstand, ihr soziales Leben, das sich hauptsächlich um Kunst gedreht hatte.

Als er an einem schwülen Abend mit den Fingern ihre Rippen hinaufstrich, beschlich sie ein Gefühl der Beklommenheit. Draußen fiel schwacher Regen. Sie sagte sich selbst, wenn sie sich fügte, würde es vielleicht glattgehen. In einer halben Stunde wäre es vorbei. Vielleicht könnte sie so ihren enttäuschenden Tag verdrängen, ihr ständig ratterndes Gehirn zur Ruhe bringen. So wie wenn man eine Runde Fahrrad fuhr oder ein Stück Obst aß. Und vielleicht würde es nicht wehtun.

Dieser bohrende Schmerz, der in Red Hill erstmals aufgetreten war, ließ sich kaum vorhersagen. Manchmal, wenn sie oben war, mit den Beinen über seinen Schultern, war er da; beim nächsten Mal war da jedoch nichts. Er konnte sich in sie hineinrammen und keinen Widerstand finden. Es war zufällig und unvorhersehbar. Aber gerade diese Unvorhersehbarkeit belastete sie. Und ob es wehtat oder nicht, sie dachte stets daran. Machte sich darauf gefasst, versuchte, den Schmerz zu vermeiden. David fand das irritierend. Manchmal, wenn sie ihn darum bat, versuchte er, sich ein bisschen nach links zu bewegen, abzuschwenken oder sich zu drehen. Viel öfter allerdings vergaß er es oder hörte dann ganz auf.

Während die Sache ihr Verlangen schwächte, schien sie auf ihn die gegenteilige Wirkung zu haben. Sobald sie den Kopf aufs Kissen legte, wurde sie von ihm bearbeitet. Von einer entschlossenen Armee krabbelnder Finger, bereit zur Eroberung, als sei ihr Körper unbewacht oder grenzenlos. Sie verlangte ja keine Reisepässe oder Visa, aber ein Gruß mit Blickkontakt hätte schon gewirkt. Oder zumindest ein Satz, mit dem er fragte. Das hätte ihr die Möglichkeit gegeben zu wählen, ihre unterschiedliche Verfassung anzusprechen. Oder ihn zumindest an den Schmerz zu erinnern.

David drängte sich näher an sie. Sie spürte seine Hände auf ihrem Nacken, wo er die feuchte Haut unter ihrem Haaransatz knetete. Sein Körper schmiegte sich wie ein heißer Schatten an ihren. Sein Penis bohrte sich in ihren Oberschenkel. Das war verlockend, drohend und ärgerlich zugleich. Am liebsten hätte sie ihn gepackt und in der Mitte durchgeschnitten.

Sie drehte sich zu ihm um und beschloss, ihn dieses eine Mal abzuweisen. Aber als sie den Mund aufmachte, küsste er sie so heftig, dass sie auch das als Invasion empfand. Als sie ihn dabei stöhnen hörte, fragte sie sich, wie es dazu hatte kommen können – von seiner nächtlichen Gleichgültigkeit zu diesem bohrenden Penis und einer ebensolchen Zunge. Da spürte sie, wie er in sie hineinstieß. Wie immer war der Schmerz heiß und wütend. Sie holte scharf Luft.

»Das war wie ein Stich.«

David zog sich zurück. »Schon wieder?«

Sie nickte. Zu ihrer Überraschung rollten zwei Tränen über ihre Wangen.

David rollte sich auf den Rücken.

»Ich werde zum Arzt gehen«, sagte sie, »sobald der Schnitt fertig ist.«

Er grunzte nur indigniert, und sie drehte sich von ihm weg. Wieder eine Insel auf dem Meer der Matratze. Draußen war der Regen davongeblasen worden, aber selbst der Wind war wieder verstummt. In ihr wuchs eine schlimme Vorahnung.

Es war früh am Morgen, als sie seine Berührung erneut spürte. Sie stellte sich vor, im Meer zu treiben, von den Wellen geschaukelt. Aber selbst im Schlaf waren ihre Schultern hochgezogen und verkrampft. David mühte sich an ihr ab und faltete sie sozusagen auseinander. Dann setzte er sich auf ihren Rücken, streichelte ihre Arme, ihre superschmalen Handgelenke und ihr hervorstehendes Steißbein. Sie murmelte wortlos etwas vor sich hin. Sie war wie ein sich schlängelndes Land ohne Grenzkontrolle, dessen Führung untergetaucht war. Er glitt über sie und saß auf ihren Schenkeln. Er massierte ihren Po, ließ sich Zeit. Sie hatte keine Verbindung zu ihm und war ihm zugleich ausgeliefert.

Schließlich zog er ihre Pobacken auseinander und drang in sie ein.

Sie erwachte vollständig und stützte sich mit geballten Fäusten auf ihre Unterarme. »Raus da.«

»Hey, ist schon okay.«

»Nein, ist es nicht.«

David zog sich zurück. »Ich dachte, du magst das vielleicht. Hat es wehgetan?«

»Ich mag es nicht. Und ja, hat es.«

David strich mit einer Hand über ihr Bein, als sei sie ein kapriziöses Füllen, das er zum ersten Mal geritten hatte. Sie versteifte sich. Da gab er ihr einen schnellen, harten Klaps. »Okay, okay.«

Wie benommen lag Elle mit dem Gesicht im Kissen wieder flach auf der Matratze. Er hatte sie aus dem Schlaf gerissen und ihr auch eine Art Jungfräulichkeit genommen.

Am selbst Morgen ging sie zu ihrem Hausarzt und hängte sich danach so lange ans Telefon, bis sie einen Gynäkologen auftrieb, bei dem jemand anderes einen Termin abgesagt hatte. Dr. Hanna war jünger als sie selbst und ein Enthusiast – beides steigerte ihre Verunsicherung nur noch. Er hüpfte wie einer, der gerade erst seinen Abschluss gemacht hat, durch seine luftige, coole Praxis, die mit Bronzefiguren nackter Frauen dekoriert war – die sich bückten, streckten oder einfach nur dastanden. Dazu erläuterte er ihr die Funktionen ihres Körpers. Sie hörte ihm zu, denn die Statistiken, die er bemühte, und die Schlüsse, die er – ausgehend von ihrem Alter, dem Nicht-Vorliegen einer Schwangerschaft (noch nie) und einem einzigen Symptom – zog, brachten sie zum Schweigen.

»Mit neunzigprozentiger Wahrscheinlichkeit«, sagte er, »ist es das unberechenbare Weinen eines enttäuschten Uterus.«

Früher hätte sie darüber gelacht. Aber sie war mit der Befürchtung von Krebs – der Eierstöcke, des Gebärmutterhalses oder auch des Darms – hergekommen, sodass diese Neuigkeit ihr einen Moment lang Erleichterung verschaffte. Zumindest bis sie an die Reaktion ihres Ehemanns dachte.

Es handelte sich um Gebärmutterschleimhaut außerhalb des Uterus, also auf der falschen Seite, so wie Poolwasser, das zurückströmte. Sie musterte Dr. Hanna und seine milchweißen Zähne, während er weitersprach. Der Rückstrom verlief wie eine normale Menstruation, sagte er: Es blutete und nässte. Aber dann heilte das Ganze wie eine Wunde. Eine Läsion. Es bildete sich klebriger, durchsichtiger Schleim. Der heftete sich an andere Organe. Bildete klebrige Verbindungen. *Wie Klebstoff*, dachte sie. Nässen und kleben. Nässen und kleben.

In dieser Nacht döste sie unruhig bis zum Morgengrauen. Ihre Träume hatten die Farbe von Hibiskus. Blut quoll aus ihr hervor, befleckte das Bett, die Laken, floss über ihre Schenkel und bis zu den Knöcheln. Gleichzeitig hörte sie eine Männerstimme, die wieder und wieder die Gebärmutter und die Menstruation schilderte: das Weinen eines enttäuschten Uterus. Das unberechenbare Weinen. Dann schwoll der Blutstrom in ihrem Inneren an, und sie sah, wie er blubbernd auf andere Organe zufloss – die Eierstöcke, den Darm, die Blase. Sogar im Traum wusste sie, dass ihr Körper sich gegen sich selbst stellte. Frustriert rebellierte. Ihre Organe miteinander verband. Stellen füllte, die eigentlich frei bleiben sollten, und solche aufgab, die eigentlich ausgefüllt sein sollten.

Als sie aufwachte, hielt sie sich den Bauch. Obwohl sie Schlimmes ahnte, wusste sie, dass sie es ihm sagen musste.

Im Zug stadteinwärts sah sie die Häuser wie die langsamen Bilder eines alten Films vorbeiziehen und versuchte, nicht an das bevorstehende Gespräch zu denken. Furcht nagte an ihr. Aber sie fragte sich auch, wovor sie solche Angst hatte. Er konnte bei Freeman & Milne doch wohl kaum eine Schüssel nach ihr werfen.

Heute tat sie so, als wären sie wie normale Paare – Paare, die sich gegenseitig unangemeldet bei der Arbeit besuchten oder telefonierten, ohne sich Sorgen darum zu machen, ob es ein guter Zeitpunkt, ob er in der richtigen Stimmung war oder ob Schweigen, Sarkasmus oder Aggression die Folge sein würden. Als wären sie, wie ihre Eltern einst gewesen waren, ein Paar, das sich den Sorgen des jeweils anderen mit echtem, grenzenlosem Interesse widmete. Sie sehnte sich nach den Höhen und Tiefen des Alltags, wie man ihn mit den Augen des anderen sah: geteilt und nachgefühlt. Sie wollte sich selbst mit ihm teilen, ohne Zurückhaltung und Wachsamkeit. Insbesondere wollte sie ihn irgendwie wissen lassen, dass ihr Film ihr entglitten war. Aber da sein launisches Benehmen ein wesentlicher Bestandteil ihrer Ehe war, fühlte sie sich unglücklich.

Draußen vor seinem Bürogebäude lösten ihre zurechtgelegten Worte sich in nichts auf.

Seit ihrer Kündigung war sie nicht mehr bei Freeman & Milne gewesen, und jetzt betrachtete sie den Büroturm, als wäre es das erste Mal. Die fünfzig Stockwerke bestanden allesamt aus anthrazitfarbenem Glas. Regen glitt wie Öl an den Scheiben ab. Die Büros waren erleuchtet und wie Regale gestapelt. Gestalten beugten sich über Schreibtische, standen vor Aktenschränken oder telefonierten. Es herrschte eine solche Betriebsamkeit. Auf dem Weg zu den Aufzügen zählte sie

Köpfe, um sich zu beruhigen. Allein in diesem Foyer hielten sich mehr Menschen auf, als sie im letzten Jahr getroffen hatte. Manche saßen auf stromlinienförmigen Sofas und blätterten in Mappen, während andere Kaffee und Papiertüten aus dem Café bei sich trugen. Es gab nicht einen Menschen, der einfach nur nichts tat. Selbst die Sicherheitsleute waren in Aktion. Männer und Frauen in Anzügen und Kostümen gingen an ihr vorbei, und sie wandte den Blick ab. Als hätte sie kein Vertrauen in ihr Aussehen, wollte sie vermeiden, dass alte Kollegen sie erkannten. Als hätte sie jede Erinnerung an die Sprache, die hier herrschte, verloren.

Als sich die Türen des Aufzugs öffneten, stand sie vor einem riesigen, eleganten Empfangsbereich. Anthrazitfarbener Marmor und rote Blüten begrüßten sie. Hinter dem Eingang befanden sich Glaspaneele, und man konnte bis auf die Straße hinunter sehen. Die junge Frau am Empfang sprach in ein Headset. Mit ihrem gelockten schwarzen Haar und dem sahnigen goldfarbenen Teint war sie ein weiteres spektakuläres Dekor, das Elle nicht wiedererkannte. Flüchtig schaute sie auf ihr eigenes Spiegelbild im Glas. Ihre Haare wirkten störrisch, die Jeans hatte grüne Flecken, und ihre Stiefel hinterließen eine Spur aus feuchtem Schmutz auf dem Marmor. Mit gesenktem Kopf eilte sie an dem Tresen vorbei und in Richtung Südturm.

Als sie eine Zwischentür aufschob, entdeckte sie unter ihren Fingernägeln Spuren von Basilikum aus ihrem Garten. Das beunruhigte sie kurz. Wie sehr sie sich doch vergessen hatte. Als auf dem Flur eine Bedienung vom hauseigenen Catering an ihr vorbeiging, meinte sie so etwas wie Mitleid in deren Blick zu sehen.

Ihre Nervosität nahm zu, als sie sich seinem Büro in der südöstlichen Ecke näherte. Seine Unberechenbarkeit war noch schlimmer als das Anblaffen.

Sie schlich an Glaskästen vorbei, in denen gebeugte Gestalten saßen. Diese dicht gepackten Waben strahlten Stress aus. Nacheinander betrachtete sie Anwälte, Mitarbeiter und Junior-Partner, aber alle ignorierten sie. Zu ihrer Erleichterung kam ihr niemand bekannt vor. Erst als sie kurz vor seiner Tür war, spürte sie Blicke, die ihr, wohl in der Hoffnung auf Tratsch für die Teeküche, folgten. In seinem Riesenbüro trafen zwei Glaswände aufeinander. Und da saß er, über ein dickes Dokument auf seinem Schreibtisch gebeugt, während ein älterer Mann vor ihm stand und mit dem Finger auf eine Seite einstach. Seine Stimme war nur ein leises Grummeln, aber sein Gesicht war dunkelrot. Elle blieb außer Sichtweite stehen.

Sie blieb hinter einer grauen Trennwand. Dort blickte sie auf eine Zelle mit vier Frauen, die tippten und Anrufe entgegennahmen. Weil diese sie ignorierten, kam sie sich zunächst recht auffällig vor. Abrupt wackelte die Wand, und der Mann kam heraus. Er ging an ihr vorbei, als wäre sie eine Topfpflanze, und sie fühlte sich erst recht verunsichert. Anscheinend war jetzt definitiv nicht der richtige Zeitpunkt.

Dann tauchte David auf. Im Anzug, ordentlich rasiert und mit zusammenpassenden Socken. Allerdings aschfahl. Als er sie sah, zuckte er vor Schreck zusammen. Er musterte ihre Arbeitsstiefel, Jeans und die unordentlichen Haare. Ganz offensichtlich war sie im falschen Outfit an der falschen Adresse.

»Wo brennt's?«

»Hi. Ich dachte, wir könnten zusammen Mittag essen, vielleicht in Treasury Gardens.«

Er schüttelte den Kopf. »Heute nicht.« Dann deutete er in Richtung Aufzüge. Aber sie rührte sich nicht und biss sich von innen auf die Lippe. »Alles in Ordnung?«, fragte sie.

»Alles bestens.« Seine braunen Augen funkelten.

»Ich brauchte eine Pause vom Schnittraum… Und ich muss mit dir reden.« Ihre Worte waren laut. »Jetzt.«

Mit finsterer Miene betrachtete er sie prüfend. Zu ihrer eigenen Überraschung fühlte sie sich wieder verletzlich und im Unrecht. Wie ein Eindringling. Ihre Lippen begannen zu zittern. Als wäre ihm ihre Zerbrechlichkeit oder das gedämpfte Publikum gerade erst bewusst geworden, nickte er.

In seinem Büro konnte Elle bis zu den Dandenong-Bergen sehen. Sie hatte die spektakuläre Aussicht ganz vergessen. David schloss die Glastür. Obwohl es eine Couch gab, setzte er sich hinter seinen Schreibtisch, und sie nahm davor Platz. Sekundenlang starrte er einfach auf die Wand hinter ihr. Sie schien wie die andere aus Ordnern mit schwarzen Rücken zu bestehen. Auf jedem davon prangte ein goldfarbener, runder Aufkleber: Leonidas. Die dicht gefüllten Regale und Ordner erinnerten sie an Stangen. Reihen schwarzer Stangen. Sie zwang sich, den Blick nach draußen zu richten. Der Regen perlte am Glas ab. Der Wind hatte sich gedreht. Davids Augen schauten zu seinem Computer.

»Es wird nicht lange dauern«, sagte sie.

Seufzend lehnte er sich über den Schreibtisch und holte aus einem Holzkistchen eine Schachtel Zigaretten. Auch wenn sie nicht mehr in dieser Firma arbeitete, war sie noch mit bestimmten juristischen Entwicklungen vertraut. Lauernd zündete David sich eine Zigarette an. Sie wollte schon etwas sagen, als ihr die Geräuschkulisse außerhalb seines Zimmers auffiel: Telefone, Gespräche, Kopierer. Durch die geschlossene Glastür sah sie in die bebrillten Augen einer Frau mittleren Alters im Sekretärinnen-Pool.

»Warum sagst du nicht, was du zu sagen hast?«

Sie erkannte, dass er gegen sie aufgebracht war. Sie hätte anrufen sollen. Oder sich wenigstens am Empfang anmelden. David inhalierte, ohne sie anzusehen.

»Okay«, sagte sie.

David drehte sich mit seinem Stuhl und stieß den Rauch in Richtung Fenster aus. Er sah zu, wie der Rauch sich vor dem getönten Glas ausbreitete und auflöste. Sein Körper wirkte so bullig, als wappne er sich gegen sie.

»Gestern war ich bei einem Spezialisten, der meint, ich hätte ein gynäkologisches Problem, das man Endometriose nennt. Das ist es, was unser Sexleben beeinträchtigt.« Sie schwieg kurz. »Es kann auch Unfruchtbarkeit bewirken.«

David starrte auf die Reste des Rauchschleiers. Seine ausbleibende Reaktion irritierte sie. Sie hatte sich auf eine Explosion gefasst gemacht, aber Schweigen? Das fand sie schwindelerregend. Als befände sie sich über einer Falltür. Sie stand auf, weil ihr klar wurde, dass dies weder der richtige Ort noch der richtige Zeitpunkt für ein solches Gespräch war. Ihr fehlendes Urteilsvermögen hatte sie wieder einmal in Schwierigkeiten gebracht.

Aus dem Durcheinander der Bürogeräusche beobachtete die Sekretärin sie jetzt ungeniert. Elle senkte den Kopf. Die Frau warf ihren Kolleginnen Blicke zu, die wohl versteckte Aufforderungen sein sollten. Daraufhin richteten sich noch mehr Augenpaare auf die Theaterbühne hinter Davids Glastür. Er rührte sich nicht, seufzte nur. Dann öffnete er eine Schublade und drückte die Zigarette in einem sauberen Aschenbecher aus.

Sie trat an das dicke Glasfenster und schaute auf die winzigen Gestalten unten auf dem Asphalt hinunter.

»Spuck's aus.«

»Okay.« Ihr Gesicht fühlte sich heiß an. »Ich brauche eine Untersuchung, um die Diagnose bestätigen zu lassen und, wenn sie stimmt, gleich wegschneiden zu lassen, was da ist. Er meint, ich soll es sofort machen lassen, aber ...«

Seine Augen wurden schmal, und sein Blick traf sie wie wütende Nadelstiche.

In der Stille klang ihre Stimme heiser. »Ich mag Krankenhäuser nicht, deshalb möchte ich erst noch eine zweite Meinung einholen.« Mit zitternder Hand wischte sie sich über die Lippen.

»Was soll das?«

Elle runzelte die Stirn und war sich nicht sicher, was er damit meinte. Während sie seine reglose Gestalt betrachtete, wurde ihr klar, dass er nicht überrascht war. Er schob die Lippen vor wie ein schmollender Neandertaler, aber sie entdeckte das schlechte Gewissen in seinen rotbraunen Augen. Als er den Mund aufmachte, wurde sein Gesicht dunkelrot.

»Ich habe genug davon.«

Sie ließ sich auf die Couch sinken. »Davon? Was meinst du damit?«

David zog die fette Akte von seinem Schreibtisch. Teilnahmslos schlug er die Beine übereinander und warf einen Blick auf die Augen jenseits seiner Tür. Schließlich drehte er seinen Sessel so, dass er weder die draußen noch Elle sah, und schlug die erste Seite auf. Zwischen gekritzelten Notizen und dem allgegenwärtigen Aufkleber konnte Elle außen das Wort »Angebot« erkennen.

»Du kapierst es einfach nicht. Ich will Vater werden, nicht mit irgendjemand zusammen sein, der defekt ist.«

Sein Lächeln war eine Überraschung: dick und fett, üppig, wie ein Klecks vergifteter Schlagsahne. Sie hatte nicht gewusst, dass ein Lächeln derart verletzen konnte. Behutsam stand sie von der Couch auf. Als wäre ihr schwindelig. Wie Stützen legte sie die Hände auf seinen Schreibtisch. Sein phänomenaler Egoismus haute sie fast um.

Sie merkte, dass sie auch nach Atem rang. Während ihre Brust sich mühsam hob und senkte, starrte er auf den Papierstapel in seiner Hand, als handele es sich um das faszinierendste Dokument im ganzen Gebäude. Während die Sekunden verstrichen, musste sie all ihre Willenskraft zusammennehmen, um es ihm nicht aus den Fingern zu schlagen. Sie stellte sich vor, über seinen Schreibtisch zu klettern und sein Gesicht zu ihr herumzureißen. Tränen sprangen ihr aus den Augen, und sie verzog das Gesicht, während ihre Hände auf der Schreibtischplatte nachgaben.

»Ich schaffe das nicht«, sagte sie. »Schaffe es nicht.« Sie sagte es wieder und wieder, als seien die Worte etwas ganz Neues in ihrem Mund. Je öfter sie sie aussprach, desto mehr schockierten sie sie selbst. Desto genauer wusste sie, dass sie stimmten.

»Tu das nicht«, sagte sie. »David, tu das nicht.«

Dass er nicht mit Wut reagierte, erzeugte ein Vakuum, in das ihre Gefühle gesaugt und in dem sie verstärkt wurden. Ihre Brust hob und senkte sich immer noch deutlich, während David weiter in das Dokument starrte. Sie merkte, dass sie schluchzte. Sie brauchte etwa eine Minute, um zu begreifen, dass er nicht beabsichtigte, noch etwas zu sagen.

Während ihr Tränen über die Wangen liefen, ging sie ohne ein weiteres Wort und ignorierte dabei die erschrockenen Gesichter der Sekretärinnen und das plötzliche Schweigen. Auf dem Flur sah eine vertraute, weit ausschreitende, schlanke, fast schon konkave Gestalt durch sie hindurch. Andrew Milnes Desinteresse war der letzte Streich. Als sie wieder im Aufzug stand, fühlte sich ihr Brustkorb an wie ein mit Schmerz gefüllter Käfig.

Fünf Tage lang hörte sie nichts von ihm.

Tränen, so zart und flüchtig wie Federn, wurden Teil ihres Alltags. Es kam ihr vor, als sei ein großer Stöpsel aus ihr herausgezogen worden und sie tropfe jetzt. Sie gewöhnte sich an die unvermittelte Nässe auf ihren Wangen. Im Schneideraum, auf dem Gehsteig, auf der Toilette. Sie versuchte, daran zu denken, in ihrem Rucksack und in jeder Jacke Taschentücher dabeizuhaben.

In den frühen Morgenstunden zerlegte sie ihre Beziehung so lange, bis sie begriff. Sie waren wie ineinander verschlungen gewesen und hatten sich monatelang die Bälle zugespielt, aber je dringender sie ihn brauchte, desto weiter hatte er sich von ihr entfernt. Allerdings änderte diese Einsicht rein gar nichts. Sie konnte ohne ihn nicht atmen, nicht essen, sich nicht konzentrieren. Am sechsten Tag rief sie ihn an, und er legte auf. Am siebten versuchte sie es erneut. Am zehnten Tag schien sie ihre Strafe verbüßt zu haben, denn er kam mit *Der alte Mann und das Meer* sowie Tickets für Tasmanien zurück, um das Museum of Old and New Art dort zu besuchen. Sie nahmen ihr Leben wieder dort auf, wo sie es unterbrochen hatten.

Sobald der Schnitt abgenommen war, fuhren sie und David nach Hobart, und er umschwärmte sie. Aber es dauerte nach diesem Wochenendausflug nicht lange, bis er sie wieder anschrie.

An einem Freitag schrie er, weil sie keinen Termin für ihre Bauchspiegelung vereinbart hatte. Er nannte sie unverantwortlich, kurzsichtig, selbstsüchtig. Und um sie zu bestrafen, verschwand er ohne ein weiteres Wort übers Wochenende, nur um danach mit einem handgefertigten Bilderrahmen für sie zurückzukehren. Eines Montags schrie er sie an, als sie fragte, warum er nicht mehr zu Marion ging. Er nannte sie eine Xanthippe, eine Heuchlerin und schleuderte sein Handy durch die Küche. Danach lagen brandneue Mobiltelefone für ihn und sie auf ihren Kopfkissen. An einem Donnerstag brüllte er, als sie ihm gestand, dass ihr Film, der sich jetzt im letzten Produktionsstadium befand, eine Enttäuschung sei. »Wozu war das dann alles gut?«, kreischte er. »All meine gottverdammten Opfer!«

Wenn er schrie, sagte sie sich selbst, sie könne das aushalten. Sie müsse ruhig bleiben. Stärker. Dass es vorbeigehen würde. Meistens, vor allem spätabends, konnte sie nicht verhindern, dass sie zitterte. Trotzdem forderte sie ihn mit fester Stimme auf, es zu lassen. Dann verstummte er und sprach danach zwar einen oder zwei Tage nicht mit ihr, kümmerte sich aber später wieder um sie und umsorgte sie. Manchmal fand sie den Mut, ihm zu sagen, sie brauche seine Geschenke nicht. Dann nickte er und sah sie an wie ein geprügelter Hund. Oder er brachte sie seltsamerweise zum Lachen, was ihren weiterhin vorhandenen Glauben an ihn rechtfertigte. Manchmal jedoch, wenn er schrie und sie konterte, dann schrie er weiter und fluchte, und sie fürchtete sich mehr denn je. Dann weinte sie auch wieder und genierte sich dafür. Während die Wochen verstrichen, wurde das zu einer Art Tanz. Je mehr er schrie, desto mehr weinte sie und desto mehr schrie er.

* * *

Einmal lag er spätabends ausgestreckt auf der Couch. An diesem Tag hatten er und sein Team ihren Pitch für Leonidas präsentiert. Sie reimte sich zusammen, dass es wohl nicht besonders gut gelaufen war. Sein stechender Blick, sein Unwohlsein und dazu noch seine Nacktheit. In dem unbeleuchteten Zimmer saß sie im Schneidersitz auf dem Boden und starrte auf den Fernseher. Fernsehen war inzwischen seine liebste Freizeitbeschäftigung geworden.

»Ich gebe mir hier ja echt Mühe«, sagte er völlig unvermittelt, »aber wahrscheinlich wird es nur noch schlimmer.«

Sie merkte, dass er sie ansah und auf eine Reaktion von ihr wartete. Monatelang, während sie seine Launen aushielt, hatte sie versucht, den guten David durch schiere Willenskraft dauerhaft bestehen zu lassen. Seine Warnung, so vermutete sie, war ein frischer Beweis dafür, dass er nach wie vor existierte. Selbst wenn er damit sagte: *Geh. Wenn du kannst.*

»Dann solltest du wieder zu Marion«, sagte sie sanft.

»Sie hat gesagt, ich bräuchte nicht mehr kommen.«

Früher hätte sie darüber gelacht oder auch aufgekreischt. »Tja«, sagte sie jetzt, »dann hat sie sich eben geirrt.«

Danach stand sie auf, um ins Bett zu gehen.

»Du wirkst auch nicht so, als ob es dir gut ginge«, meinte er. »Vielleicht solltest du auch zu irgendwem gehen.«

Sie nickte stumpf; vielleicht sollte sie das. In letzter Zeit schien es sie vollkommen zu erschöpfen, mit ihm klarzukommen und ihren Film anzupreisen. Erst an diesem Morgen hatte sie sich uninspiriert durch ein Radiointerview gequält. Er schenkte ihr ein kraftloses Lächeln. Pflichtbewusst ging sie zu ihm und bückte sich. Er küsste sie auf die Wange.

Während sie sich die Zähne putzte, führte sie sich ganz realistisch ihr Schicksal vor Augen. Diese Ehe war zu einer Hölle geworden. Beim Ausziehen fiel ihr Blick flüchtig auf den schiefen Turm aus Büchern auf ihrem Nachttisch. Warum, fragte sie sich, war sie noch hier? Und dann kam die rätselhafte Antwort: Sie liebte ihn trotz allem. Den anständigen, klugen Mann, der er in Wirklichkeit hinter der düsteren Fassade aus Verletzungen und Wut war. Und die Vorstellung von einem Leben ohne *ihn* erfüllte sie mit Trauer.

Kapitel 20

Am Donnerstag den 5. Juni stand sie abends vor ihrem Spiegel und trug Mascara auf ihre Wimpern auf, verteilte Rouge auf ihren Wangen und zog sich die Lippen nach. Ihre Hand bewegte sich halbherzig. Das schwache Zittern ihrer Finger fesselte sie mehr als das Ergebnis von Cremes, Puder und Schminke. Ihre Haare waren noch mit einem Handtuch umwickelt, und sie beachtete das Gewicht auf ihrem Kopf, die Feuchtigkeit und den Druck auf ihren Ohren nicht. Erst als das Handtuch herunterrutschte, wurde sie von ihren Fingern abgelenkt. Als das Handtuch schließlich zu Boden fiel, hatte sie das unerklärliche Bedürfnis, sich zu übergeben.

Dieser Brechreiz war das Neueste in einer Litanei von Veränderungen, die sie an sich beobachtete. Angst. Ihr war vorher nicht klar gewesen, dass sie auf so seltsame, greifbare Weise wirkte. Ihre Vagina roch, ihre Haut war schuppig, und die Haare fielen ihr büschelweise aus. Jede Woche, wenn sie Bilanz zog, wurde die Liste zu ihrem Schrecken länger. Ihr Körper schrumpfte, ihr Zyklus war völlig durcheinander, ihr Schlaf gestört. Noch schlimmer war, dass diese Veränderungen zu beobachten ihre Angst noch vergrößerte. Und so ging es immer weiter.

Nass und zerzaust warteten ihre Haare auf den Schultern, bis der Brechreiz vorbeiging. Sie betrachtete sie, während sie noch würgte. Ein Friseurtermin war gebucht, aber vergessen worden. Sie rubbelte die platten Strähnen mit einem rauen Handtuch, bis die Galle in ihrem Bauch sich beruhigte. Dann griff sie hektisch nach dem Föhn, steckte ihn ein und ließ den Kopf nach vorne hängen. Die heiße Luft blies auf ihren Haaransatz, und sie hielt den Föhn darauf, wie um sich zu bestrafen. Sie roch versengtes Haar und hörte den Föhn röhren. Da schüttelte sie ihre Haare und trocknete sie nur stellenweise. Als sie sich aufrichtete, schaute sie gar nicht mehr richtig in den Spiegel, sondern strich das zerzauste Durcheinander nur glatt und verließ das Haus.

Auf einen Abend wie diesen wäre sie ohnehin nie vorbereitet.

Das in den späten Zwanzigerjahren eröffnete Regent Theatre war einer der ersten und exklusivsten Filmpaläste in Melbourne gewesen. Einst hatte sie geglaubt, die Einrichtung im goldenen Rokoko-Stil würde zur Premiere von *Limerenz – Unendlich verliebt* passen. Als sie dann die mit rotem Teppich belegte Treppe hinunterstieg, bedauert sie die Größe und Opulenz des Kinos, seine romantische Atmosphäre und Grandezza. Mit einem gezwungenen Lächeln schob sie sich an einer kleinen Gruppe Schaulustiger vorbei und posierte für die Fotografen. Im Foyer verweilte sie, als sie einen Moment lang unbeobachtet war. Sie versuchte, beim Anblick der prächtigen Samtpolster und der glitzernden Kandelaber Mut zu fassen. In seinem langen Dasein hatte das Theater schon einen Brand, eine Flut, zwanzig Jahre Dornröschenschlaf und Abrissdrohungen überstanden.

Um zehn nach sieben war sie bereits spät dran.

Auf dem Weg durch das überfüllte Foyer hörte sie eine Stimme. Aber das konnte ja nicht sein. Als sie ihn, noch in Seddon wartend, angerufen hatte, saß er gerade in einem Meeting in Richmond fest. Enttäuscht, aber pragmatisch hatte sie sich ein Taxi gerufen. Nichts an diesem Film war wie erhofft gelaufen, und der Premierenabend würde da keine Ausnahme bilden. Während sie erneut auf diese Stimme lauschte, ließ sie den Blick über die Gesichter schweifen. Die meisten jugendlich, manche mittleren Alters, aber alle ähnlich gekleidet in schwarzer Abendgarderobe. Viele der Kleider waren atemberaubend schön. Sie empfand sie als beunruhigend, diese unbarmherzige Größe und Schönheit. Wo kamen diese Leute her? Zwischen all den Köpfen konnte sie sein unverkennbares widerspenstiges Haar nicht entdecken. Aber sie zögerte trotzdem, konfrontiert mit so vielen Gesichtern. Sie hatte ihren Schwung verloren, als hätte irgendein Seitenwind sie erwischt.

Neben ihr tauchte ein Kellner auf, vielleicht gerade mal zwanzig und so gut aussehend wie alle anderen. Er erkannte sie. Sie nahm sich ein Wasser, wandte sich von seiner ehrerbietigen Verbeugung ab und erwog, sich hinter der Treppe zu verstecken. Wenn dann das Licht ausginge, könnte sie hineinschlüpfen und sich ihren Film allein in der letzten Reihe ansehen – wie sie es auch schon bei der Preview getan hatte. Weil jenes Publikum gelegentlich etwas gelangweilt gewirkt hatte, waren noch zwölf Minuten herausgeschnitten worden. Außerdem war ihr in letzter Minute noch ein Disclaimer für den Anfang eingefallen: »Die hier dargestellten Beziehungen sind reine Erfindung und haben keinerlei Ähnlichkeit mit tatsächlich existierenden Beziehungen der Vergangenheit, Gegenwart oder Zukunft. Bitte erwarten Sie das Folgende nicht zu

Hause.« Außerdem waren noch skurrile Zwischentitel eingefügt worden, die jede Episode mit »Liebe ist…« oder »Liebe ist nicht…« beginnen ließen. Aber selbst diese Maßnahme und der Retro-Soundtrack mit Blondies »In the Flesh« hatten nichts gerettet. Gegen eine unentschlossene Hauptdarstellerin und fehlendes Feuer hatte sie einfach nicht viel ausrichten können. Die widersprüchlichen Bemerkungen der Investoren waren auch nicht sehr hilfreich gewesen. Nach einiger Zeit hatten manche die irreparablen Probleme des Films erkannt. (»Das ist nicht die Lucy, für die wir bezahlt haben«, hatte einer der Geldgeber sich beklagt.) Andere weigerten sich noch jetzt, die Probleme zu sehen. Wie Mira – die entschlossen optimistische Mira. Vielleicht, so dachte Elle, war das die fortdauernde Macht der Lucy van den Berg.

Gelächter in der Mitte des Foyers sorgte dafür, dass die Leute die Köpfe drehten. *Das kann nicht sein*, überlegte sie und reckte selbst den Hals, aber er war es: David. Das unerwartete Gefühl ließ sie rot werden. Da er schon vorher hier eingetroffen sein musste, fühlte sich seine Anwesenheit wie ein Verrat an. Wenn überhaupt, dann gehörten ohnehin so wenige Abende ihr. Aber es war nicht Wut, die ihre Wangen färbte, sondern Scham.

Während sie sich zu ihm durchschlängelte, sah sie, wie er weiter weg tänzelte, ein Tablett mit Champagnerflöten in den Händen. Ein gestriegelter und geschniegelter David. Nicht einer in gemütlichen Schlabberklamotten, nicht einer im Büro-Outfit. Dieser David trug die Haare gegelt und dazu das Hemd, das sie für ihre Hochzeit in einem Vintage-Store entdeckt hatte. Dieser David schaukelte im Takt der Musik wie ein Raver mittleren Alters. Fasziniert sah sie ihm zu, wie er schnurrend und

Funken sprühend mit dem Tablett über dem Kopf durch die Menge glitt. Sie kam sich vor wie eine Mutter, die staunte, ihr Kind in einem anderen Umfeld, aber ganz in seinem Element zu sehen. Sie war dagegen angezogen wie Eltern mit chronischem Zeitmangel – schwarze Hose und schwarzes Shirt mit rundem Ausschnitt. Sie hätte genauso gut im Pyjama kommen können. Aber Kleidung war für sie zu einer langweiligen Notwendigkeit geworden, wie Wasser. Das Interesse an ihrer Erscheinung hatte sie schon vor Monaten verloren. Sie hatte sich ausschließlich auf ihren Film, ihre Angst und ihr Fruchtbarkeitspotenzial konzentriert. Aber wie sie feststellte, hatten diese Monate bei ihm das Gegenteil bewirkt. Er sah fitter und gepflegter aus. In der Menge junger, frischer Gesichter strahlte er. Als er seitwärts auf drei brünette Mädchen zusteuerte, beobachtete Elle, wie die Jüngste vor Aufregung herumflatterte und sich streckte wie ein junges Pferd, das sich seiner Beine bewusst wird. Sie bewunderte das eng anliegende schulterfreie Kleid des Mädchens und seine hervortretenden Schulterblätter. David verbeugte sich sogar, als er ihnen Champagner anbot. Sie konnte es fast nicht mit ansehen: seine graziöse Leichtigkeit, seinen Charme.

Weil sie inzwischen auch Mira gesehen hatte, die sich vom Mezzanin aus – mit einem Fotografen im Schlepptau – suchend umschaute, schob Elle sich zwischen den Leuten durch, um ihn besser sehen zu können. Was hatte sie nur getan, um das hier zu verdienen? Oder war er etwa immer so, wenn sie nicht dabei war? Vielleicht unglaublich, aber sie hatte sich nie Gedanken über sein Verhalten in ihrer Abwesenheit gemacht. Sie hatte einfach angenommen, er würde allein in einer leeren Cocktailbar vor sich hin brüten. Oder freundlich in Alex' Galerie mitwirken.

Während sie ihm zusah, holte David seine Geldbörse heraus und gab dem Mädchen seine Karte. Das steckte sie ein, wie ein Kind, das sein erstes Geldstück geschenkt bekommt. Als er dort fertig war, tänzelte er weiter durchs Foyer. Lachend, Fragen stellend, Schultern berührend. Dieser David war ihrer, obwohl ihr dieser Gedanke zuvor noch nie gekommen war. *Seiner. Ihrer*. Das waren keine konstruktiven Begriffe. Aber sie standen flammend über ihrem Kopf, während sie ihm zusah, als er sich wie Blumendünger über lächelnde Frauen verteilte. Energie, dachte sie, war eine so subtile Sache. Und ihre Präsenz, ihre Energie, spielte für ihn unter all den Leuten hier und heute die geringste Rolle. Diese Erkenntnis kühlte ihren Kopf wie ein kalter Windstoß.

Während sie ihm nachging, näherte sie sich der Treppe, bemerkte die freundlichen Gesichter, die Presse und auf sie zukommende Bekannte nicht, die alle wegen ihres Films da waren. Stattdessen beobachtete sie ihn. Was machte sie da? Tat sie es aus Mut oder Stolz? Aus Stolz oder Hass? Was auch immer es war, Liebe war es nicht.

Diese Erkenntnis löste eine Art Panik bei ihr aus.

Sie merkte, dass ihre Wangen glühten, als hätte jemand sie geohrfeigt. Ihre Einsicht erstaunte sie mindestens genauso wie das Timing. Sie verschränkte die Arme und krallte die zitternden Finger hinein. Vielleicht änderte sich irgendetwas an ihr, oder sie strahlte eine andere Energie aus, denn jetzt erblickte David sie. Als seine Miene keine Reaktion zeigte, machte sie sich an ihrer Handtasche zu schaffen.

Nonchalant löste David sich von einer Gruppe. Als er auf sie zukam, verblasste das Leuchten in seinem Gesicht. »Wann bist du denn hier aufgeschlagen?«

»Ach, ist noch nicht so lange her.«

»Was hast du denn da an?«, fragte er mit hartem Blick.

Elle sah an sich selbst herunter und strich das Top gerade, das hochgerutscht war, sodass man ein Stückchen von ihrem Bauch sah. Sie war sich ihrer selbst mit einem Mal deutlich bewusst. Entkräftet, entnervt, aber doch ganz im Bilde. David drückte ihr grob seine Schlüssel in die Hand, und sie umklammerte sie, bis sich das Metall in ihre Haut bohrte. Während er die Gesichter anderer Leute scannte, registrierte Elle noch einmal sein neues altes Hemd, sein geordnetes Haar, die frisch rasierten Wangen, seinen süßen Melonenduft und die neuen Schuhe. Er summte vor sich hin und war – das ließ sich nicht leugnen – ungemein attraktiv.

David nippte am Champagner, und sie standen wortlos nebeneinander. Der sie umgebende Lärm betonte ihr Schweigen noch. Sie spürte, wie sie darin versank. Wenn sie nicht aufpasste, würde sie wieder darin verschwinden, und sie würden so weitermachen wie immer. Sie fragte sich, ob sie die Kraft zum Handeln hatte. Sie sagte sich, das würde sie, wenn die Zeit reif war – und zwar voller Entschlossenheit und in Würde. Aber jetzt noch nicht. Nicht am Abend ihrer Premiere.

In dem geräumigen dunklen Kinosaal sah Elle Lucys ungleichmäßige Performance, hörte die misslungenen Scherze und erkannte, dass es manchmal schlimmer war, recht zu behalten, anstatt sich zu irren. Wenn sie doch nur beim Casting der Freddie auf ihr Bauchgefühl gehört hätte.

Unter den stillen Zuschauern saßen die Schauspieler und die Crew, Investoren und Filmkritiker. Sie dachte an Yvonne und Julia, Lucy (die mal wieder majestätisch und exquisit wirkte) und Jay, Mira und Troy, sogar Jude und ihre Mutter, die sich alle irgendwo befanden. Jetzt sahen und spürten sie alle mit Sicherheit, wie sie, Elle, eigentlich war. Am liebsten hätte sie sich hinausgeschlichen. Obwohl ihr die Schwächen des Films nur zu gut bekannt waren, fühlte sie sich erstaunlich unvorbereitet darauf, hier im Publikum zu sitzen. Ja, gelegentlich wurde gekichert oder geflüstert. Aber jeder Fehltritt wirkte wie vergrößert, jeder trockene Kuss. Sie kam sich dermaßen unfähig vor. Und sie schwor sich, allen Bekannten aus dem Weg zu gehen, sobald es vorbei wäre.

Als die hübsche Lucy sich auf der Leinwand zurückhaltend gab, hüstelte irgendwer. Die Leute begannen unruhig zu werden. Sogar David kratzte sich am Kopf und schlug die Beine übereinander. Die kollektive Energie richtete sich jetzt gegen sie. Ihre Augen füllten sich mit Tränen. Sie stupste David an, als sei er ein normaler Mensch, der einem die Hand halten oder ein Taschentuch anbieten würde. Doch er reagierte gar nicht. Kurz bezweifelte sie, ob er ihre Berührung überhaupt gespürt hatte, aber während es von ihren Wangen tropfte, sah sie ihn erneut an, und sein Profil war so reglos wie aus Stein. Noch nie war sie derart perfekt ignoriert worden.

Zum ersten Mal hasste sie ihn.

Als sie an ihm vorbei auf die nach oben gerichteten, fahlen Gesichter schaute, stellte sie fassungslos fest, dass sie nicht eines davon erkannte. Unter so vielen Menschen war es, als würde sie zerbröseln, als habe man sie aufgegeben und verlassen.

Elle ist gekränkt. Schlimm genug, dass sie öffentlich an ihm festgehalten hat, dass sie glaubte, ihn zu brauchen; aber heute Abend ist sie sein *Opfer* geworden. Sie stellt sich all diese Leute vor, die ihren Film gesehen haben, die Fans von *Daisy*, ihre Mitschüler von der Highschool, Kommilitonen von der Universität, Kollegen bei Freeman & Milne … Wenn die alle sie jetzt sehen könnten – *auf den Fliesen*. Dieses Arschloch.

Innerhalb von ein paar Stunden hat er sie zu einer »ermordeten Ehefrau« der Boulevardpresse gemacht. Eine, über die man auf der ersten oder dritten Seite liest. Die wie die vor ihr umgebrachten Frauen viel zu kurz im Blickpunkt der Öffentlichkeit steht. Eine tragische, wenn auch alltägliche Unvermeidlichkeit, wie ein Verkehrsunfall. Zorn erfasst sie. Egal, was sie getan oder toleriert hat, ihr Leben war kostbar. Er muss gefasst werden. Und bestraft.

Ihre Wut ist so groß, dass sie irgendetwas in ihr entzündet. Ein Bedürfnis, das über sie selbst hinausgeht, ein Verlangen nach Gerechtigkeit.

* * *

Vor Nats Haus packt Dave eine neue Panik. Er marschiert um sein Auto herum, als habe er sich ausgesperrt. Ihm bleiben nur noch Fragen: Wohin? Was jetzt? Und die allergrößte: Was hat er getan? Er sieht sie an jenem Tag damals in Fairhaven. In ihrem Badeanzug im Vierzigerjahre-Stil. Wie glücklich sie in diesen eisigen Wellen war, mit ihm. Was zum Teufel hat er getan?

Als er früher am Tag mit Troy telefonierte, da hatte er versucht, so viel zu sagen, aber es kam irgendwie nicht richtig rüber. Er konnte die Abneigung von diesem Kerl hören. Wütend starrt er jetzt in den tiefhängenden grauen Himmel. Am liebsten würde er brüllen wie ein verwundeter Stier. Er spürt einen Schmerz in der Brust und in der linken Schulter: Da kommt der Herzinfarkt. Er stöhnt, aber der Schmerz ändert sich nicht.

Er hätte sich denken können, dass es ihm so ergehen würde. In letzter Zeit hatte es immer eine bizarre Wirkung auf ihn gehabt, seine Ex zu sehen. Weil es so deutlich machte, wer Elle gewesen war und was er verloren hatte, als ob Klarheit irgendwie relativ wäre. Elle war sein Mädchen aus der Spitzenliga. Etwas echt Einmaliges. Sie wollte nicht ausgehalten oder gerettet oder verhätschelt werden. Sie beschimpfte ihn nicht oder legte ihn an die Kette. Alles, was sie wollte, war, dass er auch glücklich sein sollte.

Sie war, das wusste er, seine letzte Chance gewesen.

Nach der Vorführung wurde höflich applaudiert. Für einen vollen Saal im Regent Theatre klang es allerdings auffällig bescheiden, und Dave wusste, warum. Der Film war uneinheitlich, und das machte ihn durchschnittlich – nicht schockierend, nicht umwerfend. Er vermutete, dass das nicht so sehr Elles, sondern Miras Schuld war. Diesem Film mangelte es an Elles Witz, und ihm fehlten die Freude und der Optimismus von *Daisy*. Stattdessen war er pragmatisch, unromantisch. Was sexy hätte rüberkommen sollen, konnte man kaum ansehen. Die beiden Hauptfiguren wirkten wie ein aus dem Tritt geratenes Tanzpaar. Und was war mit der verändernden Kraft der Liebe? Von dieser Magie war hier nichts zu spüren.

Er ging in der Menge neben ihr. Wie würde sie ihre Karriere danach wieder aufrichten? »Du bist nur so gut wie dein letzter …« Sagte man das nicht? Er seufzte. Sie war derzeit so emotional, da würde sie das mit Sicherheit umhauen. Ihre Finger gruben sich in seine, und er versuchte, sie loszulassen. Aber ihr Griff war eisern. Rundherum wurde ihr Film seziert. Er versuchte, das Murren zu ignorieren. Er hatte nicht die nötige Ausdauer für ihr kreatives Leben. Es belastete ihn, stellte ihn in den Schatten und gab ihm so wenig zurück. Einen begabten Künstler zu fördern war das eine, eine Lusche zu unterstützen das andere. Er hatte das mit Nat schon mal erlebt und jetzt mit sich selbst genug zu tun. In seinem Leben brauchte er keine weiteren Enttäuschungen mehr.

Was er jetzt brauchte, war ein Bier.

Elle zog an seinem Arm. Ihr Gesicht war trotz des grauenhaften Make-ups käsig. Sie war so dünn und zerbrechlich geworden. Er kapierte das einfach nicht – diesen heftigen Antrieb von Künstlern, für die nichts anderes mehr zählte. Und am Ende lag dann die Seele nackt und bloß da. Egal, zu welchem Preis. Klar, er vermisste den Freiraum, die Ruhe, aber um dieses Leben beneidete er sie nicht, nicht mehr. Und er war sich inzwischen ziemlich sicher: diese Einstellung und Mutterschaft waren inkompatibel. So hatte sie mit ihrer miesen Leistung ihnen beiden einen Gefallen getan.

Ja, er brauchte jetzt was zu trinken. Er machte sich von ihrer Hand los, murmelte irgendetwas und verschwand in der Menge. Irgendwo musste doch Alex sein, der bestimmt gerade einen Kellner terrorisierte.

Eine Stunde später erinnerte das Foyer eher an eine Bar, so klebrig war der Fußboden. Der allgemeine Aufbruch begann, als er sie hinter einem Blumenarrangement sitzend fand.

»Hi. Ich möchte nach Hause«, sagte sie.

Er musterte ihre roten Augen und spröden Lippen. Ihre Hände zitterten. »Ich bin noch nicht so weit, und du bist betrunken.«

»Ich hatte nur einen Drink.«

Er fluchte. Und weil er sie kannte, wusste er, dass es stimmte. »Dann hat dir jemand was reingetan.«

Sie stand auf und stellte sich mit dem Rücken zum Foyer, wo Mira und Lucy missmutig in der Nähe des Ausgangs ausharrten.

»Was hast du gemacht? Wo ist deine Mutter?«

»Keine Ahnung. Ich habe sie nicht gesehen.«

Zu seiner Überraschung traten ihr Tränen in die Augen. Er schüttelte den Kopf. Anscheinend erwartete sie immer noch irgendetwas von ihrer Mutter!

»Geh nach Hause«, sagte er.

Als sie daraufhin nicht blass wurde, staunte er wieder.

»Ich will, dass du mitkommst. Jetzt.«

Das war sein finaler Test, wobei er das damals nicht wusste. Er würde noch Wochen brauchen, um es zu begreifen. Sie hatte eine Menge Gelegenheiten und Gründe gehabt, aber sie war geblieben. Fast hätte er schon das Unmögliche geglaubt: Dass ihre Liebe unerschöpflich war. Unwiderruflich.

»Nein.«

Jemand rief auf Wiedersehen. Er lächelte, winkte, doch sie rührte sich nicht.

»Das hätte mein Abend sein sollen«, flüsterte sie. »Wir gehen gemeinsam nach Hause. Du bist betrunken, und ich fahre. Und jetzt komm.«

Frust fuhr wie ein heißer Windstoß durch ihn hindurch. Sie hatte seine Schlüssel. Sie hatte diesen lahmen Film gemacht. Sie hatte sich den ganzen Abend über versteckt. Aber warum hatte er ihr so viel Kraft geopfert? Sie konnte, verdammt noch mal, nichts damit anfangen. Und er wollte sie zurück.

»Gib mir meine Schlüssel.«

Sie schaute bittend, aber auch trotzig zu ihm hoch. Dabei hielt sie den rechten Arm so, dass ihre Handtasche hinter ihrem Rücken verschwand. Ohne Zögern packte er ihren rechten Ellbogen und drückte zu. Ihre Augen wurden schmal, sodass die Pupillen wie zwei glühende schwarze Punkte aussahen. Es faszinierte ihn, wie er das mit ihr machen konnte, sie schrumpfen lassen.

»Bitte«, sagte sie mit lauterer Stimme. »David?«

In diesem Moment tauchte, leicht angetrunken, Alex auf. »Da seid ihr ja! Was für ein Film! Sehr … erwachsen.« Er sah erst Dave, dann Elle an. »Was ist denn los, Dave?«

»Ich könnte noch ein Bier vertragen.« Daves Gesichtsausdruck blieb neutral. »Geh schon mal vor, Kumpel.«

»Elle?«, sagte Alex.

Dave hielt den Atem an.

»Elle? Bist du okay?«

Ihr Kopf nickte, doch das war eine viel zu vage Geste. Dave drückte wieder ihren Ellbogen.

»Hau ab und besorg mir ein Bier«, sagte er.

Alex sah ihn finster an. Das hatten sie schon mal erlebt – er wusste es, und Alex wusste es. Bei Nat war es nicht laut ausgesprochen worden. Aber es war hässlich gewesen. Und es hatte Folgen gehabt: vier lange Jahre ohne Kunst.

»Lass sie los«, sagte Alex.

Dave ließ Elles Arm fallen und hob die Hände.

Elle lächelte zaghaft.

»Bist du okay?«, fragte Alex noch mal.

»Ja.« Ihre Stimme war leise, aber sie lächelte tapfer.

»Ich bewundere deine Loyalität«, sagte er. »Meine Konstitution gibt das nicht her. Nicht mehr.«

Dave zog scharf die Luft ein. Alex küsste Elle auf die Wange und verschwand wieder in der Menge. Dave wusste, dass er ihn an diesem Abend nicht wiedersehen würde. Was er da noch nicht wusste, war, dass Alex eine klare Haltung eingenommen hatte. Eine, die Dave teuer zu stehen kommen würde. Für immer.

»Mein Gott«, sagte er. »Lass uns bloß von hier verschwinden.«

Er packte sie an der Hand und führte sie durch einen Notausgang hinaus. Bald standen sie zwischen Mülltonnen auf einer kopfsteingepflasterten kleinen Gasse. Eine tote Sackgasse, ohne die für die Stadt typischen versteckten Bars. Die Stille verschlechterte seine Laune noch. Alles, was er wollte, waren seine verdammten Schlüssel! Er packte sie noch mal am Arm. Er merkte, wie sie sich krümmte und gegen die Ziegelmauer zurückwich. Seine Beobachtung war geradezu klinisch. Hatte sie überhaupt eine Ahnung davon, wozu er imstande war? Seine Finger bohrten sich in ihr Fleisch. Ihre Furcht wuchs, aber er konnte auch ihre Willenskraft sehen.

»Bitte, David, lass mich los. Fahren wir doch einfach nach Hause.«

Er schnaubte. Meine Güte, warum gab sie nicht endlich auf? Er grub mit den Fingern noch tiefer und spürte, wie seine Nägel sich unter ihre Haut bohrten. Da war auch ihr knubbeliges Gelenk. Er wusste, dass dieser Moment wichtig war.

Er erhöhte den Druck weiter. Ihre Knochen waren so zart, dass er sie mit bloßen Händen brechen konnte. Der Schmerz musste jetzt wellenförmig den Bizeps hinauf bis in die Schulter ausstrahlen. Wie lange würde sie ihn noch aushalten? Für eine Frau von so zierlicher Gestalt war sie tough. Er presste ihren

Arm gegen die Ziegel, um ihr klarzumachen, dass er nicht ans Aufhören dachte. Sie verlangte zu viel. An ihrem Haaransatz bildeten sich Schweißperlen. Er blinzelte nicht mal. Ihr Ellbogen kreischte in seiner Umklammerung. Er konnte es hören. Ein ganz hohes Heulen. Als er den Schmerz in ihren Augen sah, stieß er sie heftig gegen die Mauer. Dabei fiel ihr die Handtasche runter.

»Geh nach Hause«, sagte er und grapschte nach seinen Schlüsseln.

Sie wandte den Blick ab, und er dachte, den Punkt für sich verbuchen zu können. Doch dann fing sie an zu weinen. Mit Schmerz konnte er umgehen und mit ihrer armseligen Wut auch. Sogar mit ihrem Trotz. Aber nicht mit diesen verdammten Tränen.

»Warum hasst du mich?«, fragte sie.

Da brüllte er und konnte gar nicht mehr damit aufhören. Sie flüsterte. Ganz zart. Er warf ihr alles an den Kopf, was ihm einfiel, um sie zum Schweigen zu bringen.

»Alles, was ich dir jemals getan habe, ist, dich zu lieben!« Ihre Worte trafen ihn wie Steine.

»Halt die Klappe!«

Sie duckte sich, als er ausholte. Seine Hand berührte ihr heißes, nasses Fleisch. Ihr Kiefer ruckte, als der Schlag sie gegen die Mauer prallen ließ. Es klang dumpf. Er sah, wie sie sich verdrehte und fiel, wie eine gekochte Spaghetti. Bei Bewusstsein, aber stumm. Als sich ihre blauen Augen endlich schlossen, da hasste er sie tatsächlich. Dafür, dass sie so lange nachgegeben hatte und so verdammt stur gewesen war. Dafür, dass sie ihm gesagt hatte, er müsse zu einer Scheiß-Psychologin. Dafür, dass sie ihn herausgefordert hatte. Dafür, dass sie ihn liebte. Vor allem aber hasste er sie dafür, dass sie ihn dazu gebracht hatte, etwas zu tun, das er sich selbst versprochen hatte nie mehr wieder zu tun.

Zwanzig Minuten später befand er sich in seinem Büroturm. Das Gebäude hielt den Atem an. Im Lift schwankte er mit geschlossenen Augen. Im fünfzigsten Stockwerk öffnete er mit seiner Schlüsselkarte die Türen und stolperte hinein. Wenn man doch nur die Fenster hätte öffnen können. Wenigstens war hier niemand. In seinem Büro holte er ein Kissen und eine Decke aus einer Schublade. Danach rollte er sich, so schnell er es mit seinen schmerzenden Knöcheln und dem wehen Daumen konnte, einen Joint. Während er hinter dem Schreibtisch auf dem Teppich lag, sah er dem Rauch nach und trat um sich wie ein Kleinkind. Warum nur waren die einzigen Frauen, die er je geliebt hatte, so gottverdammt labil? Erst etwas später, als der Stoff von seiner Lunge ins Blut übergegangen war und sein Hirn erreicht hatte, stellte sich der chronische Selbstekel ein.

Er stand auf und pisste in den nächstbesten Aktenschrank.

Ungefähr eine Stunde lang murmelte er in sein Diktiergerät. Zwei volle Bänder später fragte er sich, wann er seine Rückkehr inszenieren sollte. Ihr nach einem Streit unter die Augen zu treten, das war nicht gerade seine stärkste Rolle. Er ertrug es nicht, den Vorwurf in ihren Rehaugen zu sehen und wie die Bedürftigkeit ihr Kinn zum Beben brachte. Ungefähr fünf Tage waren sein Limit; fünf Tage, um wieder zu atmen, sich ausgefüllt und wie im freien Fall zu fühlen, bis der Hunger zurückkam. Bis zu dem Wendepunkt, wenn seine Furcht, sie zu verlieren, größer war als sein Bedürfnis, sich von ihr zu befreien. An diesem Punkt kehrte die Sehnsucht zurück, heiß und drängend, und er fragte sich, was er getan hatte. Wie um alles auf der Welt er sich dieses Risiko hatte erlauben können.

Er nuschelte in seine Blackbox, bis er die Dinge mit neuen Augen sah. Trotz seiner Schwächen hatte ihr Film etwas. Ein Wort, um auszudrücken, wie er sich in diesem Extremzustand fühlte: limerent. Trotz der weitschweifigen Gespräche mit seiner Therapeutin hatte er das bis heute Abend nicht wirklich verstanden. Aber beim Zusehen hatte in seinem Kopf eine Glocke geklingelt. Er lachte bitter, denn er musste zugeben, dass er wie Freddie in dieser Konstellation war. Ihm gefiel bei Weitem am besten die Phase des kopflosen Werbens oder das Zurückgewinnen von verlorenem Terrain.

Die Realität, der Stillstand, das war hart. Wie um alles in der Welt machten andere Leute das? Mit der Langeweile, der Ungewissheit und diesem fiesen Verlangen nach Zerstörung zurechtzukommen? Oder trieb Letzteres nur ihn um? Vielleicht hätte er der guten alten Marion mal von diesem kleinen Impuls erzählen sollen. Er stoppte die Aufnahme. Wenn Elle ihn noch dies eine Mal zurücknahm, dann würde er diesem Verlangen endgültig entsagen. Wenn Leute den Everest besteigen und Tsunamis überleben konnten, dann konnte er – konnten sie beide – doch wohl eine normale Beziehung führen. Er war dazu imstande. Er konnte sich auf ein Dutzend Couchen legen und sein Leben sezieren, bis er es hinkriegte … Und das würde er – falls sie ihn zurücknahm.

Das Erstaunliche war ja, dass sie das immer tat. Nach ihrem Ellbogen, nach dem Debakel beim Einkaufen, nach Red Hill. Sie bemühte sich sogar nach dem Vorfall in seinem Büro um ihn. Das war bemerkenswert, und er hatte es nie verstanden.

Erst jetzt, als er so neben dem stinkenden Aktenschrank saß, kapierte er es. Sein unberechenbares Verhalten hielt sie in ständiger Limerenz, also in dieser krankhaften Verliebtheit. Und machte sie auch irgendwie machtlos. Doch vielleicht sollten es nicht mehr als fünf Tage sein? Er durfte es nicht übertreiben. Selbst ihre Limerenz musste Grenzen haben.

Als er in Newport auf dem Bordstein hockt, erkennt er, dass er damals zu lange gewartet, sie zu weit von sich gestoßen hat. Ihr Muster war damit zerstört. Heute Abend ist sie gestorben. Seine wunderschöne, erstklassige Ehefrau.

Kapitel 21

Als ein freundlicher Taxifahrer, vor dem sie sich schämte, sie vom Regent Theatre nach Hause gefahren hatte, ging Elle direkt ins Badezimmer. Dort war sie lange mit Betasten, Reinigen und Inspizieren beschäftigt, bis sie es sich eingestehen musste: Was er getan hatte und was aus ihr geworden war. Kurz danach fiel sie ins Bett und in einen tiefen Schlaf.

Im Morgengrauen, in den Sekunden vor dem Aufwachen, echoten die Ereignisse des Vorabends durch ihr Bewusstsein wie ein langer, detaillierter Traum. Während sie ganz wach wurde, entsetzte sie die Erkenntnis, dass die erschreckenden Bilder des Scheiterns, die ihren Schlaf gestört hatten, exakt ihr Leben widerspiegelten. Von der miserablen Reaktion auf ihren Film und der Abwesenheit ihrer Mutter bis zur gewalttätigen Auflösung ihrer Ehe in einer verlassenen Gasse. Wie sie so benommen dalag, streckte sie die Finger auf dem Laken neben sich aus und fand die Stelle kalt.

Sie setzte sich auf, aber die Situation war eindeutig: Er war weg. Sie umschlang ihre Knie und versuchte zu verstehen, wie sie sich fühlte. In der aktuellen konzentrierten starken Mischung war echte Furcht enthalten. Es war auch eine Schande, dass sie sich erlaubt hatte, so weit zu gehen. Aber genauso stark war die Sehnsucht, die sie verspürte. Sie existierte nach wie vor. Mit einem Schmerz in der Brust lechzte sie nach ihm. Einer plötzlichen Unruhe folgend, sprang sie aus dem Bett.

Es dämmerte gerade erst, aber der Tag löste sich bereits auf. Der Himmel schien sich selbst zugedeckt und seine Wolken über den reglosen Fluss drapiert zu haben. Das andere Ufer war wie ausradiert. Elle ging durch die Wolken und stieß nur auf noch mehr Dunst, der sie fortbewegte und wie ein schwaches Narkosemittel einhüllte. Am Ufer des Maribyrnong gab es außer ihr nur wenige Spaziergänger. Wer hier unterwegs war, erschien erst zwei Meter vor ihr auf dem Weg. Wie ein Zeitreisender, der dann hinter ihr wieder verschwand. Die einzigen Geräusche waren die gleichförmigen Schritte der Jogger auf dem Asphalt und körperlose schwebende Stimmen.

Als sie sie erblickten, nickten ihr ein, zwei Leute zu oder lächelten kurz. Niemand zuckte zusammen oder schnappte nach Luft. Das empfand sie als seltsam. Als falsch. Schließlich sahen ihre Augenlider aus wie rosafarbene Würstchen. Fast schon leer geweint, presste sie eine weitere Träne hervor. Sie lief hinab zu ihrer entstellten Oberlippe. Als sie sie fortwischte, löste das einen stechenden Schmerz aus. Ihr Mund hatte die volle Wucht seines Schlags abgekriegt, und so war die Schwellung und Schmerzempfindlichkeit an ihren Lippen und um die Zähne herum am stärksten. Die Oberlippe war aufgeplatzt; etwas, das aussah wie ein schartiger Pfeil, zeigte auf ihr rechtes Nasenloch. Es gab noch zwei andere Stellen. Ein Loch, das sie sich in die rechte Wange gebissen hatte, als ihre Zähne aufeinanderschlugen. Ihre Zunge befühlte die Stelle immer wieder, fuhr ihre Form nach und prüfte die Tiefe der Verletzung. Es schmeckte bitter und metallisch. Die dritte Stelle befand sich genau unter ihrem rechten Auge. Eine Schwellung über dem Wangenknochen, die bis zum Unterlid reichte und ihr das Auge beinahe zudrückte.

Ihre Gefühlslage war kompliziert.

Als Teenager war ihr in der Schule mal ein Mädchen mit aufgeschürfter Wange und blauem Auge begegnet. Sie konnte sich noch an deren bedrückte Scham und das Getuschel hinter ihrem Rücken erinnern. Ihr Vater war ein verwitweter Ingenieur gewesen, das Mädchen musikalisch begabt. Abgesehen davon wusste sie nichts von den Gefahren häuslicher Gewalt. Außer natürlich von den gruseligen Geschichten über entführte Prominentenkinder, wie die Beaumonts, die ihre Mutter gerne erzählte. Als Heranwachsende hatte man sie ermahnt, sich von dunklen, einsamen Gegenden fernzuhalten, von der Wut geliebter Menschen war jedoch nie die Rede gewesen. Über die Risiken, die von denjenigen ausgingen, die behaupteten, einen zu lieben, hatte sie nichts gelernt. Risiken, die abends in der Küche der Familie oder nach einer Party drohten. Sie dachte bei sich, dass es genützt hätte, wenn jemand ihr die Warnsignale erklärt hätte: Launen und Wutausbrüche. Und ihr auch gesagt hätte, was dahintersteckte: verdeckte Versuche, die Kontrolle zu erlangen. Dann hätte sie über Worte und einen Kontext dafür verfügt, wie sie sich heute fühlte. Oder noch besser: Sie wäre vorgewarnt gewesen.

Auf dem nebligen Pfad empfand sie seine Präsenz als geradezu überwältigend. Melonenseife, gestärktes Hemd, feuchtes Haar. Sein Lachen, wenn er ihr mit einer Schüssel voller Ei nachlief, sein Grinsen, wenn er die langen Arme nach ihr ausstreckte. Oder im Bett sein Bein auf ihrem, während ihr Körper sich an seinen schmiegte. Sie passten wirklich zusammen.

Das hatte sie geglaubt. Sie beschleunigte ihre Schritte und begann zu schwitzen. Gestern Abend war von diesem Zusammenpassen nichts zu spüren gewesen. Eigentlich schon seit Monaten nicht mehr, wie sie zugeben musste. Trotzdem war sie weitergestolpert und hatte daran geglaubt.

Hitze stieg ihr ins Gesicht. Im Verlauf ihrer Beziehung hatte sie geglaubt, Liebe sei formbar wie Knetgummi. Dass sie sich biegen und verdrehen und ändern könne, bis sie zu etwas völlig Unkenntlichem wurde. Sie hatte darauf beharrt, dass das, was sie beide hatten, Liebe sei, unanfechtbar und wahrhaftig. Sie war wegen dieser erhabenen Gefühle geblieben, obwohl ihre Beziehung verkrampft und unbewohnbar geworden war. Sie hatte in diesem Raum gelebt, sich gefangen gefühlt, selbst wenn er hin und wieder die Tür aufriss. Sie war wegen ihrer gemeinsamen großartigen Liebe geblieben, auch wenn das, was sie noch hatten, nicht einmal mehr Ähnlichkeit mit Fürsorge und Zuneigung hatte.

Eine letzte Träne rollte ihr über die Wange. Sie trat nach einem Kieselstein, der in eine Pfütze plumpste. Das war es also. So viel zum Thema Limerenz; nichts als eine Nebelkerze. Letztendlich hatte sie erst durch ihre Abwesenheit gelernt, was Liebe war. Sie kam sich wie eine Idiotin vor – teils Autorin und Regisseurin, teils Hochstaplerin und Betrogene. Außerdem fühlte sie sich krank.

Warum bloß war sie dermaßen entschlossen gewesen, dafür zu sorgen, dass es funktionierte?

Flüchtig dachte sie an Sidney Lumet. In seinem Buch *Filme machen* erwähnte der Star-Regisseur die Frühzeit des sogenannten Spülbecken-Realismus. Damals fügte man eine Rückblende in eine Geschichte ein, um die psychische Verfassung einer Figur zu erklären. Weil armselig und unbefriedigend, hatte Lumet solche Szenen vermieden – und Elle als Filmemacherin ebenso. Aber im Leben. In ihrem Leben, an diesem Morgen, wühlte sie verzweifelt nach Antworten. Aber sie bekam nichts zu fassen.

Wind kam auf, blies den Nebel davon und trocknete ihre Wangen. Bald konnte sie die andere Seite des Flusses sehen. Am östlichen Ufer lag das kahle Tiefland voller Container. In der braunen Mitte des Flusses konnte sie die sogenannte Insel und ihre Horror-Tanks erkennen. Die Insel ragte wie eine unumstößliche Wahrheit aus dem Wasser. Eine Kolonie der Giftigkeit mit gemanagtem Risiko. Während sie auf die undurchdringlichen, geschwungenen weißen Wände starrte, kristallisierten sich ihre Emotionen heraus. Demütigung, Naivität und Wut verschmolzen miteinander. Während sie die schöne und zugleich desolate Landschaft betrachtete, spürte sie das Ausmaß des darin enthaltenen Kompromisses, als wäre es ihr eigener. Eigentlich war es ganz einfach: zu explosiv und zu nah, genau wie David, und das schon viel zu lange.

Als auch die letzten Nebelschwaden verweht waren, schob sie das Taschentuch in ihre Tasche und machte kehrt. Sie bewegte sich so behutsam, als sei der Bodensatz in ihrem Blut aufgewirbelt und schwebe – mit ungewissen Folgen – wieder durch ihren Kreislauf. Aber in zwei Punkten war sie sich sicher: Sie war fertig mit David und mit dieser Gegend rund um Inner-West.

Es war erst kurz vor neun, als sie in die Tennyson Street zurückkehrte. Mit gesenktem Kopf ging sie an Doris' Haus vorbei und ignorierte das sanftmütige, besorgte Gesicht am Fenster mit der Spitzengardine. In ihrem eigenen Haus ließ sie die Rollläden herunter, schloss alle Türen ab, legte die Sicherheitsketten vor und kroch in ihr Bett. Das Telefon klingelte, und sie zwang sich, es zu ignorieren. Es klingelte noch ein Dutzend Mal. Auch wenn zumindest ein paar Anrufe von Mira, Doris oder ihrer Agentin sein mochten – sie wusste, dass die meisten von ihm waren. Nachdem sie seine magnetische Persönlichkeit in Gesellschaft erlebt hatte, erlaubte sie sich keine Spekulationen über seinen Aufenthaltsort oder darüber, was er wo mit wem tat. Sie gestattete sich nicht einmal die Frage, was er zu sagen haben mochte. Jedes Mal, wenn ihre Gedanken sich auf ihn richteten, wechselte sie den Sender in ihrem Bewusstsein. Ihr Film war jetzt auch ein Problem, ein Tabu. Daher wanderten ihre Gedanken von Kindheitserinnerungen zu Szenen aus Filmen anderer Leute. Bald vermengte sich beides. So sah sie etwa ihre Eltern wie die alten Paare in *Harry und Sally* auf einer Bank sitzen. Ihr Vater war jung und attraktiv. Das war, bevor die Stützen in seinem Gesicht einbrachen. Lächelnd erklärte er ihr, dass sie sich an der Highschool ineinander verliebt und gerade noch rechtzeitig vor der Geburt des ersten Babys geheiratet hatten. *Aber Babys und die Liebe*, sagte ihre Mutter mit ersterbendem Lächeln, *die bringen einen auseinander.*

»*Cut*«, rief da eine Stimme, die vielleicht ihre eigene war. »*Cut.*«

Als es dunkel wurde, hörte sie einen Schlüssel im Schloss und dass jemand gegen die Sicherheitskette drückte. Sie hörte ihn nach ihr rufen und fluchen. Dann knallte die Tür wieder zu. Ängstlich vergrub sie sich tiefer in ihrer Matratze und kniff die Augen zusammen.

Zwei Wochen verbrachte sie so. Wenn sie Hunger bekam,

aß sie Cracker. Selbst Tee schmeckte faulig, und sie ließ ihn stehen. Sie döste vor sich hin und rührte sich nur hin und wieder, um das Licht zu beobachten, das über die Wände kroch.

Natürlich hatte sie ein schlechtes Gewissen – weil sie sich vor Mira versteckte, Doris ignorierte und sich nicht um ihren Film kümmerte. Aber sie konnte einfach nicht anders.

Der weltweit erste abendfüllende Spielfilm war 1906 in Australien produziert worden: *Die Geschichte der Kelly-Bande*. Früher einmal hatte sie sich gern mit der Filmgeschichte ihres Landes befasst und war stolz auf ihren Platz darin gewesen. Dass ihr Name zusammen mit Gillian Armstrong und Jane Campion genannt wurde, hatte sie mit Demut und Freude erfüllt. Es war noch gar nicht lange her, dass man sie vollmundig als signifikanten Teil einer frischen Renaissance des australischen Films bezeichnet hatte. Als möglichen Beginn einer neuen Welle kommerziell erfolgreichen Kinos, das eines Tages den Kaminsims der australischen Filmindustrie schmücken würde. Zu ihrem Bedauern waren diese Worte nicht das Einzige, was über sie gesagt worden war. So fühlte sie sich, als wirbele sie in den Ausläufern eines Tornados herum, den sie selbst erzeugt hatte und der nach Monaten unnötiger Beschleunigung nach und nach an Tempo verlor. Sie dachte auch an Mira und ihrer beider Reputation. Wer würde sie selbst jemals wieder fragen, ob sie noch einen Film drehen wolle? Diese Fragen drehte und wendete sie so oft, dass sie zu einer Art Netz wurden. Am Ende war sie darin verstrickt und dermaßen erschöpft, dass sie sich umdrehte und einschlief.

* * *

Mitte Juni drohten die leeren Tage sie niederzustrecken. Ihre einzige Verpflichtung bestand darin, einen neuen Gynäkologen zu finden. Nicht dass das jetzt noch eine Rolle spielte – ihre Endometriose und die stechenden Bauchschmerzen. Interviews mit diversen TV-Sendern, der Presse und Radiostationen waren ohne sie gekommen und gegangen; Doris hatte eine Zeitlang geklopft, es dann aber aufgegeben; Miras Anrufe hatten einen Höhepunkt erreicht und waren wieder abgeflaut. Sogar ihre Mutter hatte einmal angerufen. Ihre Anwälte überschlugen sich wahrscheinlich gerade … Aber es war egal. Inzwischen musste ihr Film in den Multiplex-Kinos angelaufen sein und würde bestimmt bald wieder abgesetzt. Mutig war sie zwei Mal zu ihrem Laptop geschlichen, nur um ihre Befürchtungen bestätigt zu finden. »Schwerfällig und unterm Nennwert, mit spektakulär glanzlosen darstellerischen Leistungen«, hieß es bei *The Age.* »Diabolisch unwitzig«, meinte *The Australian,* »und mit einem schrecklichen Titel.« Bald würde ihr Film komplett von den Leinwänden verschwinden und vielleicht ein langes, stilles Leben auf DVD führen.

Spätnachmittags, wenn die Zeit sich unendlich zog, verspürte sie eine Sehnsucht nach Freeman & Milne. Nach stumpfsinniger Arbeit, in die man sich blindlings stürzte, nach der Verlockung der Geschichten anderer Leute und nach Fehleinschätzungen. Während die Stunden dahinschlichen, verzehrte sie sich nach einem Leben, das sie nicht selbst erschaffen musste. Sie war ausgelaugt von der Mühe, die es sie gekostet hatte, so spektakulär zu scheitern. Und sie wusste, wenn sie nicht bald aufstand, würde ihr Elend sich fest verwurzeln, und sie käme nie mehr auf die Beine.

Anfang Juli fühlte sie sich wiederhergestellt und regeneriert: Ihre Haut wurde klarer, das Haar wuchs langsam wieder. Ihre Vagina roch nicht mehr. Es gab niemand, mit dem sie diese körperlichen Veränderungen hätte besprechen können. Also befahl sie sich, diese Einsamkeit zu akzeptieren, weil es vielleicht niemals mehr anders werden würde. Deshalb erfasste sie ihren Zustand für sich und schöpfte Mut aus ihren Beobachtungen. Ihre Angst ließ endlich nach. Und ganz langsam stellte sich im Gegenzug Erleichterung ein. Ihr Absturz, meinte sie, sei vorüber.

Seine Anrufe stellten sie weiterhin auf die Probe: Achtzehn am ersten Tag, fünf am dreißigsten. Bei jedem Anruf rang sie mit sich. Trotz ihrer Beklommenheit weigerte sich der dickköpfige Teil ihres Selbst, die Niederlage einzugestehen. Ihre Hoffnung war unverwüstlich und wohlgenährt gewesen; gestärkt durch die Klischees ihres Genres. Darin gab es immer einen Höhepunkt, dramatische Hektik – auf dem Weg zum Flughafen oder wenigstens zur Bushaltestelle oder eine geräumte Wohnung. Immer stürmte der Held oder die Heldin keuchend und verändert auf die Straße. Vielleicht war es ja möglich und David dazu imstande. Vielleicht hatte sie sich in ihm – allem Anschein zum Trotz – nicht getäuscht. Dann erinnerte sie sich: daran, was er getan hatte. Was vor dieser Trennung gewesen war. Was zweifellos wieder passieren würde.

In einem schwachen Moment las sie seine E-Mails. Insgesamt ein halbes Dutzend. Sie waren voll mit Eingeständnissen, viele Fehler begangen zu haben, eine Menge lernen zu müssen und sich jetzt ernsthaft professionelle Hilfe zu suchen – wenn sie ihn denn zurücknahm. Er schrieb, dass er sie mehr vermisse, als er je einen Menschen vermisst habe, sogar mehr als

Nat. Er würde weder schlafen noch essen und habe nicht einmal Lust, etwas zu trinken. Aber er wand sich beim Schreiben. Aus seinen Worten sprachen Verbitterung und Schuldzuweisung. Nur ein einziges Mal entschuldigte er sich – für den Stoß und den Schlag ins Gesicht. Um zwei Uhr morgens über ihren Laptop gebeugt, befand sie, Entschuldigungen kämen manchmal so spät, dass sie wertlos waren. Und auch wenn seine Worte das waren, was sie wollte, hörte sie aus ihnen keinen Sinneswandel. Der Unterton war derselbe. Das machte sie geradezu unerträglich traurig.

Um zehn nach sechs an einem Montagmorgen klingelte ihr Handy wieder einmal. Sie konnte sehen, dass er es war, und wusste, dass sie eigentlich nicht drangehen sollte. Aber vielleicht weil sie sich stärker fühlte oder weil ihre Neugier gewachsen war, ließ sie sich hinreißen. Der Kontakt verlief so zögerlich und zaghaft wie bei einem ersten Date. Nur dass diesmal seine Stimme keine Einladung ausdrückte. Sie klang eher nach einer Forderung, als sei irgendetwas fällig. Als sie das Gespräch annahm, verspürte sie einen Hauch von Sorge.

»Hey, Elle Nolan, bist du das? Du bist tatsächlich dran.« Sein lockerer Ton, seine Maskerade ärgerte sie.

»Was willst du?« Sie hörte die Enttäuschung in ihrer eigenen Stimme und war beunruhigt.

Eine bodenlose Pause entstand. Sie fühlte sich davon angezogen, verschluckt wie von Treibsand. Als sei sie allein dafür verantwortlich, sie zu füllen. Das war eine tiefsitzende Gewohnheit, dieses Bedürfnis, sich zu übernehmen. Sie hielt sich zurück.

»Stell dir vor, ich hab bei Freeman & Milne aufgehört.«

Es war viel zu spät, dachte sie, und grausam. Früher hätte

sie das gefeiert und ihm gratuliert. Aber jetzt war es vermutlich nicht einmal seine Schuld, sondern höchst wahrscheinlich Alex'.

»Ich habe überlegt vorbeizuschauen. Bist du so in zwanzig Minuten zu Hause?«

»Nein.«

Wieder eine Pause. Und erneut widerstand sie ihrer Anziehung. Zu ihrem Erstaunen sah sie seine gerunzelte Stirn vor sich und reimte sich zusammen, dass er es nicht begriff – und zwar trotz seiner weitschweifigen E-Mails. Er schien nach dem wahren Grund für ihr Verhalten zu suchen. Als hätte sich die Situation in den vergangenen zweiundzwanzig Monaten nicht aufgeschaukelt. Als sei jedes Gespräch, das sie zu führen versucht hatte, bedeutungslos, vergessen, eine Spinnerei oder vorübergehender Tick gewesen, eine Folge ihres Zyklus. Als sei Körperverletzung etwas, über das man hinwegsehen könne, ein kleiner Stolperstein.

»Ginger, warum bist du nie ans Telefon gegangen? Oder hast mich reingelassen? Glaubst du nicht, dass du überreagierst?«

Sie atmete tief kalte Luft ein. »Ich will dein Zeug aus meinem Haus haben.«

»Süße, wir hatten einen Streit. Alle Paare streiten, das ist …«

»Am Freitagmorgen wird alles in die Head Street geliefert.«

»Das ist verrückt. Warum bist du so halsstarrig?«

»Jemand muss da sein, um die Leute von der Spedition reinzulassen.«

Eine Pause. »Okay, okay, hör zu, ich hole die Sachen selbst – am Samstag. Wir können zusammen frühstücken …«

»Nein. Ich schreibe dir die Einzelheiten per E-Mail.«

»Dann fick dich!«, sagte er, und seine Stimme klang, als bleibe sie ihm im Hals stecken. »Fick dich.«

Nachdem er einfach aufgelegt hatte, lachte sie über seine offensichtliche Panik. Schon eine Stunde später klingelte das Telefon erneut, und sie drückte auf den roten Knopf. Sie malte sich aus, wie er das schrille Piepen in kurzen Abständen hörte. Dass es wie ein Squashball von den weißen Wänden seiner Villa abprallte. Dann stand sie auf und zog die Vorhänge zurück. Das Handy läutete wieder, aber sie ging nicht ran und drückte den Anruf auch nicht weg. Als es wieder klingelte, lehnte sie sich schließlich über ihr Bett und schaltete es aus. Wie sie so mit dem Telefon in der Hand schräg auf der Matratze lag, kam sie sich vor, als sei sie auf einem Boot, das den Anker lichtet und sich mit der Strömung treiben lässt. Die Stille und das Gefühl von Bewegung verschafften ihr ungewohnte Erleichterung.

Danach gab David auf. Wie sich später herausstellte, war es jedoch nur eine Unterbrechung. Dennoch war ein Stückchen von ihr enttäuscht darüber, dass er aufhörte. Und dieser Umstand an sich war erst recht enttäuschend – dass ihr Wahn immer noch existierte. Das warf sie einen oder zwei Tage zurück.

Um diese Zeit rief ihre Mutter noch einmal an. Sie ignorierte den Anruf.

Am Mittwoch las sie endlich Katharine Hepburns Autobiografie zu Ende.

»Ich werde immer wieder gefragt, was mich denn an Spence so anzog, dass ich beinahe dreißig Jahre bei ihm blieb. Diese Frage kann ich kaum beantworten. Ich weiß es wirklich nicht. Ich kann nur sagen, dass ich ihn nie hätte verlassen können. Er war da – und ich gehörte ihm. Ich wollte, dass er glücklich war und sich geborgen fühlte. Ich bediente ihn gern, hörte ihm gern zu, versorgte ihn gern, unterhielt mich gern mit ihm, arbeitete gern für ihn. Ich versuchte, ihn nicht zu stören, nicht zu reizen, nicht zu belästigen, nicht zu beunruhigen, nicht an ihm herumzunörgeln. Ich gab mir große Mühe, mich in den Punkten zu ändern, die er, das spürte ich, an mir nicht mochte. Ich merkte, dass ihn einige Eigenschaften störten, die ich für meine besten hielt. Ich trennte mich von ihnen oder unterdrückte sie, so gut ich konnte.«

Und weiter: »Ich habe nicht die leiseste Ahnung, was Spence für mich empfand. Ich kann nur sagen, dass er sich wohl nicht in meiner Nähe aufgehalten hätte, wenn er mich nicht gemocht hätte (…) Wir verbrachten einfach siebenundzwanzig Jahre miteinander. Für mich war es das vollkommene Glück. Man nennt es *Liebe*.«

Als sie das Buch zuklappte, fühlte Elle sich in Unruhe versetzt, aber irgendwie auch getröstet.

Am Donnerstag beschloss sie aufzustehen.

Nachdem sie ihren Bettgenossen Elend auf dem Kopfkissen zurückgelassen hatte, erwartete sie in der Dusche die Wut. Das war ein Prickeln auf ihrer Haut, als lebe diese Emotion im heißen Wasser. Nach über zwei Wochen zum ersten Mal wieder komplett angezogen, durchstreifte sie ihr Haus und stellte fest, dass diese Wut verlangte, nach draußen zu kommen.

So entschloss sie sich zu einem Spaziergang.

Ihr erster Tag im Freien war arktisch kalt und windig. Das Meer bei Williamstown war aufgewühlt. Es erinnerte sie an eine Decke aus Baisermasse, nur unheilvoller – vielleicht ein

Überzug aus vergiftetem Baiser. Die Temperatur presste ihr die Luft aus der Lunge. Der Wind blies ihr im Gehen in die Augen, und sie hatte Mitleid mit dem brodelnden Wasser. Es wurde von Kräften aufgewühlt, die sie kannte, aber nicht hätte benennen können. Sie fühlte sich gehört und verstanden. Reflektiert und gebrochen, so weit ihr Auge reichte, bis zur schwarzen Linie des Horizonts, die wie ein Tintenstrich aussah.

Sie packte ihn in Kartons, die sie sich im Supermarkt besorgt hatte. Seine orangefarbenen Turnschuhe, seine Elends-Autobiografien, den ganzen Latino-Jazz. Und sie klebte alles so sorgsam zu, als seien offene Deckel ein Zeichen von Unentschlossenheit. Beim Packen trieben Bilder und Empfindungen, an die sie sich erinnerte, sie an. Es war gar nicht das Fiasko in der kleinen Gasse neben dem Regent Theatre, das sie am meisten aufbrachte. Es war alles andere: das Hin und Her, Heiß und Kalt seiner Launen; wie sich seine Miene auf einen Schlag verschloss; wie er pure Bedrohung erzeugen konnte, während er nur fernsah; wie er nackt auf ihrer Couch derart extreme feindliche Gefühle in ihr geweckt hatte.

Sie hasste ihn so heftig, dass es ihr Angst machte. Ungläubig durchlebte sie, solange sie wach war, noch einmal die Demütigungen, als würde sie mit dem Finger Wunden nachfahren und zu begreifen versuchen, wie sie derart tief hatten werden können. Nach und nach reimte sie sich eine Theorie zusammen: Wenn ein Körper eine Reihe von Schlägen einstecken muss, fällt er in einen Schockzustand und spürt keinen Schmerz mehr – so hatte sie, während er sie monatelang niedermachte, die Fähigkeit verloren, Wut zu empfinden. Und

Wut war ebenso wesentlich wie Schmerz. Als Teil der natürlichen Selbstverteidigung ihres Körpers.

Während sie den Speditionsleuten seine Sachen hinwarf, schrie sie sich innerlich selbst an: *Wie konnte ich ihn so missverstehen?*

Kapitel 22

Jetzt fahren auch wieder andere Autos auf dem West Gate Freeway, die Melbourne verlassen. Mira empfindet das als Ermutigung, auch wenn sie in die entgegengesetzte Richtung unterwegs sind. Als die Brücke vor ihr eine Kurve beschreibt, biegt sie vom Highway auf die Williamstown Road. Während sie die Straßensperre an der Francis Street passiert, hat sie das nervöse Gefühl, nach Hause zu kommen. Das hier ist Yarraville, ein Ort, den sie liebt, aber auch ein Ort, den sie nach dem heutigen Abend nie mehr mit denselben Augen sehen wird. Die schmalen Straßen und stillen Gassen, die Lattenzäune und Holzgitter, die quirligen Cafés und die italienischen Rentner in den Parks. All das wird fortan in ihrer Erinnerung einen Grauschleier tragen und mit Ruß überzogen sein.

Bitte, denkt sie, während sie sich Seddon nähert, *mach den heutigen Abend nicht noch schlimmer.*

Es ist jetzt drei Stunden her, dass sie hier war. Eine gefährlich lange Zeit … *Aber Elle ist eine Kämpferin*, versichert sie sich selbst, *und hart im Nehmen*. Durch die Zeit mit *ihm* noch härter.

Sie versucht noch einmal, Elle anzurufen. Aber wieder geht niemand ran. *Oh Mist*, denkt sie. Obwohl das eigentlich ihre allerletzte Option sein sollte, ruft sie anschließend die Polizei an. Aber was, wenn die zu beschäftigt ist oder man ihre

Befürchtungen abtut? Zu ihrem Erstaunen gerät sie in eine Warteschleife. *Das packe ich nicht*, denkt sie. Sie legt auf und versucht es noch mal bei Elle, aber vergeblich.

Nachdem er auf der Gamon Street geparkt hat, springt Dave aus seinem Wagen und stürmt um die Ecke. Er rennt Elles Straße entlang. Das ist jetzt keine Flucht. Er rennt in der verrückten Hoffnung, irgendwie ihr Leben und dadurch auch seins noch zu retten.

Bis zum heutigen Abend hatte er erst einen einzigen Toten gesehen. Sein Vater war kaum eine Minute tot gewesen, als Dave in das Zimmer des Krankenhauses von South Caulfield trat. Seine Mum heulte am eisigen Fenster. Sein Dad, der auf beschmutzten weißen Laken lag, wirkte wie eine verwitterte, aber intakte Hülle. Dave sah sofort und mit Erleichterung, dass er bereits tot war. Er hatte nicht, so wie seine Mutter, an seinem Bett sitzen und die letzten Atemzüge zählen wollen. So ein Tod passte nicht zu einem derart jähzornigen Mann, der temperamentvolle Abgänge mochte. Sein Dad hätte das gehasst und wütend aufbegehrt. »Halt seine Hand und sag etwas zu ihm«, hatte seine Mutter ihn aufgefordert. »Er ist noch hier im Raum.« Aber Dave hatte nur mit den Achseln gezuckt. Eine Unterhaltung zwischen ihnen war nie in Gang gekommen.

Seine Elle jedoch, das war etwas anderes.

Vor ihrem dunklen Haus verlangsamt er seine Schritte. Er reibt sich die Unterarme, als wolle er sie wärmen. Erst geht er einen Schritt vor, dann weicht er wieder zurück. Ohne Straßenbeleuchtung ist die Nacht zu dunkel, und er gruselt sich. Irgendwo bellt ein Hund, und Sirenen ertönen wie zur Antwort. Wieder macht er ein paar Schritte vorwärts. Bleibt stehen. Er flucht. Vielleicht kann er das nicht, besitzt nicht den Mumm dafür.

Er muntert sich selbst auf. *Komm schon*, denkt er, *sie könnte ja noch am Leben sein*. Er macht einen Schritt über die Straße. Jetzt, wo er schon hier ist, sollte er die Cops rufen. Die Sache gestehen. Keine Strafmilderung, keine Rechtfertigung. So viel hat sie verdient. Nachdem er den Weg schon eingeschlagen hat, sollte er ihn zu Ende gehen. Sich mit seiner Mum aussprechen. Einen Fond für Natasha und Amelia einrichten. Das Ende seiner juristischen Laufbahn akzeptieren. In dem verdammten Knast mit einem männlichen Seelenklempner reden. Los jetzt.

Schaudernd atmet er aus. So ein Leben kostet viel Durchhaltevermögen. Mumm. Und diese Sorte Verantwortung ist das Gegenteil der Intensität, die er angestrebt hat. Und selbst zerstört hat. Sein Kinn zittert. Egal ob sie lebt oder stirbt, die Intensität ist weg. Ihm wird klar, dass die Intensität, die er an dem Abend verspürte, als sie sich das erste Mal begegneten, unerreicht geblieben ist – bis heute Abend.

Ein beschissener Gedanke.

Er zögert. Ihr Haus ragt vor ihm auf. Die Veranda ist mit diesem blütenlosen, verschlungenen Weinlaub bewachsen. Die Erkerfenster sehen aus wie zwei geschlossene Augen. Dazwischen die Tür mit dem Insektengitter. Wenn er fit wäre, könnte er durch ihr Schlafzimmerfenster hineinklettern. Aber er ist nicht fit. In den letzten zwei Monaten ist er aus dem Leim gegangen. Die Trinkerei hat seinen Bauch über den Gürtel quellen lassen. Irgendwo entlang des Weges, auf dem er sie verloren hat, hat er auch seine Gesundheit eingebüßt.

Seine derzeit geringste Sorge sind permanente Kopfschmerzen. Höchstwahrscheinlich wird er ein Fenster einschlagen müssen.

Er schaut auf seine brennende Zigarette. Als er heftig daran zieht, kommt die Glut näher. Die Hitze wird zu stark, und er wirft die Kippe weg. Sie landet neben einem Haufen anderer im Rinnstein. Das sieht aus wie der Raucherplatz von Büroangestellten. Nur sind diese Kippen alle von ihm. Ein Dutzend Mal hat er in den frühen Morgenstunden an dieser Stelle gestanden. *Schläft sie? Träumt sie gerade von mir?* Die stummeligen Überreste seiner vergeudeten Hoffnung quälen ihn. Was er auch tut, es ist immer zu spät.

Als er am heutigen Nachmittag herkam, war es 16 Uhr 30, kühl und sonnig. Ein für Melbourne typischer Winternachmittag. Er war zu spät für einen Termin mit seinen Anwälten in der City. In letzter Zeit kam er oft zu spät, vergaß sein Telefon oder verlor seine Schlüssel. Er durchlebte diese Momente, die andere Leute nur aus ihren Albträumen kannten: der unvorbereitete Student in einer Prüfung, der fast nackte Schauspieler auf der Bühne. Verkatert und unausgeschlafen stolperte er durch seine Tage. Schon vier Mal in dieser Woche war er nach Mitternacht losgefahren und hatte sich plötzlich in Seddon wiedergefunden. Dieses eine Mal aber um 16 Uhr 30, als er sich mutig dem Tageslicht stellte, war er wieder hergekommen, weil er von einer Versöhnung träumte.

Da offenbaren sich ihm die Geheimnisse des schon erwähnten blinden Flecks. Das Eindringen der Klinge. Der geringfügige Widerstand ihres Fleisches.

Von Scham überwältigt rührt er sich nicht. Ihn verlässt der Mut. Er war doch schon so weit. Aber warum schafft er es nicht? Warum kann er sich nicht retten? Oder sie? Er stöhnt auf. Was würde es ihn denn verdammt noch mal kosten?

Irgendwo im Gebüsch liegt das Küchenmesser. Er sollte es lieber finden. Seit er es benutzt hat, improvisiert er, und zwar schlecht. Da fällt ihm Reg ein – der arme, nette Reg. *Mein Gott.* Vielleicht hatte Elle ja recht, und er ist krank im Kopf.

Kapitel 23

An einem Montagmorgen im Juli besuchte Elle endlich ihre neue Gynäkologin in einem grauen Betonklotz in Carlton North. In einem fensterlosen Kabuff weinte sie, als sie ihre medizinische Vorgeschichte erzählte. Dann besprachen sie gemeinsam die möglichen psycho-sexuellen Ursachen ihrer Symptome und die Vorzüge einer Laparoskopie. Schließlich untersuchte Dr. Littlemore sie und schlug eine Reihe von Tests vor. Drei Tage später rief die liebenswürdige Ärztin sie an. Sie meinte, es sei unwahrscheinlich, dass Elle stark von der Krankheit beeinträchtigt sei – sofern sie überhaupt unter ihr litt. Und vor allem sei sie mit Sicherheit fruchtbar. Elle bemühte sich noch, diese Diagnose zu verstehen, als Dr. Littlemore sich räusperte. Da sei noch etwas. Bevor sie das Gespräch beendete, vereinbarte Elle staunend einen weiteren Termin. Aus einem anderen Grund. Schwanger.

Anschließend fuhr sie sofort nach Williamstown, wo das Meer aussah wie flüssiger Stahl. Überwältigt rollten ihre Gedanken mit den Wellen heran. Unglaube, Sorge, Verlegenheit, Freude und Ehrfurcht. Vor und zurück. Sie lehnte sich an den leicht gebogenen Stamm eines schlanken Teebaums, der ganz allein am Ufer stand. Der Wind brauste um sie herum, während es in dem anthrazitfarbenen Himmel grollte. Sie hätte sich besser auf den Weg machen sollen. Das Gewitter bewegte sich rasch landeinwärts. Auf der grauen Bühne waren bereits die ersten verästelten Blitze zu sehen. Elle betrachtete das Schauspiel und fühlte sich unbesiegbar. Sie hatte David überlebt, das hieß, sie konnte alles überleben. Gefesselt wartete sie ab. Sie war jetzt der Baum. Vom Wind gebeugt, aber dennoch weiterwachsend. Die ersten Regentropfen fielen auf die Zweige und ihre Nase. Sie lachte. Das Gewitter war genau wie ihre Neuigkeit: ein Wunder.

Nach einer Stunde war es vorbei, und die Sonne kam wieder hervor. Sie trat aus dem Schutz der Baums heraus und begrüßte den wiedergeborenen Tag. Wie sie so am glitzernden Ufer stand, spürte sie wirbelnde Energie in sich. Ein glücklicher weiblicher Tornado, der die Arme reckte und mit den Beinen um sich trat. Das mochte sich absurd anhören, aber genau so fühlte sie sich. Auf dem Weg zu ihrem Fahrrad war sie sich ihres Körpers, Brustkorbs, Magens und ihrer Gebärmutter sehr bewusst. Trotz der wogenden Energie ging sie genießerisch langsam. Sie allein bestimmte ihr Tempo, die Art ihrer Fortbewegung und die Stimmung am Ziel. Sie erhoffte nicht wie früher seinen Anruf, schlich nicht auf Zehenspitzen durch ihren Tag und spekulierte auch nicht über seinen Freitagabend. Es gab nichts, was sie ersehnte, keine Herausforderung, nichts, worüber sie hinwegkommen oder das sie zusammenhalten musste. Sie konnte in diesem Zustand verharren, solange es ihr gefiel.

Wie sie mit ihm umgehen und was sie ihm sagen würde, das konnte warten.

Während ihr Fahrrad mühelos dahinrollte, fühlte sie sich so leicht, als könne sie abheben.

Dass die Fassade von Miras Arbeiterhäuschen an der Hyde Street unverändert aussah, überraschte sie. Ihr kam es vor, als müsste der ganze Planet sich verändert haben, um ihren eigenen Wandel widerzuspiegeln.

Noch während sie klopfte, lauschte sie angestrengt auf Geräusche des Alltags, der sich, wie sie wusste, im hinteren Teil abspielen musste. Mira würde mit Abendessen und Baden, Vorlesen und Ins-Bett-Bringen der Jungs beschäftigt sein. Dazu kam meist noch ein unvorhergesehenes Durcheinander, etwa eine umgestoßene Schüssel mit Bohnen oder ein Häufchen Sand. Eigentlich kein guter Zeitpunkt für einen Besuch oder vielleicht auch gerade richtig.

Sie klopfte erneut. In der Ferne arbeiteten orange gekleidete Gestalten an der West-Gate-Brücke. Sie konnte die Blinklichter langsamer Walzen und die Schlange aus anderen Baustellenfahrzeugen erkennen. Unglaublich, doch da wurde noch eine weitere Fahrspur auf den Asphalt gezeichnet.

Die Tür öffnete sich nach innen, und Elle grinste.

Da stand Mira – lächelnd, singend, in einem Kleid und hohen Schuhen. Hinter ihrer nackten Schulter konnte Elle Troy in der Küche sehen: Troy, diesen einzig Wahren mit seinen mausgrauen Haaren und den sonnigen Augen. Er winkte Elle mit einem Kochlöffel und lächelte höflich. Zwei Köpfe schauten aus dem Türrahmen des Wohnzimmers. Jesse und Max, schon in Pyjamas mit irgendwelchen Comicfiguren drauf und mit feuchtem Haar, grinsten sie an. Die beiden Jungs wirkten länger, feiner, aber immer noch so neu. Hinter ihnen hüpften zwei rotblonde Mädchen herum. Dazu noch Jude, ihr erwachsener Bruder.

Elle blinzelte gegen Tränen an.

»Na hallo«, sagte Mira. »Dir scheint es besser zu gehen. Du siehst zwar noch mitgenommen aus, aber nicht mehr ganz so angegriffen.«

»Das trifft es auch ungefähr.«

Elle zupfte an einem Hautfetzchen an ihrer Lippe und fragte sich, ob Mira sie wohl hereinbitten würde. Der Verkehrslärm ließ nach, als eine Autoschlange sich in Bewegung setzte.

»Tut mir leid, dass ich untergetaucht bin.«

Als Mira seufzte, verblasste das Strahlen in ihrem Gesicht. »Es hat nichts genützt.« Einen Moment später fügte sie hinzu. »Und es war nicht leicht. Wir haben es verbockt. Aber wir können drüber hinwegkommen.«

Elle nickte und wusste das »wir« zu schätzen. Dennoch schwebte ein Fragezeichen zwischen ihnen. Dunkelgelb blinkend. Sie legte etwas Wut in ihre Stimme.

»Er ist weg.«

Ein breites, hübsches Grinsen leuchtete in Miras Gesicht auf. Elle konnte sehen, wie sie versuchte, es seriöser wirken zu lassen, indem sie einen Schatten aus Skepsis darüber warf.

»Schon seit fast zwei Monaten.«

Mira breitete schwungvoll die Arme aus. Das war eine Einladung, und Elle zögerte keine Sekunde. Als die Frauen sich wieder voneinander lösten, hatten sie beide feuchte Augen und waren von ihren Gefühlen wie angeheitert.

»Komm rein und feier mit uns.«

Elle schüttelte den Kopf und lachte, obwohl sie Bedenken hegte. So sehr Mira nur ihr Bestes im Sinn hatte und so gern sie ihre Neuigkeit geteilt hätte, zögerte sie doch. Sie konnte sehen, wie sich in der Küche Jesse an Judes Bein schmiegte. Sie erinnerte sich genau an dieses Gefühl – die Umklammerung ihrer Beine durch ihren Neffen und wie sein Gewicht einen fast umwarf. Sie war sich vorgekommen wie ein Baum, auf den gerade ein Affe klettert.

Sie drückte Miras Arm. »Heute Abend nicht. Aber ich rufe dich an.«

»Unbedingt. Ich bin da«, sagte Mira.

Als sie über den Fußweg zurückging, warf Elle erneut einen Blick hinauf zu den Arbeitern auf der Brücke. Ihre Lichter strahlten heller, und sie waren einen Zentimeter vorgerückt. Ihre zaghafte Aufregung ebbte ab, als sie an die Männer dachte, die dort vor mehr als vier Jahrzehnten umgekommen waren. Manche Dinge, dachte sie, wirkten umgestaltend: Vernachlässigung, Tragödien, Scheidungen, seltener und bei denen, die Glück hatten, auch die Liebe.

Vielleicht war bei ihr endlich das Glück wieder eingekehrt.

Eine Woche später, an einem Mittwoch, fand sie einen Briefumschlag auf der Fußmatte vor ihrer Haustür. Darauf stand nur ein einziges Wort »Ginger«. Rundherum waren Blumenranken gezeichnet. Als sie ihn aufhob, fühlte sie sich unbehaglich, weil er so nah gewesen war. Sie blickte die Straße entlang, zu den parkenden Autos und dem leeren Fußweg. Nachdem sie erleichtert festgestellt hatte, dass er fort war, wog sie mit dem Kuvert in den Händen das Risiko ab, seine Worte wieder hereinzulassen. Eines war sicher und entsetzte sie: Dass sie versucht war zu lesen, was er ihr zu sagen hatte.

Selbst jetzt war da noch eine Spur Hoffnung. Ihr Glaube war trotzig und weigerte sich, seinen Irrtum einzugestehen. Sie befingerte das steife weiße Papier und versprach sich selbst, ihn zu meiden, solange diese Versuchung noch existierte.

Ihr Glaube musste andere Nahrung erhalten als romantische Komödien und unbefriedigende Worte. Solche Komödien wurden schließlich von Leuten wie ihr geschrieben. Aber ihrer Entschlossenheit zum Trotz schob sie den Umschlag in ihre Handtasche und trug ihn wie einen Glücksbringer mit sich herum.

Eines Tages, wenn ihre Resilienz eine Selbstverständlichkeit war, würde sie den Inhalt lesen.

Bis zum frühen Donnerstagabend hatte sie drei Immobilienmakler aufgesucht. Als sie das dritte Büro verließ, war ihr Haus auf dem Markt. Nachdem diese Entscheidung getroffen war, vervielfachte sich ihre Energie. Sie schrubbte ihr Zuhause und entfernte dabei mit den Tabakflecken an den Wänden die letzte Spur von ihm. Dann machte sie Inventur. Sie besaß einfach zu viel. Lampen, Obstschalen, Beistelltischchen. Bilder. Deshalb legte sie den Termin für einen Garagenflohmarkt fest, bei dem sie die Souvenirs ihres Lebens verkaufen wollte. Sie studierte Karten der Region Victoria und zog Kreise um Castlemaine, Point Lonsdale und Macedon. Nachdem sie sich am Freitagmorgen angezogen hatte, hielt sie inne: Ein Gefühl der Dankbarkeit überkam sie. Die Schattenseite dieser Dankbarkeit war jedoch allgegenwärtig und schwebte wie ein Fragezeichen über ihr: David. Es wäre anständig gewesen, ihn zu informieren. Doch wenn sie sich ihm gegenüber anständig benahm, machte sie das verletzlich. Unterm Strich war es das Risiko nicht wert. Noch nicht.

Sie kehrte in der Dämmerung nach Hause zurück und freute sich schon auf einen nostalgischen Filmabend mit Alexander Paynes *Sideways*. Doch sobald sie ihr stilles Haus betreten hatte, wusste sie es. Sie konnte die Spuren seiner Anwesenheit so deutlich spüren, als hätte er seinen Namen an die Wände geschrieben. In ihrem Schlafzimmer waren Kissen übers ganze Bett verstreut. Ein Band mit Kurzgeschichten war von ihrem Nachttisch verschwunden. Genau wie ein Fläschchen ihres neuen Zitrusdufts. Als sie ihre Sachen verstreut sah, fühlte sie sich so genervt, als handelte es sich um Splitter von David selbst. Dass er in ihrer Abwesenheit hier eindrang, hatte nicht im Drehbuch gestanden. Aber schließlich war das Drehbuch ja auch geändert worden. Das hatte er zweifellos irgendwie gespürt.

Sie schaltete die Lichter ein und streifte die Schuhe ab. Ihr fiel wieder ein, dass sie Hunger hatte. Wenn sie nicht bald etwas aß, würde ihr wieder kotzübel. Auf dem Herd wartete ein Topf Marinara-Sugo. Es brauchte nur Geduld, bis Nudelwasser kochte. Sie musterte ihr Schlafzimmer, suchte nach weiteren Spuren von ihm, fand aber in den halb voll gepackten Kartons keine. Als sie das Esszimmer und das abgeschlossene Arbeitszimmer kontrollierte, bemerkte sie ihre finstere Miene. Dass er sie derart überfallen konnte, verursachte ihr Unbehagen. Daran, die Schlösser auszutauschen, hatte sie nicht gedacht.

Dann hörte sie ein Geräusch aus der Küche. Als ob jemand einen Becher absetzt.

Aus Furcht sträubten sich die Härchen auf ihren Armen, und ihr Puls, der in ihren Ohren hämmerte, beschleunigte sich. Sie überlegte zu verschwinden, zu Doris hinüberzulaufen – zumindest bis er wieder weg war. Aber sie musste etwas essen, und das hier war ihr Haus. Ihr wurde klar, dass sie schon zu lange in Angst gelebt hatte. Sie hatte ihr erlaubt, sich in ihrer Seele einzunisten. Genau wie sie ihm erlaubt hatte, sich bei ihr einzunisten. Kurzerhand lief sie schnellen Schrittes über den Flur. Ihr dunkelblaues Wollkleid lag eng an. Es betonte ihre Kurven, und sie zog ein bisschen daran, damit es lockerer saß.

Als sie die Küche erreicht hatte, nahm sie die Schultern zurück und ihren ganzen Mut zusammen. Er beugte sich gerade mit einem Glas Rotwein in der Hand über ihren Laptop. Über seiner Schulter hing ein Geschirrtuch. Auf der Bank stand ihr Tsatsiki, und drum herum verstreut lagen ein paar Cracker. Auf dem Herd stand die Marinara ohne Deckel, dafür lag ein Kochlöffel aus Holz darüber. Als er sich aufrichtete, ertönte aus ihrem Laptop Jazz, irgendwas Kubanisches.

Aus ihrer Furcht und freudigen Aufregung wurde Wut. Die entflammte wie Zunder während einer Dürre – und ihre Intensität erschreckte sie. Selbst auf zwei Meter Entfernung konnte auch er sie sehen und wich daraufhin in Richtung der Glastüren zum Garten zurück. Sein Blick ging kurz nach draußen, und schlagartig wurde ihr seine Schwächlichkeit deutlich. Die seltsam blau-schwarzen Socken waren wieder da, auch der zerknitterte Anzug, die braunen und rötlichen Stoppeln auf seinen Wangen. Doch was ihr einst geradezu berauschend verletzlich vorgekommen war, fand sie jetzt nur noch erbärmlich. Welche Hoffnungen sie auch noch gehegt haben mochte, sein Anblick machte sie mit einem Schlag zunichte. Mit einem Herzschlag der Enttäuschung waren sie verschwunden. Und nun war sie furchtlos.

»Was machst du da?«

Zu ihrer eigenen Überraschung klang sie atemlos, nicht wütend. Doch er antwortete nicht. Während er sie anstarrte, bemerkte sie die Staubpartikel, die im letzten Sonnenlicht um sie herumschwebten. Sie strich sich eine vom Radfahren feuchte Haarsträhne aus dem Gesicht und ihr Kleid glatt.

»Na, du siehst aber gut aus«, sagte er.

Sie spürte seinen Blick auf ihrem üppigeren Dekolleté und dem sich leicht wölbenden Bauch. Da wurde ihr klar, dass er unmöglich übersehen würde, was sie so unbekümmert präsentierte. Irgendwo hinter ihrer Feindseligkeit fühlte sie sich geschmeichelt. In gewisser Hinsicht hatte er sie durchschaut. Es war wie ein Verweis auf die frühere gemeinsame Intimität. Sie war geschmeichelt und kam sich dadurch gleichzeitig besudelt vor.

Sie rührte in ihrer Soße und sah den Konflikt in seinem Gesicht. In seinen Augen flammten Wut und Verletzung auf. Seine Finger hielten das Geschirrtuch fest umklammert.

Sie verschränkte die eigenen Hände auf dem leicht vorstehenden Bauch. »Ich will, dass du gehst.«

»In welchem Monat bist du?« Seine Stimme klang heiser.

Sie zögerte, denn sie war zu müde, noch nicht bereit. Aber das kam ihr auch unfair vor.

»In welchem Monat?« Er war lauter geworden und eine Spur panisch.

»Ein andermal, David. Ich bin müde.«

»Ich verdiene ein Gespräch.« Er spuckte die Worte geradezu aus.

»Du hast hier keinerlei Ansprüche«, sagte sie. »Deine Rechte hast du schon vor Monaten verwirkt.«

Blanker Hass loderte in seinem Blick auf. Da begriff sie: Egal, was zwischen ihnen passierte, er würde keine Verantwortung übernehmen, sich selbst nicht in Frage stellen. Er würde niemals aus seiner Haut können. Sie merkte, wie ihre Furcht zurückkehrte. Ein Arbeitstisch war das Einzige, was sie voneinander trennte.

»Das ist Bullshit.« Seine Augen wurden schmal. Sie malte sich aus, dass er versuchte, seine juristischen Ansprüche von den emotionalen Trümmern zu trennen, die ihn umgaben. Und von seinem wachsenden Zorn.

Sie verschränkte die Arme, als wolle sie einen Zaun um ihren Bauch errichten. Ihre Entschlossenheit war so hart wie Beton. Sie würde alles tun, um ihn fernzuhalten – vom gerichtlichen Verbot, sich ihr zu nähern, bis hin zum Abtauchen in einen anderen Bundesstaat.

»Ich will deinen Schlüssel«, sagte sie und ging auf den Flur zu.

David zögerte einen Moment, dann wühlte er erst in seiner linken Tasche, dann in seiner rechten. Sie beobachtete ihn wachsam und fragte sich, ob er ihr lediglich etwas vorspielte. Das war schwer zu sagen. Er wirkte derart geschockt, derart verloren in seinen eigenen Reaktionen – vielleicht war der Inhalt seiner Taschen ja auch ein Rätsel. Kurz stand er da und schaute nur, wie unentschlossen, dann suchte er noch mal in seiner linken Tasche. Diesmal wurde er fündig. Er warf den silbernen Schlüssel auf die Arbeitsfläche. Der glitzerte im Licht, als er davon abprallte. Ein unpassender Moment der Schönheit.

Sie betrachtete noch den schlingernden Tanz, als er sich auf sie stürzte. Mit dem Kopf schlug sie auf den Dielenboden auf. Schmerz explodierte in ihrem Schädel und trieb ihr Tränen in die Augen. Was tat er da? Die Frage detonierte wie ein blendender Feuerwerkskörper in ihrem Kopf und stellte alles andere in den Schatten. Sie hörte ihn in ihr rechtes Ohr fluchen.

»Du selbstsüchtige Schlampe.«

Sie stieß ihn mit all ihrer Kraft von sich. »David, lass mich los.«

Als er ein Stück zurückwich, glaubte sie, er sei fertig, doch dann sah sie sein Gesicht. Darin war nichts mehr von dem Mann zu erkennen, den sie vermeintlich geliebt hatte. Nichts von seinem Lachen, seiner Wärme, seinem Esprit. Da waren nur noch archaische Elemente, und sie erkannte seine schiere Wut. Und seine Absicht: hässlich und entschlossen. Das rüttelte sie auf.

Sie trat ihm so fest sie konnte in den Schritt. Als er sich zusammenkrümmte, kroch sie wie eine Krabbe rückwärts. Aber bevor sie es schaffte, wieder auf die Beine zu kommen, stürzte er sich auf sie und stieß sie gegen die Küchenwand. Sie verstauchte sich die linke Schulter, und der Schmerz schoss ihren Hals hinauf.

»David, lass mich los!« Sie suchte seine Augen, versuchte, ihn zu erreichen. Gleichzeitig spürte sie ein übernatürliches Flattern in ihrem Bauch. Als breiteten Flügel sich aus. Ihre Gedanken überschlugen sich. Sie trug ein Kind in sich. Das hier konnte nicht, durfte nicht passieren.

Als hätte er sie gehört, hielt er ihre Arme fest und setzte sich langsam und mit voller Absicht auf ihren Bauch. Der Druck seines ganzen Gewichts war unerträglich und sorgte dafür, dass ihr übel wurde. Sie schrie, versuchte, ihn abzuwerfen, wand sich und strampelte. Tränen liefen über ihre Wangen und sammelten sich an ihrem Hals. Sie bot alles auf, was sie hatte.

»Hör mir zu!«, schrie sie. »Hör zu! Ich nenne sie Rose. Ich

bin in der zweiundzwanzigsten Woche.« Sie meinte zu sehen, dass er hinhörte und eine Augenbraue hob. »Ich weiß es auch erst seit zwei Wochen. Ich wollte es dir sagen, und es tut mir leid, dass ich es nicht getan habe. Bitte, David, geh von mir runter. Bitte. Du bist nicht du selbst.«

Sie sprach zu ihm, als sei er imstande zuzuhören, vernünftig zu denken, wiedergutzumachen. Während sie in schwerfälligen Sätzen sprach, rasten ihre Gedanken, um zu begreifen, was er tat. Dieser Mann war einmal ihr David gewesen. Wie sehr hatte sie ihn überschätzt. Und unterschätzt. Das Ausmaß ihres Irrtums war unfassbar.

»Bitte«, sagte sie in sein glühendes Starren. »David, bitte. Hör auf!«

Er löste sich von ihr, und sie verspürte sofort eine köstliche Erleichterung – bevor seine Hände ihre Kehle umklammerten. Sie brauchte eine Sekunde, bis sie begriff. Sie spürte, wie seine Finger sich über ihren Halswirbeln berührten, seine Daumen über ihrer Luftröhre. Dann drückten sie zu. Erst als sie das Pressen fühlte, wurde ihr klar, was er letztlich vorhatte. Eine neue Welle der Ungläubigkeit erfasste sie. Er beobachtete sie und wollte anscheinend, dass sie erkannte, wozu er mit seinen bloßen Händen, nur mit seinen Daumen, imstande war. Vergeblich bemühte sie sich, kostbare Luft einzuatmen. Sie riss mit ihren Fingern an seinen Händen und kratzte sie mit ihren Nägeln blutig. Sie zappelte auch wieder und bog ihren Rücken durch. Zuletzt hatte sie silbrige Schleier vor den Augen, und eine verzweifelte Trauer überfiel sie.

Kapitel 24

Da ist ein Kind, fünf oder sechs Jahre alt, das neben Elles Körper kniet. Die Stirn in dem schmalen herzförmigen Gesicht ist gerunzelt, während es heftig an dem fleckigen Handtuch zieht. Von oben kann Elle, die von Wut geplagt wird, ihre flehende, singende Stimme hören. Und sie spürt die Dringlichkeit, auch wenn sie die nicht begreift. Um sie herum stoßen Bilder aneinander, doch nicht auf dieselbe Weise wie vorher. Nicht kausal, nicht logisch. Diesmal schlagen Wellen über ihren Esszimmerstuhl, auf einer Verkehrsinsel ist sie von Sattelschleppern umgeben, gleichzeitig schlägt sie im Maribyrnong um sich und schluckt braunen Schlamm. Dann hört sie erneut das verzweifelte Kind.

»Wach auf, wach auf.«

Die schrille Stimme zieht sie abwärts.

»Es ist nicht deine Schuld! Nicht deine Schuld. Du musst aufwachen!«

Abrupt ist Elle zurück. Das Erste, was sie bemerkt, ist die Nässe. Entweder ist das ihr Darminhalt oder etwas anders. Jedenfalls ist es dick und klebrig. Sie weiß, dass sie sich besser nicht bewegt. Aufstehen ist undenkbar. Als sie blinzelt, sieht sie beliebige Momentaufnahmen aus ihren Leben, kann aber keinen Sinn darin erkennen. Sie versucht, sich auf ihre Atmung zu konzentrieren. Aber sie hört nur ein Pfeifen, schauerlich und nah. Aus ihren Gefühlen kristallisieren sich Sorge und Entsetzen heraus. Sie macht den Mund auf, versucht zu sprechen. Ihre Lippen bewegen sich, und ihre Zunge reagiert, doch es wird nichts daraus. Nicht einmal ein Flüstern. Sie versucht es noch einmal, hört aber nur das schauerliche Pfeifen. Behutsam betasten ihre Finger ihren Hals, den sie hebt, um ihnen entgegenzukommen: Sie fühlen sich heiß und verkrampft an. Die Berührung sorgt dafür, dass sie nur noch ein Bild vor Augen hat: David, der rittlings auf ihr sitzt und sich mit seinem ganzen Gewicht auf seine Hände lehnt, die um ihren Hals liegen.

Bebend verbannt sie diese Erinnerung und konzentriert sich auf ihre Lage. In der Dunkelheit, horizontal und verdreht. Vor sich kann sie eine glatte Oberfläche sehen. Unter sich spürt sie mehr, als dass sie sie sieht: harte Keramikfliesen. Auf der Zunge schmeckt sie eine Spur Waschpulver. Aus dieser Perspektive ist ihre Welt kaum zu erkennen – die Fliesen, ihre Waschmaschine, selbst die Wand. Was für alltägliche Anblicke. Sie hat sie tausend Mal gesehen, jedoch nicht aus diesem Blickwinkel.

Sie liegt still, atmet geräuschvoll und lauscht. Ihr Haus, das sonst immer so hell und warm ist, pechschwarz und ansonsten still. Wie lange war sie weg? Sie schätzt, eine ganze Weile, denn die Fliesen unter ihr sind nass und ihr Körper kalt.

Furcht packt sie, und sie beginnt zu zittern. Auch wenn sie es eigentlich gar nicht will, sie muss sich bewegen. Denn es könnten Tage vergehen, bevor wieder jemand kommt, um nach ihr zu sehen. Angst hin oder her, sie weigert sich, einen so einsamen, klischeehaften Tod zu sterben, mit einem Körbchen voller Wäscheklammern als Zeuge. *Nein.* Es wird nicht gestorben, nicht allein und nicht heute Nacht. Sie streckt ihre verdrehten Beine, die sich neu und steif anfühlen. Dann versucht sie vorsichtig aufzustehen. Doch die Nachrichten, die sie vom Kopf an ihren Rumpf schickt, gehen unterwegs verloren. In ihrer Mitte rührt sich nichts. Keinen Millimeter. Sie blinzelt heiße Tränen. Ihr Körper, ihr Verstand: Sie ist immer davon ausgegangen, dass beide sie nicht im Stich lassen würden, zumindest nicht in den nächsten Jahrzehnten. Ihre Nase läuft. Und es gelingt ihr, einen Arm zu heben, um sie mit dem Handrücken abzuwischen. Erleichtert, dass irgendwas funktioniert, schließt sie die Augen, damit sie sich besser konzentrieren kann. Halb auf der Seite liegend fragt sie sich, ob sie sich auf die Hüfte stützen und hochstemmen kann, ohne ihren Bauch zu belasten. Sie nimmt all ihre Kraft zusammen und versucht es. Zu ihrer Erleichterung schafft sie es in eine gekrümmte, seitlich erhobene Position. Sie hält inne, um zu Atem zu kommen.

Keine dreißig Zentimeter über dem Fußboden stützt sie sich auf einen Ellbogen und ihre Hüfte, als sie in der Ferne eine Sirene hört, deren Geräusch immer schwächer wird. Außerhalb ihres Hauses geht das Leben weiter. Es gibt Autounfälle, Verkehrsstaus. Sie begreift es nicht: ihre absolute Loslösung von allem und allen. Sie ist eine kleine Insel, bestehend aus einer Frau, auf ihren Fliesen. Die Vorstellung raubt ihr den Rest von Entschlossenheit. Selbst wenn sie es bis zu ihrem Telefon schafft, was kann sie dann schon sagen – mit einem Pfeifen? Ihr Anruf würde abgewürgt, ein Streich, ein Ärgernis. Ihre Gedanken drohen sich zu verselbständigen und sie weiter von sich selbst zu entfernen. Da entsteht ein Bild vor ihrem inneren Auge: ein weiches, rundes Kindergesicht. Vage vertraut. Jesse oder Max? Diese wundervollen Jungs. Das Bild stabilisiert sie. Sie atmet, pfeift … wartet … Was sie tun muss, ist nicht kompliziert: eine Tür nach draußen erreichen, einen Passanten heranwinken. Die Vordertür, beschließt sie, wäre am besten, weil dort die Wahrscheinlichkeit, dass jemand vorbeikommt, am größten ist. Allerdings ist sie auch am weitesten entfernt. Wenn man gehen und sprechen kann und am helllichten Tag ist das überhaupt kein Problem. Ihre Einbauküche, der lange Flur, die muss sie überleben. Es scheint, als wäre ihr bescheidenes Zuhause zur Front in einem Krieg geworden.

Zentimeterweise schiebt sie sich in Richtung Waschmaschine und hebt den Arm über ihren Körper hinweg. Vorsichtig dreht sie sich auf Hände und Knie. Da merkt sie, dass der Schmerz weg ist, und empfängt diese Schmerzlosigkeit wie ein Geschenk. So, auf allen vieren, ist sie ja fast schon aufgerichtet. Als sie sich stabilisiert hat, stellt sie fest, dass etwas herabhängt. Schwer und lose. Als sie nach unten greift, berührt sie warmes, nasses Fleisch. Panik schnürt ihr die Brust zusammen. Was hat er getan? Ihre Arme zittern heftig und drohen nachzugeben. Als sie die Augen schließt, sieht sie Davids Gesicht nah an ihrem. Seine Miene ist roh und zornig. Eine ungefähr genauso heftige Wut beginnt, ihren Verstand zu klären. Sie stopft das glibberige Zeug wieder in sich rein und bindet das hässlich grüne Handtuch wie ein Korsett um sich. An der Waschmaschine zieht sie sich hoch und versucht dann, aufgerichtet, ihre rasenden Gedanken einzufangen. Das übersteigt fast ihre Kräfte. Wut, Entsetzen und Ungläubigkeit wirbeln um die immer gleichen Fragen: *Wie konnte er das tun? Warum? Warum!*

Erst als sie dieses ferne Flattern in ihrem Bauch spürt, wie die Berührung von Flügeln, da *erinnert* sie sich. Und sie stößt ein langes, tonloses Heulen aus.

Kapitel 25

In ein paar Minuten wird Mira wieder vor Elles Haus stehen. Ihr ist unerträglich heiß. Warum bloß hat sie sich nicht durch das Fenster gequetscht? Mit beschleunigtem Tempo steuert sie auf die Kreuzung von Gamon und Somerville Road zu und quält sich mit Bildern von einer verletzt am Boden liegenden Elle.

Bitte, denkt sie und feilscht mit einer göttlichen Macht. *Wenn Elle unverletzt ist, werde ich nie wieder voreingenommen sein. Das schwöre ich.*

Als die Ampel auf Rot schaltet, drückt Mira auf Wahlwiederholung. *Bitte, bitte, geh ran.*

Auf der Hälfte ihres Flurs rutscht Elle gerade wieder weg, als sie das Läuten hört. Das Geräusch ist so laut, und zuerst kann sie es nicht zuordnen. Kälte dringt ihr bis in die Knochen, und sie hört, abgesehen von dem schrecklichen pfeifenden Atmen, ihre Zähne klappern. Die Nässe des Handtuchs um ihren Bauch macht ihr auch zu schaffen – das und die Müdigkeit. Bis jetzt ist sie dreimal ohnmächtig geworden. Jedes Mal wachte sie orientierungslos wieder auf, ihre Furcht steigerte sich um eine Stufe, und ihre Gebrechlichkeit wurde noch deutlicher. Es gibt kein Entrinnen. Roses Überleben ist das Einzige, was sie noch vorwärtstreibt. Das Kindergesicht taucht immer wieder vor ihrem inneren Auge auf, und sie bemüht sich, es festzuhalten, es sich einzuprägen. Aber Rose entgleitet ihr wie das Bruchstück eines Traums. Als es weiterklingelt, kann sie es zwar immer noch nicht zuordnen, aber sie zwingt sich weiterzugehen. Gebückt zieht sie erst einen, dann den anderen Fuß über den Holzboden. Sie fürchtet, kaum von der Stelle zu kommen. Ein Meter scheint eine Stunde zu dauern, und die Haustür, ihre Ziellinie, ist noch sechs Meter entfernt.

Dann sieht sie es: ihr Handy, in einer grünen Obstschüssel auf dem Flurtisch. Einen Moment später verstummt es. Die Mühe, die es sie kostet, bis zur Mitte des Flurs zu gelangen, lässt sie fast wieder ohnmächtig werden. Wenn sie doch nur die Augen schließen und zurück in diese schwebende Friedlichkeit gleiten könnte. Nur für einen Augenblick. An die Wand gelehnt, hinterlässt sie einen Fleck auf dem Putz. Wie ein blutender Schatten. Sie muss ihre ganze Willenskraft aufbringen, um nicht hinzusehen. Elle spürt, wie sie ins Rutschen gerät. An der Wand entlang abwärts. So schwer wie ein Sack voll mit Ziegelsteinen. Während Schwärze sie umfängt, denkt sie: *Wäre ich ihm doch nur nie begegnet; hätte ich doch nur nicht wieder und wieder eingelenkt.* Und als es in ihren Ohren rauscht, kommt die finale Klage: *Hätte ich es ihm nur nicht gesagt.*

Sekunden oder vielleicht auch Minuten später beginnt das Telefon erneut zu klingeln und holt sie zurück. An die Wand gelehnt schiebt Elle sich hoch und drückt sich ab: ein Schritt, dann der nächste. Als sie den schmalen Tisch erreicht, sieht sie den Namen ihrer Freundin auf dem Display, und das gibt ihr Kraft. Als sie nach dem Telefon greift, verschwindet der Name jedoch. Verwirrt drückt sie auf den verpassten Anruf.

Das Herz schlägt ihr im Hals, während sie das Rufsignal hört und dann die tiefe, volle Stimme. Sie zischt. Pfeift. Doch ihre Stimme, ihr Kehlkopf gehorchen nicht. In ihrem Hals stecken Worte. Sind dort gefangen. Zu groß für den winzigen Raum, den er übriggelassen hat.

»Bist du das?«

Als sie die Sorge in Miras Stimme hört, möchte sie weinen und sich klein machen wie ein Kind in den Armen seiner Mutter.

»Elle, bist du in Ordnung? Sag etwas, bitte. Du machst mir Angst. Wo bist du?«

Sie lässt das Handy auf den Flurtisch fallen. *Eine Nachricht. Ich werde eine Nachricht schreiben.* Aber als sie den Anruf beendet, piept das Telefon, das Display wird dunkel, und das Gerät ist so flach und nutzlos wie eine Fliese. Diesmal schließt sie die Augen und lässt sich in die Hocke sinken. Sie hört die Stimme ihres Vaters: »Ellie«, sagt er, »gib nicht auf.«

Aber die Versuchung ist so schrecklich groß. Sie wartet an die Wand gelehnt, dass die Entscheidung fällt. Sie wartet geräuschvoll atmend, zitternd, fast ungeduldig. Aber nichts passiert. Sie ist so stabil und geerdet wie ihr Haus auf seinen massiven Holzstützen. In der Zwischenzeit, während die Minuten verstreichen, merkt sie, dass sie lauscht. Auf das köstliche Flattern aus einer anderen Welt und doch in ihrem Innern. Sie hatte gerade erst gelernt, es zu erkennen – kein Magenknurren, kein Pups, kein Schmerz. Eher wie ein zartes, inneres Kitzeln. Da sie sich ja erst seit zwei Wochen ihrer Schwangerschaft bewusst ist, hatte sie noch keine Zeit, sich an all das zu gewöhnen: diese Dicke um die Taille, die Notwendigkeit, Türen ein Stück weiter als sonst zu öffnen, das gesteigerte

Ruhebedürfnis. Aber sofort hatte sie sich darauf verstanden, dieses Flattern zu genießen. Es zu feiern und auszukosten.

Ihr Blick geht zu dem abgeschlossenen Arbeitszimmer, in dem eine weiße Wiege steht. Unberührt und fertig hergerichtet mit Bettwäsche in der Farbe des Himmels und mit einem blassrosa Teddybären obendrauf. Als die Sachen von zwei Tagen ankamen, hatte sie erfüllt von unvergleichlicher Freude »Mary Had a Little Lamb« gesummt, während sie das Laken einschlug und den Stoff glattstrich. Solche Liebe hatte sie bisher nicht gekannt.

Sie lauscht, aber außer dem Klappern ihrer Zähne und dem rasselnden Atem ist da nichts.

Dave kauert noch auf dem Asphalt des Gehsteigs, als er im Haus eine Bewegung sieht. Mit offenem Mund starrt er auf die dunklen Fenster. Ohne Straßenlaternen und Mondlicht ist die Nacht nicht hilfreich. Doch er ist überzeugt, einen sich bewegenden Schatten zu sehen. Er rennt über den Grünstreifen zu ihrem Gartentor. Dort bleibt er wie angewurzelt stehen, als hätte er einen Stromschlag bekommen. Ist sie das wirklich oder nur eine Täuschung? Spielt die Nacht, diese irrsinnige Nacht ihm einen Streich?

Vielleicht, aber da bewegt es sich wieder, kommt näher, in den Flur. Jede Sekunde wird das Schloss klicken. Sein Körper zuckt unkontrolliert. Das ist doch verdammt noch mal unglaublich. Aber dann auch wieder nicht … Sollte irgendwer das überleben – ihn überleben –, dann sie. Er umklammert das Gartentor. Seine Handflächen schwitzen. Das Fenster ist wieder schwarz, der Schatten steht still. Er wartet.

Langsam sackt er zusammen, bleibt aber auf den Knien.

Unsichtbar. Dafür sieht er jetzt die vor ihm liegenden Monate. Wo auch immer er sein wird, in der Dunkelheit wird sie ihn heimsuchen. So wie heute Nacht. Tot oder lebendig wird sie ihn aus diesen großen, kalten Augen ansehen. Dass ihre Gefühle für ihn weg sind, verblüfft ihn. Er sieht sie vor sich, wie sie in ihrer Küche ausgesehen hat: zufrieden, selbstgenügsam und strahlend. Unbeschadet ohne ihn. Ohne Verlangen nach ihm und definitiv ohne Liebe für ihn. Seine Macht über sie, die er ohnehin nie ganz verstanden hatte, war weg. Und jetzt machte die Möglichkeit, dass sie am Leben war, irgendwie alles noch schlimmer. Und das Baby auch …

Er zieht sein Handy aus der Tasche. Sein Daumen presst fest zu. Dreimal. Sein schmerzender, gehorsamer Daumen: Wie er ihn hasst.

* * *

Als sie die Fliegengittertür aufstößt, wundert Elle sich über den total bedeckten Himmel und den chemischen Gestank. Und dann erblickt sie ihn. Wie ein riesiger Kater lauert er dort. *Oh verdammt.* Sie umklammert die Gittertür, hält sie fest und zieht sie wieder zu. Zum Glück hört er sie nicht und schaut nicht. Obwohl sie eine Ewigkeit gebraucht hat, um bis zur Türschwelle zu gelangen, war ihr die Möglichkeit, er könne zurückgekehrt sein, nie in den Sinn gekommen. Sie duckt sich in den dunklen Teil ihres Flurs und wartet, während ihr das Herz bis zum Hals schlägt. Sie kann keinen klaren Gedanken fassen. Als sie die Augen schließt, ist da wieder dieses engelsgleiche Gesicht. Diesmal wird aus den honigfarbenen Locken, dem breiten Grinsen und den riesigen blauen Augen das schmale herzförmige Gesicht einer Sechsjährigen.

Zentimeterweise nähert sie sich wieder der Gittertür und drückt sie erneut auf.

Als habe er die Bewegung gespürt, dreht David den Kopf in ihre Richtung und steht auf. Auf dem Gehsteig ist er gerade mal zwei Meter von ihrer Veranda und nur eine Armlänge von ihrem niedrigen Lattenzaun entfernt. Als ihr seine Größe bewusst wird, wirft sie sich vor, dass sie sich auch nur bewegt hat. Sie wartet und weiß, dass er problemlos über das nur kniehohe Gatter steigen kann … Und sie weiß, dass sie wie ein gefällter Baum zu Boden ginge, wenn er zuschlägt. Sie wartet schaudernd, und das Handtuch um ihre Taille ist nass und kalt. Doch er rührt sich nicht, sagt nichts, starrt sie lediglich an. Die Glut in seinen rotbraunen Augen brennt wieder. Sie entdeckt Scham und noch etwas bislang Unbekanntes darin: Verblüffung? Über ihren Anblick oder sein Dilemma, da ist sie sich nicht sicher. Er sieht so gebrochen, so einsam und verloren aus, dass es geradezu lächerlich ist. Sie spürt, wie er versucht, ihr irgendetwas abzuringen – ein Gefühl vielleicht. Aber sie ist wie ausgetrocknet. Sie erkennt sich kein bisschen mehr in ihm. Das Einzige, was jetzt noch zählt, befindet sich in ihrem Inneren. Was sie gelernt hat und was sie in sich trägt. Sie hält seinem Blick stand, damit er es sehen kann. Egal, was sie getan oder gesagt hat, was er ihr heute Abend angetan hat, das hat sie nicht verdient.

Er lässt den Kopf auf seine Brust fallen.

Ihre Furcht lässt ein bisschen nach. Sie zwingt sich, aufrecht stehen zu bleiben. Es tut so gut, draußen zu sein, trotz dieser Wolke. Sie lehnt sich gegen die mit Weinlaub bewachsene Säule. Argwöhnisch beobachtet sie ihn. Denn auch wenn die Erleichterung, die sie spürt, echt ist, kann sie ihr nicht trauen.

Nicht, bis er fort ist. Dann spult sich ungebeten die Zukunft in ihrem Kopf ab: ihre langsame Genesung, eine Gerichtsverhandlung, eine Gefängnisstrafe. Ihr wird klar, dass, egal wo sie sich aufhält, es immer die unvermeidliche Aussicht auf ihn geben wird. Wenn stimmt, was sie hofft, und ihr Baby überlebt, dann wird er es unvermeidlich erfahren. Und eines Tages wird er an einem Tisch in einem Gefängnis mit niedriger Sicherheitsstufe sitzen: ein Vater. Er wird konfuse Briefe schreiben, Anwälte konsultieren und seine Rechte ausloten. Und worin bestehen seine Rechte? Würden sie das hier überdauern? Die gloriose Erleichterung, die sie empfand, als das Flattern wiederkehrte und sie antrieb, wird jetzt von einer neuen pragmatischen Furcht überschattet.

Sie starrt auf seinen erbärmlich gesenkten Kopf, während aus den Tiefen ihres Gedächtnisses neue Geschichten auftauchen. Ein Vater, der seine drei kleinen Söhne bei einem vorgeschriebenen Pflichtbesuch in einen Staudamm fuhr … Ein anderer entfremdeter Vater, der seine geliebte vierjährige Tochter von der West-Gate-Brücke stieß … Die Schwächen der Justiz erschüttern und entsetzen sie. Wieder erinnert sie sich an die niemals endenden Folgen ihrer Unbesonnenheit.

Ihr Herz hämmert, und sie fürchtet, wieder ohnmächtig zu werden. Auf dem Gehsteig nestelt David an seiner Kleidung herum. Sie ist mit ihrem Blut besudelt. Frierend und schwach beobachtet sie ihn, diesen Mann, an den sie sich gebunden hat. Seine Miene hat sich verändert, ist wie in sich gekehrt, und er scheint sich abzutasten. Als wolle er kontrollieren, ob alles da ist. Da erst registriert sie den Bademantel. Was macht er da bloß? Jetzt tritt er links von ihr auf die Straße, ist aber immer noch viel zu nah.

Sie sieht in auf und ab gehen, während sie das Geräusch eines sich nähernden Wagens hört. Sie zittert zu sehr, ihre Zähne klappern, aber es gibt Hilfe – irgendwo. Einen Augenblick später biegen Scheinwerfer um die Ecke der Hamilton Street. Ein Streifenwagen. Der Anblick ist so schön, dass sie wieder weinen möchte. Sie schaut zu David und versucht zu begreifen, was er da macht und gemacht hat. Er wirkt seltsam unüberrascht und dreht dem Auto den Rücken zu. Unter seinem Bademantel glitzert etwas. Eine Klinge.

Kapitel 26

Dave steht auf dem Bordstein bereit und schaut suchend in die Gesichter der jungen Frauen in dem Wagen. Suchend, aber nicht sehend. Endlich, denkt er, seid ihr alle da. Sogar Mira springt genau in der Mitte zwischen ihm und den Cops aus ihrem alten Saab: die tadellose, loyale Mira.

Er macht einen Schritt auf die Straße, und die Polizistinnen steigen aus. Sie wechseln einen Blick, während ein Krankenwagen hält. Die Polizistin, die am Steuer saß, mustert ihn eingehend. Ihr breites Gesicht verändert sich, vielleicht weil sie ihn erkennt. Sie ist hübsch. Mit einem blonden Pferdeschwanz. Vertraut. Sein Messer hat sie noch nicht gesehen. Die andere, eine stämmige Rothaarige, erblickt Elle, und auch ihre Miene ändert sich. Sie starrt auf das blutige grüne Handtuch.

»Halten Sie durch«, schreit sie Elle zu. »Es wird alles wieder gut.«

Die Rothaarige schreit den Sanitätern irgendetwas zu. Keiner rührt sich.

Dave tastet nach dem Tonband in seiner Tasche. Eine Schande, dass er es sich nicht anhören kann. Um ihr erstes Date in Middle Park noch mal zu durchleben: ihr widerspenstiges Haar und ihre hellen Augen, die alles sahen. Ihre atemlose Ankunft an seinem Haus und die herrliche Farbe ihres

Gesichts. Den ersten Abend in Alex' Galerie, ihre Selbstsicherheit und ihr Feuer. Ihre strahlenden Augen, die ihn drängten, ein beschissenes Bild zu malen.

Er steht auf dem Asphalt, und in seinem Kopf tobt ein Buschfeuer. Er ist ein Idiot der schlimmsten Sorte gewesen: privilegiert und verschwenderisch. Einer, der alles kaputt macht, woran ihm liegt. Und heute Abend hat er das Einzige zerstört, was ihm noch geblieben war: seine Zukunft. Er kann die Vorstellung nicht ertragen, dass seine Tochter ohne ihren Dad lebt. Noch schlimmer wäre nur, wenn sie wüsste, was er getan hat. Und mit der Scham zu leben. Er schließt die Augen. Seine Trauer schwillt an, bitter und heftig. Davon erfüllt hebt er den Arm.

Elle sieht ihr langes Küchenmesser hoch über seinem Kopf. Sie vergisst ihre nutzlose Kehle und schreit. Doch es kommt nur Luft und ein brennender Schmerz dabei heraus. Die Zeit dehnt sich zur Ewigkeit. Die Polizistinnen schreien, greifen nach ihren Waffen und ziehen sie. Warnende und besänftigende Worte fallen wie Platzpatronen um Davids Füße. Das Gesicht der blonden Polizisten ist von Panik überzogen.

Aus Elles Perspektive scheinen die Sekunden zu schleichen.

David sucht ihren Blick und tritt einen Schritt näher. Zu ihrem Missfallen sieht sie Bedauern. Es irritiert sie, dass Reste des Mannes, den sie geliebt hat, überdauert haben. Dass er ausgerechnet diesen Moment gewählt hat, um sie ihr zu zeigen. Doch sein Bedauern kann es mit ihrem nicht aufnehmen. *Bitte*, denkt sie, *lass uns gehen.*

David wendet sich ab und stürmt auf Mira zu. Er brüllt etwas, das Elle nicht verstehen kann. Mira schreit, und ihr

Mund ist ein großes schwarzes Loch, als sie zurück zu ihrem Wagen stürzt. Die Rothaarige ruft dazwischen. David ist jetzt fast bei ihr und schreit mit hoch erhobenem Messer weiter. Da schießt die blonde Polizistin.

Eine Garbe aus fünf Schüssen trifft ihn aus kurzer Entfernung in die Brust. Die austretenden Kugeln verursachen ein rotes Feuerwerk auf dem weißen Himmel seines Bademantels. Blutige Fetzen aus Fleisch und Stoff mischen sich und hängen herab. Langsam und schwer sinkt er in die Knie, wie ein Lasttier: auf der Stelle tot. Elle erblickt in den Gesichtern der jungen Frauen die gleichen Emotionen: Pflicht und Trauer, Furcht und Anspannung. Und dann erst begreift sie das Ausmaß des Geschehenen.

Tränen überschwemmen ihre Augen. *Oh David.* Sie starrt ihn an, damit er am Boden bleibt. Aufsteht. Am Boden bleibt. Der letzte Rest ihrer Wut versickert. Mira taucht hinter ihrer Autotür wieder auf. Sie ist weißer als Porzellan und schüttelt den Kopf. Elle sieht Miras Verwirrung, kann sie aber nicht spüren. Sie fühlt sich begnadigt. Und schockiert. Und unendlich bekümmert – wegen ihm, wegen ihr, wegen ihnen.

Wind kommt auf. Sauber und frisch. Die Bewegung scheint die Leute auf die Straße zu bringen. Weitere Autos treffen ein, mit Blaulicht. Eine Polizistin kümmert sich um Mira, während ein Sanitäter mit Brille durch raschelndes Laub auf Elle zukommt und sagt: »Hoffen wir, dass der es aufs Meer hinaus bläst.«

Andere Stimmen sind zu hören. Nachbarn. Neugierige. Doris. Elle wird vor lauter Erleichterung ganz schwach zumute. Wenn sie nicht aufpasst, könnte sie unter die Stimmen rutschen und wieder schweben. Vielleicht würde sie dann

David begegnen, der über dem Telegrafenmast schwebt. Sie gräbt die Finger durch das Laub und presst sie wie zehn kleine Anker an die Säule. Mit Willenskraft hält sie sich aufrecht. Der Sanitäter beugt sich zu ihr, nennt sie Elle, schiebt eine Nadel in ihren Arm. Als sie die Augen nur für einen winzigen Moment schließt, riecht sie Davids Melonenduft und hört ihn leise lachen. Sie blinzelt und erwartet fast, ihn über sich schweben oder vor ihr stehen zu sehen. Den guten David. Doch da ist keine Spur von ihm in der Nacht, bis auf seine Umrisse auf dem Asphalt. *Mach's gut*, denkt sie. Der Sanitäter drückt ihre Hand, spricht sanft auf sie ein und bestätigt, was sie bereits wissen. Wie um seine Worte zu unterstreichen, ist da in ihrem Inneren wieder dieses Flattern. Winzige Finger morsen in diesem Code aus einer anderen Welt: *Ich bin noch da.*

Ja, denkt sie lächelnd, *wir sind noch da.* Und als sie dann auf einer Krankentrage an Mira und an David vorbeigetragen wird, blickt sie in den Himmel, der sich über ihnen wölbt.

Dank

Was ich getan habe hat mehrere Inkarnationen erlebt. Ich danke allen, die das Manuskript gelesen und mir Feedback gegeben haben – von den Juristen bis zu den Filmexperten, von Autorenkollegen und Lektorinnen bis hin zu den Freunden. Besonderer Dank gebührt Alison Girvan, Sam Everingham, Zoe Odell, Sarah Barton, Bruno Moro, Clare Kennedy, Sally Hepworth, Cristina Pozzan und Nicola O'Shea. Ich möchte auch meiner Familie danken, meiner Agentin Tara Wynne bei Curtis Brown Australia und dem Lektoratsteam Cate Blake und Ben Ball von Penguin.

Mein größter Dank gebührt aber Jason, für seine beständige Unterstützung und seine unerschütterliche Zuversicht.

Ich habe mehr als zehn Jahre gebraucht, um *Was ich getan habe* zu schreiben. In dieser Zeit habe ich unzählige Zeitungsberichte über Frauen gelesen, die von ihren Partnern oder Expartnern ermordet worden sind. Ich möchte diese Frauen und Kinder sowie die Frauen und Kinder, auf die ich in diesem Buch angespielt habe, würdigen, deren Leben auf so schreckliche Weise verkürzt wurden.